JUDITH

PAR

MADAME DE GEORGET

AVIGNON

SEGUIN AÎNÉ, IMPRIMEUR-LIBRAIRE
rue Bouquerie, 13.

1863

L'HÉROÏNE

D'ISRAËL

OU

LES MOEURS PATRIARCHALES

 ## DES HÉBREUX

PAR

Mme DE GEORGET.

AVIGNON

SEGUIN AINÉ, IMPRIMEUR-LIBRAIRE
rue Bouquerie, 13.

1863

PRÉFACE.

On s'étonnera peut-être de trouver dans l'histoire de l'Héroïne d'Israël, des faits et des événements dont l'Écriture Sainte ne fait pas mention : je prie le lecteur de se rappeler que l'Écriture ne rapporte jamais que les faits utiles à sa narration et passe sous silence tout ce qui n'est pas absolument nécessaire à son récit. L'Évangile même ne nous cache-t-il pas les détails intéressants de la vie privée de Notre-Seigneur et de la Sainte Vierge ? J'ai cru donc pouvoir me permettre de faire l'histoire entière de Judith, en faisant le récit des premières années de sa vie et de son mariage, selon ce qu'on peut supposer naturellement lui être arrivé, par la connaissance des vertus et des qualités célestes dont Dieu l'avait douée. J'ai pensé qu'en suivant Judith dans toutes les positions de sa vie, les jeunes personnes comme les jeunes femmes et les veuves pourraient, en l'admirant, se sentir encouragées à suivre ses exemples. Du reste je n'ai fait, en cela que ce qu'on voit dans beaucoup d'autres ouvrages pieux, où l'auteur supplée par son imagination à tout ce qui est inconnu par le silence de l'Écriture Sainte.

Plusieurs de mes lecteurs accuseront peut-être l'héroïque Judith de cruauté et de duplicité : Dieu les garde d'un pareil jugement ! car cette sainte veuve n'agissait que par l'esprit de Dieu ; et en la

condamnant, on attaquerait les œuvres du Tout-
Puissant et sa sagesse éternelle au-dessus de toute
sagesse ! Que l'esprit donc se confonde, s'anéan-
tisse et adore avec respect tout ce que Dieu a ordonné dans ses desseins impénétrables. Cependant
la raison peut aussi être satisfaite en se rappelant
que Dieu permettait dans l'ancienne Loi des actions qui seraient condamnées dans la loi de grâce et qui étaient destinées par la haute sagesse
à être des figures de tous les prodiges de miséricorde que Dieu préparait aux hommes dans sa
nouvelle loi de charité et d'amour : c'est ainsi
que Judith fut destinée à être la figure de la Vierge Marie si pure, si éclatante de beauté et de
vertus, et qui devait écraser la tête du serpent
maudit, en délivrant les enfants de Dieu de l'esclavage du démon et en les sauvant de l'abîme
éternel.

Cet ouvrage a aussi pour but de retracer fidè-
lement les mœurs et les coutumes du peuple de
Dieu, de ces saints et illustres patriarches dont la
foi vive et simple a quelque chose de touchant et
de sublime, et qui est à peine comprise dans nos
siècles d'orgueil et d'égoïsme : aucune circonstance de la vie, des usages et de la religion des
Hébreux, n'a été oubliée, pour satisfaire la curiosité
et intéresser le lecteur.

L'HÉROÏNE D'ISRAËL

OU

LES MOEURS PATRIARCALES

DES HÉBREUX.

I.

Le patriarche Mérari, fils d'Idon de la tribu
de Siméon, possédait dans les terres de Béthulie, un modeste héritage qui fournissait
abondamment à tous les besoins de sa famille. Rempli de la crainte du Seigneur, il
inspirait dans le cœur de ses enfants l'amour
de Dieu et l'amour de la vertu. Ses yeux
contemplaient avec délices sa jeune fille dont
la beauté n'était que le dernier des avantages
qu'il voyait se développer en elle. Son âme,
bien plus que son corps, fixait l'attention

1

de ce digne père, et chaque jour sa joie crois-
sait avec les vertus de la jeune fille. Judith,
tel était le nom de cette admirable enfant,
portait jusqu'à l'héroïsme l'amour de son Dieu
et de ses devoirs. Privée depuis son enfance
des embrassements de sa mère, que la mort
lui avait enlevée au berceau, son cœur aimant avait porté toutes ses affections sur son
père. Elle savait, par ses doux soins et sa
tendresse, lui faire oublier sa douleur. Les
serviteurs et les esclaves la respectaient ; ses
yeux et ses mains infatigables veillaient à
toute l'économie du ménage. Dès le point du
jour sa douce voix entonnait un cantique au
Dieu d'Israël, et annonçait à la famille que
l'heure du repos était passée et que les cœurs
devaient s'occuper à louer le Seigneur et à
lui offrir leurs travaux. On se réunissait dans
un lieu consacré à la prière ; Judith s'age-
nouillait près de son père, et suivait avec respect les paroles qui sortaient de cette bouche
vénérable. Des actions de grâces étaient
adressées au Seigneur ; le travail du jour lui
était offert avec les pensées et les désirs de
tous les cœurs. Le patriarche Mérari, après
avoir rempli ce premier devoir que la créature doit à son Créateur, bénissait ses en-

fants et ses serviteurs , et donnait à chacun
ses ordres pour la journée.

Rien ne paraissait indigne de Judith , ni
les soins les plus minutieux du ménage , ni
la surveillance des troupeaux. Elle recevait
dans de grandes coupes le lait abondant qui
découlait des mamelles des brebis ; elle savait en préparer des fromages crémeux et
divers mets pour la table de son père ; elle
dirigeait la marche des troupeaux dans les
vallées les plus fraiches et les plus ombra-
gées. On la voyait avec dignité, et d'une marche légère , parcourir les montagnes , indi-
quer à ses serviteurs les lieux les plus fertiles
en pâturages , et s'arrêter quelquefois pour
contempler une fleur ou pour bénir le Créateur de ses bienfaits.

Tous les habitants de Béthulie admiraient
sa beauté et sa modestie : elle seule ignorait
qu'elle était belle , et l'eût-elle su , son cœur
noble et grand aurait méprisé des avantages
qui ne donnent aucun mérite. On la voyait
souvent dans la ville de Béthulie , accompagnée d'une servante, porter des consolations
et des secours aux malades et aux affligés.
Elle avait acquis par une étude assidue la
connaissance des simples ; aussi avait-elle

soulagé souvent les douleurs les plus vives, et
guéri des maladies très-graves. On la voyait
quelquefois à genoux auprès d'une personne
souffrante, pansant une plaie dangereuse avec
tant de ménagement et de soins, qu'on ne
sentait pas ses doigts delicats. Elle savait
aussi remplir les devoirs chers et sacrés de
l'intérieur de la famille ; elle conservait ou
faisait renaître la paix parmi ses frères, lorsque de petites discussions avaient causé quelques troubles parmi eux. Ses mains apprê-
taient le repas frugal de son père, et, les yeux
brillant d'innocence , elle allait au-devant
de lui , pressait sa main vénérable dans la
sienne, et lui donnait son front à baiser. Sa
joie était douce et pure, et ses jours étaient
heureux ; l'idée même du mal n'avait jamais
terni sa pensée. Elle semait dans sa route , à
travers les épines de la vie , des fleurs de charité et de bonnes œuvres, et elle recueillait
l'amour et l'admiration de ses semblables.
Judith ne restait jamais oisive : elle savait
filer le lin , elle brodait la laine. Elle aimait
aussi à cultiver les fleurs ; ses blanches mains
soulevaient la terre qu'elle arrosait d'une
eau rafraîchissante , et , les jours de sabbat
et de grandes fêtes, elle cueillait des fleurs

de son parterre pour orner ses cheveux et embellir sa tunique. Déjà, depuis sa tendre jeunesse, elle s'était soumise aux lois du jeûne, et le Dieu d'Israël avait reçu avec amour les parfums de son humble pénitence.

II.

A quatre ou cinq stades de la demeure de Mérari, se trouvait dans une maison vaste et belle, le patriarche Oreb avec son fils Eliézer. Celui-ci se tenait dans l'attitude d'un homme plongé dans des méditations profondes, et ne paraissait pas entendre son père qui lui adressait la parole : « Eliézer, » répéte d'une voix plus forte le vieillard : et le jeune homme regarde son père et se dispose à l'écouter : « Mon fils, fais bien attention à mes paroles, et conserve-les dans ton âme comme un remède au malheur qui te menace. Avant qu'une passion trop forte ne tyrannise ton cœur, suis les avis d'un père qui t'aime, et ne méprise pas les conseils de ma prudence. Tu sais, Eliézer, que ton bonheur est l'objet le plus ardent de mes

désirs , écoute donc avec respect mes paroles. Je vois avec peine ton cœur captivé par
un autre amour que celui de ton Dieu. Tu
lui ravis ses prémices et l'hommage qui ne
sont dus qu'à lui seul. Tu n'es plus occupé
que de la beauté qui te charme ; tu ne parles
plus que de Judith ; on te voit même dans
le temple tourner sans cesse tes regards vers
elle ; la paix et le repos s'éloignent de ton
âme, le soin du bétail est négligé ; nos serviteurs sont souvent oisifs ; je suis moi-même
privé de tes soins ; tu me laisses seul avec
mes infirmités et ma tristesse ; la lecture du
livre saint ne paraît plus te plaire, tu sembles
impatient pendant la prière, Dieu ne bénira
pas ton amour , tu seras malheureux ! » —
« Mon père , répond Éliézer blessé de ces
paroles, je ne suis plus un enfant pour écouter avec docilité un pareil discours : l'amour
qui fait battre mon cœur n'est pas un amour
coupable que Dieu doive punir. Judith est
la plus belle des filles d'Israël , mais elle est
aussi la plus pure et la plus vertueuse. Jamais un mensonge n'a souillé sa bouche ,
qui semble ne répandre que des paroles de
douceur et de paix. Elle est bonne pour ses
compagnes, elle excuse tous leurs défauts et

parle avec joie de leurs qualités ; jamais l'aigreur ni la médisance n'ont altéré sa douce
voix ; elle est modeste sans affectation , aimable sans coquetterie, ne se livrant jamais
à des ris immodérés, parlant avec sagesse et
prudence lorsqu'on l'oblige à rompre un
silence qui plaît tant à son humilité. Oui,
mon père, j'aime Judith , et je ne suis pas
insensé en l'aimant ; mon amour ne peut
offenser personne ; je l'aime parce qu'elle
est belle, et plus encore parce qu'elle est vertueuse et aimable. Je l'aime , et ne croirai
jamais pouvoir la trop aimer ; car elle mérite l'amour et les hommages de tous les
cœurs. » — « Mon fils , je conviens avec toi
que Judith est un trésor de vertu , de modestie et d'innocence qui enrichira l'époux
assez heureux pour la posséder ; mais tu
oublies , mon fils , qu'elle n'est pas de la
même tribu que toi : non, jamais Mérari ne
consentira à te la donner pour épouse, et tu
te livres imprudemment à une passion qui
fera ton malheur. Crois-moi , mon fils , dé-
tourne ton cœur d'un objet si dangereux
qu'il ne t'est pas permis d'aimer et que tu ne
pourras jamais posséder. » — « Moi renoncer
à Judith ! s'écrie Eliézer, jamais ! jamais !...

la mort me serait plus douce mille fois ! et
Dieu ne peut vouloir m'imposer ce sacrifice.
L'épouse que je désire n'est-elle pas agréable
à ses yeux ? et peut-il s'offenser de mon
amour, de mes soupirs pour le plus parfait
de ses ouvrages ? Mérari aura égard à ma
tendresse, il ne méprisera pas ma tribu, et
le fils du riche Oreb ne sera pas refusé...»—
« Eliézer, tes paroles montrent l'aveuglement
de ton cœur ; tu parles comme un insensé
que la raison n'éclaire plus, et qui se laisse
conduire par la passion de son cœur. Hélas ! elle t'entraînera plus loin que tu ne
penses... Tu te flattes sur les dispositions de
Mérari à ton égard ; il fallait au moins lui
révéler tes sentiments pour Judith, et tu
aurais su s'il consentait à cette union »—« Je
n'ai pas osé encore parler au père de Judith,
répondit Eliézer , mais je ne puis douter de
son consentement à l'union que je désire.
Je lui ferai connaître mes richesses et mes
nombreux troupeaux ; puis j'ose me flatter
que le cœur de Judith ne me repoussera pas.»
— « Mon fils , mon fils , dit le vieillard , tu
es trop présomptueux... la plus belle et la plus
sage fille de Béthulie aura des prétendants
encore plus riches et plus parfaits que toi ,

et tu peux bien éprouver la douleur d'un refus, qui sera peut-être le châtiment de ton infidélité au Seigneur. » — « Mon père, dit Éliézer très-ému, vous paraissez prendre plaisir à distiller dans mon âme le chagrin et le désespoir. Ne laissez plus échapper de votre bouche des paroles que votre fils n'entend pas avec plaisir, et qui lui feraient fuir votre présence, si une fois encore elles venaient blesser ses oreilles. » — « Fils ingrat ! s'écrie le malheureux vieillard, tu oses repousser les conseils de ton père, tu oses lui imputer le désir de te faire de la peine ! Aveuglé par l'amour et la présomption, tu méprises mon expérience et mes avis ; en toi seul je mets toutes mes espérances, et bientôt peut-être tu m'abandonneras tout à fait, tu me raviras ta tendresse et tes soins L'oubli des devoirs les plus sacrés doit nécessairement suivre l'oubli de Dieu... Tremble, ingrat, en te rappelant que le fils qui ne respecte pas son père est maudit de Dieu, et que ses jours s'écouleront sans joie et sans paix sur la terre. » Mais Éliézer, fatigué des remontrances d'Oreb, déjà loin de lui, n'entendait plus ses paroles. L'infortuné père le suivait des yeux, et son cœur était profondément

1*

affligé. « Il sait que je ne puis le suivre, pensait-il ; il sait que je n'ai d'autre consolation que de passer quelques heures avec lui, que mes infirmités et surtout la faiblesse de ma vue me privent de toute distraction, et il me laisse toujours seul ; le peu de temps qu'il reste auprès de moi semble lui paraître ennuyeux ; il ne peut cacher le désir qu'il a de me quitter ; bientôt peut-être il me délaissera tout à fait. Sa conduite est coupable, Dieu ne bénira pas son amour. Mérari ne consentira jamais à cette union. Le vieillard religieux ne donnera pas sa fille à un époux d'une autre tribu que la sienne, et mon pauvre fils, que deviendra-t-il ? Seigneur, Dieu d'Israël, ayez pitié de lui, pardonnez à ce fils coupable toutes ses infidélités envers vous ; daignez-lui pardonner comme je lui pardonne moi-même ! puissé-je être seul malheureux, car il est toujours bien cher à mon cœur !…» Ainsi pensait et priait au fond de son âme ce bon vieillard, pendant qu'Eliézer traitait ses sages avis de radotage et d'humeur noire, et livrait de plus en plus son cœur à un amour qui le captivait tout entier. Agité par de vives émotions, il dirigea ses pas vers le penchant d'une montagne, d'où

il pouvait apercevoir Judith, qui se plaisait
chaque jour à conduire ses troupeaux dans
une vallée enrichie de toutes les beautés de
la nature. Dans ces lieux ravissants, l'œil découvrait au loin de belles forêts de sapins,
dont le feuillage sombre contrastait avec l'a-
zur des cieux et la riante verdure des prairies émaillées de fleurs. Le bruit sourd et
menaçant du torrent arrivait affaibli, et venait se mêler au doux bruit des cascades
argentées et au murmure des ruisseaux qui
arrosaient le pied des térébinthes et des
églantiers ; de belles montagnes boisées pré-
servaient la vallée des rigueurs du froid, et l'été
des rayons trop ardents du soleil. Judith s'é-
tonnait de rencontrer chaque jour dans ce
lieu Eliézer dont les yeux baissés et l'attitude embarrassée donnaient à sa physionomie un air tout singulier ; mais elle était loin
de se douter qu'elle fût elle-même la cause
de ce trouble et de cet embarras.

III.

La fête des tabernacles approchait; une partie des habitants de Béthulie se préparait à aller la célébrer à Jérusalem. Mérari et sa fille se disposaient avec un religieux respect à une fête si solennelle. Ils quittèrent donc sans regret le foyer chéri pour aller dans le lieu saint adorer le Seigneur. Le temple de Jérusalem était rempli d'adorateurs; il retentissait, pendant les sacrifices, du son des instruments et des chants religieux. Les cérémonies terminées, les Israélites sortaient du temple et se dispersaient sous des tentes ou sous des berceaux de feuillage qu'ils étaient obligés d'habiter pendant les sept jours que durait la fête en mémoire de leur voyage miraculeux dans le désert. Les cérémonies du premier jour étant terminées, Mérari et sa fille quittèrent respectueusement le sanctuaire du vrai Dieu, et allèrent respirer ensemble l'air embaumé des bois et des prairies. Sur leur passage se trouva encore Eliézer: il suivit des yeux la belle Judith qui

disparut avec son père dans les bois touffus.
« Je lui parlerai , se dit-il à lui-même , je lui
parlerai lorsque, de retour à Béthulie , je la
verrai conduisant ses troupeaux dans sa vallée chérie ; je découvrirai le secret de son
cœur, j'apprendrai ce qu'elle me cache avec
tant de soin. Jamais ni rougeur , ni trouble
n'ont pu me dévoiler ses sentiments ; elle
me regarde sans émotion , elle me quitte
sans peine , on la dirait insensible , et cependant quelle fille eût plus de tendresse pour
son père , plus d'amour pour son Dieu , plus
de compassion pour les malheureux ! non ,
ce n'est pas sa beauté seule qui a captivé
mon cœur ; mais sa vertu qui la rend si aimable et si chère à ceux qui la connaissent. Elle
est simple comme la fleur des champs , modeste comme la violette et plus belle que
toutes les fleurs d'un parterre. A bientôt des
aveux que j'ai si souvent voulu lui faire ,
mais qui n'ont jamais pu encore sortir de
mon sein en sa présence. Pendant qu'Eliézer,
pensif et préoccupé , cherchait les lieux les
plus solitaires , on voyait de toutes parts ,
sous l'ombrage des arbres, des groupes d'Israélites , les uns se livrant à des plaisirs
innocents, et célébrant les louanges de l'Éter-

nel par des chants joyeux et des danses pieuses ; les autres , des couronnes sur la tête ,
tenant entre eux des guirlandes de fleurs et
parcourant ainsi les champs et les prairies ;
d'autres enfin, assis sous des touffes d'arbres,
près d'un ruisseau limpide savourant un délicieux repas champêtre. Tous, dans l'expansion d'une joie vive et pure , passaient dans
le bonheur des jours dédiés au Seigneur et
à la mémoire de ses bienfaits.

Mais bientôt on voit le calme renaître
dans Jérusalem : les jours de fêtes sont pas-
sés. Les Israélites se dispersent dans leur
pays , emportant avec eux de doux souvenirs
et de saintes émotions. « A demain , se dit
Eliézer, en rentrant dans sa magnifique demeure, à demain un aveu que je ne peux
plus renfermer dans mon cœur ! » Et il parcourut avec une sorte de joie ses appartements somptueux , ses vastes étables remplies de nombreux troupeaux , ses immenses jardins dont il avait négligé la culture et
dont la vue lui arrache un soupir. Il appelle
ses esclaves , leur reproche leur négligence,
assigne à chacun d'eux le travail du lendemain , et sent son cœur battre de regret en
voyant la terre desséchée, les tiges des fleurs

se flétrir et un jaune pâle remplacer la verdure des arbres fruitiers. Pour se consoler, il
pense à ses richesses. « Mérari ne pourra
« refuser le fils du riche Oreb ; mais avant
« tout je veux m'assurer du cœur de Judith.
« C'est à Judith que je parlerai ; à demain !.. »

IV.

Le silence est dans la demeure de Mérari ;
les serviteurs et les esclaves semblent vouloir
même retenir le mouvement de leur marche ;
Judith , les yeux baignés de pleurs , est auprès de la couche de son père ; elle presse
avec respect la main du vénérable vieillard ;
elle semble étudier avec attention le mouvement de la fièvre , et paraît consternée de
son agitation. Elle regrette de quitter son
père , cependant elle veut aller préparer un
remède à ses maux : elle fait signe à un esclave d'approcher , recommande à ses soins
ce père si cher , et se hâte d'un pas doux et
léger de sortir de l'appartement. Ses mains
préparent avec promptitude le remède souverain qui doit soulager le saint patriarche.

« Hélas, dit-elle, hier nous étions si heureux !... mon père était plein de santé, et cette nuit j'ai été sur le point de le perdre... le malheur le plus grand a menacé ma tendresse...Dieu d'Israël, exauce les cris de mon cœur ! sauve des jours qui te sont tous consacrés, et qui me sont encore si nécessaires pour guider mes pas dans la vertu et dans ton amour ! » Elle dit, et le cœur plein d'espérance, répand le breuvage dans une coupe d'or, et traverse avec vitesse, mais silencieusement, les vastes corridors qui la séparent de son père. Elle arrive près de lui, et avec une tendresse et une grâce indicibles, elle lui présente d'une main la boisson bienfaisante, et de l'autre soutient sa tête vénérable. Mérari laisse tomber un regard d'amour paternel sur sa fille, et lève les yeux au ciel pour le remercier de lui avoir donné un ange sur la terre. Judith recueillait le fruit de sa piété filiale : ses soins, ses prières et son amour avaient sauvé son tendre père, qui recevait de sa main un potage succulent qu'elle venait de lui préparer. — « Va te reposer, chère enfant, c'est assez d'une nuit sans repos et sans sommeil : la vie que tu m'as rendue me promet des heures paisibles

que je pourrai passer sans toi , pendant que
ta couche rendra des forces à ton corps fatigué. » — « Non , mon père , répondait Judith , qui pour la première fois de sa vie ,
ne se montrait pas obéissante à ses ordres ,
non , je ne vous quitterai qu'à l'heure où
vous serez entièrement guéri. J'ai des forces , j'ai de l'amour pour veiller mon père ,
non pas deux et dix nuits , mais cent s'il le
fallait ; » et toutes les instances du vieillard
ne purent changer sa détermination.
Pendant que par les soins et la piété filiale
de Judith, le vertueux Mérari recouvrait ses
forces et sa santé , Eliézer parcourait les
monts et les vallées sans rencontrer l'objet
de son amour.

Le soleil était déjà à son couchant, et éclairait d'un feu écarlate le sommet des montagnes ; le hibou commençait à faire retentir
l'écho de son cri lugubre, Éliézer n'était pas
encore rentré dans sa demeure ; les lieux
qui avaient été si souvent témoins de son
trouble à la vue de Judith , n'avaient été témoins aujourd'hui que de ses inquiétudes
et de ses anxiétés. « J'ai compté plus de
trois cents jours, dit-il , depuis que mon
cœur la chérit , et je n'en ai jamais compté

un seul où mes yeux ne l'aient aperçue dans les vallons ou sur les montagnes, suivant ou précédant ses troupeaux ; qui peut la retenir dans la maison de son père ? Mille pensées agitent son cœur et troublent son esprit : il porte ses pas du côté de la demeure de Mérari ; il apprend que le vieillard est malade, et que sa fille a passé une nuit cruelle dans la douleur et les alarmes ; il s'arrête un instant, et écoute avec intérêt retentir dans toutes les bouches l'éloge de la piété filiale de Judith, et son âme éprouve une émotion pénible en pensant à l'abandon où il laisse son vieux père, et au dédain avec lequel il reçoit ses avis et ses observations. Le remords dans le cœur, il s'achemine doucement vers la maison de son père, et passe la nuit, agité de pensées pénibles.

V.

Huit jours s'étaient écoulés : le vertueux Mérari goûtait de nouveau les joies de la santé, et Judith, plus fraîche que le bouton de rose humecté de la douce rosée, se pré-

parait à recommencer sa promenade de tous
les jours : sa douce voix entonna un cantique au Dieu d'Israël, et les plus paresseux des
serviteurs se rendirent à cet appel. Les portes des vastes étables roulèrent sur leurs
gonds ; on entendit le bêlement des agneaux ;
on vit les troupeaux se presser pour sortir,
impatients de brouter l'herbe. Après un
quart d'heure de marche, Judith arriva sur
une montagne qu'elle se préparait à descendre avec sa légèreté habituelle, lorsque Eliézer, s'approchant avec respect, témoigna
vouloir lui parler. Son regard s'arrêta sur lui,
et d'un air de dignité elle semblait lui dire :
« Que me voulez-vous ? » Le jeune homme,
tout tremblant, articula avec peine ces quelques paroles : « O l'idole de mon cœur et la
« plus belle des créatures ! douze lunes ont
« parcouru le firmament depuis que mon
« cœur vous adore sans que rien au monde
« ait pu encore me distraire de votre souve-
« nir qui me poursuit en tous lieux ; je n'ai
« de pensées que pour vous seule, et je viens
« aujourd'hui vous offrir mon amour, ma
« main et mes richesses, heureux si ma
« tendresse peut être payée d'un faible re-
« tour. Plusieurs fois j'ai voulu vous faire un

« aveu qui expirait sur ma bouche, lorsque
« je me trouvais en votre présence : mes pas
« vous suivaient partout, mes yeux n'osaient
« rencontrer les vôtres et je restais souvent
« immobile de respect et de ravissement.
« Belle Judith, serez-vous insensible à mon
« amour ? refuseriez-vous un cœur qui ne
« respire que pour vous seule, et la main
« d'un époux qui n'existera que pour votre
« bonheur ? » Judith, alarmée et troublée
de cet aveu, répondit d'une voix un peu
émue : « Jeune homme, votre langage m'é-
tonne et m'offense ; vous oubliez le respect
qu'exige une jeune fille sans son père : votre
bouche vient d'exprimer des sentiments qui
ne doivent être que pour le Seigneur, et vous
semblez ignorer que mon père seul a le droit
de choisir un époux à sa fille, et que, seul,
il aurait dû entendre des aveux qui offensent
toujours une fille sage. Apprenez, jeune
homme imprudent, que Judith n'accep-
tera pour époux que celui que lui choisira
son père, et que son cœur, tout à Dieu, n'aimera jamais qu'en lui tous les objets de son
affection. » Elle dit, et descendant la montagne, s'enfuit et disparut aux regards d'E-
liézer. « Qu'ai-je fait ? s'écria celui-ci après

un moment de surprise et d'immobilité : où
m'a porté la passion de mon cœur ? Devais-
je m'attendre en parlant d'amour à Judith à
un accueil favorable ? devais-je la confondre
avec tant d'autres jeunes filles qui écoutent
sans aucune peine les discours des hommes ?
j'ai blessé sa modestie ; j'ai fait sur son cœur
une impression pénible , qui ne s'effacera
peut-être plus. Où m'ont conduit mon aveuglement et ma présomption ? Je me flattais
qu'elle écouterait avec plaisir mes paroles ;
je croyais que son cœur accepterait ma tendresse, et il ne me reste que la douleur de
l'avoir affligée, d'avoir perdu son estimé,
et cependant mon amour semble s'accroître
par sa sagesse ! Quelle pureté dans son âme !
quelle fidélité pour son Dieu ! quel respect
pour ses devoirs ! Ah ! que je me sens indigne d'elle !... Mon malheureux père... le Seigneur... le soin de mes serviteurs et de mes
troupeaux... j'ai tout négligé , tout abandonné... et toute espérance m'est ravie
pour toujours !... » Le malheureux Eliézer
était en proie aux anxiétés les plus cruelles,
et agité par les craintes les plus douloureuses. Mais, reprenant tout à coup sa force et
son courage , comme frappé d'une pensée

et d'une lueur d'espérance, il régagna sa
demeure : son air et sa démarche annonçaient toutes les émotions qui troublaient
son âme.

VI.

Le repas du soir terminé dans la demeure
de Mérari, Judith tenait dans ses mains le
livre de Moïse et lisait à haute voix le récit
des miracles de ce saint législateur. Son père,
ses frères et ses esclaves écoutaient avec une
pieuse attention la lecture du livre saint. A
peine fut-elle finie, que toute la famille pa-
triarcale se rendit à l'oratoire, où tous, age-
nouillés en face de l'orient, unirent leurs
cœurs et leurs hommages pour louer le Seigneur. C'est après ce devoir sacré que Judith
parla à son père de la rencontre d'Eliézer et
des paroles qu'il lui avait dites : son cœur
n'avait jamais eu rien de caché pour ce tendre protecteur de son innocence ; elle avait
puisé dans la vertu et l'expérience du patriarche, cette sagesse qui la rendait si supérieure à toutes ses compagnes. Elle lui fit

le récit simple et exact de l'entretien qu'elle
avait eu avec Eliézer. Le vieillard baisa le front
de sa fille, et la regardant avec tendresse :
« Judith, ma fille, la consolation de mes
vieux jours! je me réjouis d'avoir vécu pour
être témoin de ta sagesse. Béni soit le Seigneur qui a rendu ton âme droite et sincère,
ferme et prudente dans les dangers ! Béni
soit le Seigneur Dieu d'Israël qui t'a préservée
d'un écueil dangereux, en montrant à tes
yeux toute la folie d'un jeune homme imprudent et coupable, que la passion aveugle,
et dont le cœur ne connaît plus son Dieu ni
ses devoirs ! Ce n'est pas là l'époux que Dieu
destine à Judith : celui qui n'a pas d'empire
sur ses passions, qui se livre à un fol amour,
que la crainte du Seigneur ne contient et ne
règle pas, sera emporté plus tard par d'autres passions qui feront le malheur de son
épouse, de ses enfants et de lui-même. Et
puis, ma fille, apprends qu'Eliézer, n'étant
pas de la même tribu que toi, n'aurait jamais
pu être ton époux ; il n'est donc pas celui
que le Seigneur destine pour faire ton bonheur. La nuit où je te causai une si vive
alarme, où la mort semblait vouloir mois-
sonner ma tête blanche, la pensée qui m'oc-

cupait le plus et qui m'arrachait des soupirs,
c'était la douleur de mourir sans avoir fixé
ton sort. La santé, en me rendant l'espérance
de voir prolonger mes jours, vit naître aussi
la ferme résolution de ne plus différer d'unir
ta destinée à celle d'un époux vertueux. Demain la première heure du jour devait m'entendre t'exprimer mes désirs et le nom de
celui qui, plus sage qu'Eliézer, est venu verser dans mon sein le chaste amour que tes
vertus lui ont inspiré. Son nom est Manassé,
de la même tribu que ton père : il possède
des champs immenses, les plus riants coteaux ; les plus riches vallées sont à lui ; il
possède aussi les plus beaux troupeaux de
Béthulie, et le nombre de ses génisses et de
ses brebis est si grand qu'on ne peut plus
arriver à les compter. Ses ânesses et ses chameaux surpassent par leur beauté tous ceux
des environs, et trois cents esclaves lui sont
soumis ; mais toutes ces richesses, ma fille,
ne mériteraient que ton mépris si Manassé
ne les relevait par les qualités de son âme. Il
craint, il aime le Seigneur ; sa main répand
des bienfaits sur les pauvres, il sait les chercher et les secourir ; il est rempli d'humanité
pour ses esclaves, de soin et de tendresse pour

les auteurs de ses jours ; ses champs sont
prodigues de froment et d'orge, parce qu'il
est laborieux et qu'il sait donner l'exemple
du travail. Tel est, ma fille, celui que ma
tendresse t'a choisi, et que le Roi du ciel bénira pour faire le charme de ta vie. Pendant
le discours du vénérable patriarche, Judith,
les yeux baissés, écoutait attentivement toutes
les paroles de son père ; ses joues avaient pris
un coloris plus vif que de coutume, et son
cœur battait avec une légère émotion. Ses
beaux yeux se fixèrent sur son père et lui
exprimèrent sa reconnaissance et son amour ;
puis, prenant une de ses mains qu'elle baisa
avec respect : « J'accepte l'époux que vous
m'offrez ; je l'aimerai, dit-elle, et je lui
serai soumise ; je ferai tous mes efforts pour
le rendre heureux et pour lui adoucir l'amertume de la vie. » Quelques paroles de tendresse réciproque terminèrent cet entretien,
et Mérari et sa fille allèrent goûter les charmes d'un sommeil toujours paisible pour les
âmes pures.

VII.

Le soleil dorait tous les monts et ses rayons venaient pénétrer jusque dans la plus humble demeure des habitants de Béthulie. Eliézer choisit avec soin le plus riche de ses vêtements orné d'agrafes d'or et de belles broderies. Le cœur agité de crainte et d'espérance, il se prépare à quitter son appartement et à diriger ses pas vers la demeure de Mérari. « Judith ne m'a-t-elle pas indi-« qué, pensa-t-il, ce que j'aurais dû « faire ? elle saura me pardonner, j'espère, « et Mérari ne refusera pas sa fille au riche « Eliézer que tant d'autres pères envient « pour leurs filles. » Préoccupé de ces pensées, il arrive à la porte de Mérari ; un serviteur l'introduit dans la salle où se trouvait son maître. Le vieillard était assis, un livre à la main, et paraissait méditer plutôt que lire. A la vue d'Eliézer, il quitte son fauteuil et s'avance d'un air bienveillant au-devant de lui : « Jeune homme, soyez le bienvenu ; « puis-je avoir la joie de vous être utile et

« de vous aider en quelque chose ? — Vous
« seul, Mérari, avez le pouvoir de me rendre
« heureux ; vous tenez entre vos mains ma
« destinée, vous possédez un trésor que
« j'ambitionne, auquel j'aspire et dont le
« refus me causerait la mort. Ce trésor,
« c'est Judith. Je vous la demande pour mon
« épouse ; elle trouvera dans ma maison un
« grand nombre d'esclaves, de nombreux
« troupeaux. Toutes mes richesses sont à
« elle. Judith règnera en souveraine, et je
« serai le premier de ses esclaves. » — « Jeune
homme, calme l'exaltation de ton cœur, et
réunis tout ton courage ; tu vas entendre de
ma bouche des paroles qui t'affligeront ; car
Judith ne peut être à toi. Tu n'es pas de la
même tribu que la mienne ; elle est déjà promise, ma parole est donnée. » A ces mots,
Eliézer, frappé d'un coup mortel, reste immobile de douleur. Dans cet instant funeste,
toutes ses espérances s'évanouissent, ses illusions se dissipent, et la réalité se montre à
lui sous l'aspect le plus déchirant... Sa tête
se courbe sur sa poitrine, il la presse dans
ses mains avec des mouvements convulsifs,
dans un morne silence. Mérari contemplait
avec des yeux pleins de compassion l'état

d'un cœur qui s'est livré imprudemment à
une passion violente. Quelques moments
après, le malheureux Eliézer recueille toutes ses forces pour pouvoir quitter Mérari,
et avec un accent mêlé de désespoir et de
douleur, il accuse le vieillard d'être l'auteur
de ses souffrances et d'une mort qui ne tar-
dera pas à arriver jusqu'à lui... En proie au
délire d'une raison qui s'égare, Eliézer par-
court les montagnes, les vallées et les forêts.
La nuit le retrouve dans les mêmes lieux, et
aucune nourriture n'a soulagé les maux d'un
corps épuisé par le chagrin et la fatigue.
L'infortuné père d'Éliézer ne voyait plus revenir son fils ; son cœur paternel le chéris-
sait malgré son ingratitude, et il commençait à être atteint des plus vives inquiétudes ;
il semblait deviner le malheur qui l'accablait.
Sa tendresse l'avait presque prévu, lorsque
ses avis essayèrent en vain d'arrêter les ger-
mes d'une passion qui commençait à subjuguer le cœur d'Eliézer. A présent peut-être
il reconnaît sa faute ; mais le mal est si profond qu'il est sans remède. Il veut mourir, et
mourir dans les lieux où Judith a promené
si souvent ses pas : comment guérir un désespoir si violent, une passion si tyrannique ?

Déjà, dans la ville de Béthulie, on parle du malheur d'Eliézer et du bonheur de Manassé... Judith n'ignorait pas le désespoir d'Eliézer; elle était agenouillée près de sa couche, ses yeux mouillés de larmes ; elle adressait au Seigneur dans toute l'ardeur de son âme la prière suivante : « Dieu d'Israël, qui jetez avec tant de bonté des regards de protection sur vôtre servante, qui répandez sur ma jeunesse tant de bienfaits et de bénédictions, soyez témoin de mon innocence et de la douleur de mon âme. Je vois le cœur d'Eliézer subjugué par un autre amour que le vôtre; je me reconnais l'objet et la cause involontaire de l'oubli de ses devoirs envers vous. Je vous ravis malgré moi l'hommage et l'amour qui vous sont dus ; pardonnez à votre servante toutes les fautes dont Eliézer se rend coupable à cause d'elle; vous savez, Seigneur, que jamais mon âme n'a conçu d'autres désirs que celui de vous être agréable; que jamais je n'ai cherché les regards des hommes; je ne désire que votre gloire; cependant j'ai le malheur de vous enlever un cœur qui n'est créé que pour vous servir et vous adorer. Dieu de Moïse ! Dieu d'Abraham ! exaucez la prière que je vous

adresse aujourd'hui ; prenez pitié de ma
douleur et d'Éliézer ; faites luire à son âme
une lumière de vérité qui lui fasse connaître ses fautes et son égarement ; que le feu
sacré de votre amour consume dans son
cœur le feu impur de la créature, qu'il re-
devienne un de vos fidèles adorateurs ; que
sa volonté se soumette à la vôtre, que la
douleur d'avoir offensé le Seigneur surpasse
la grandeur de ses fautes, et que Judith soit
plutôt moissonnée par la mort que d'être
plus longtemps l'objet d'un amour qui ne
doit être que pour vous seul et qui devien-
drait bientôt criminel! » A peine eut-elle
achevé sa prière que la paix du ciel descendit dans son cœur comme une douce rosée.
La confiance succéda à la tristesse, et une
assurance intime sembla lui promettre que
le Dieu d'Israël avait exaucé sa prière.

Mérari attendait dans une belle salle sa
fille bien-aimée ; il devait ce jour-là lui présenter Manassé, son futur époux ; le cœur
du saint patriarche se réjouissait en s'ap-
plaudissant du choix qu'il avait fait ; il voyait dans l'avenir sa chère Judith goûtant le
bonheur le plus pur et le plus parfait que
la vie de la terre puisse offrir. La mort ne

lui paraissait plus redoutable alors que Judith aurait dans son époux un protecteur et un ami. Les pensées les plus consolantes venaient réjouir ses vieux jours, et son cœur tressaillait de bonheur au souvenir de toutes les vertus de celui qui allait devenir son fils.

VIII.

Dans une habitation magnifique, où pour l'embellir, l'art des enfants d'Israël n'avait rien oublié, où étaient étalés avec somptuosité des objets précieux et rares que dans leur captivité les Israélites avaient recueillis dans les terres étrangères, on voyait des esclaves et des serviteurs préparant avec soin et empressement de superbes appartements dont les décorations n'étaient pas entièrement terminées. Un jeune homme, d'une stature élevée, ayant le regard doux et noble, se promenait au milieu d'eux et paraissait diriger leurs travaux. Au moindre de ses signes il était compris et obéi : il était facile de voir à l'empressement de ses escla-

ves qu'il était chéri d'eux tous. Ce jeune
homme était l'heureux Manassé dont les
vertus et les richesses commandaient l'estime générale. Plusieurs années avaient déjà
été témoins de sa tendresse pour Judith, et
chaque retour du soleil l'avait vu demander
à Dieu la grâce de l'obtenir pour épouse,
et chercher à s'en rendre digne : son cœur
soumis le priait de bénir son chaste amour ;
mais il était prêt en même temps à l'immoler à Dieu si ce sacrifice lui était agréable.
De tels sentiments plaisaient au Seigneur, et
ses bénédictions se répandaient sur Manassé
et sur Judith.

L'heure approchait où Mérari devait recevoir pour la première fois celui qu'il nomme-
rait bientôt du doux nom de fils.

Judith était auprès de son père ; ses doigts
formaient avec des fils d'or un dessin plein
de goût sur la pourpre qui était destinée à
servir de tapis de pied au respectable patriarche, les grands jours de fête ; elle était
vêtue avec art et modestie : quelques épis
d'or agrafaient sa chevelure qui partait en
bandeau de son front et venait se tresser et
se couronner sur sa tête ; une tunique d'un
bleu très-tendre avec des nœuds blancs,

relevait l'éclat de sa beauté ; mais ce qui la rendait ravissante, c'était son regard plein de bonté , de modestie et de candeur.—Un léger bruit se fait entendre , un porte s'ouvre, et Manassé paraît devant eux. Quelle est douce pour un jeune homme cette première entrevue , lorsqu'il peut lire dans le cœur d'une jeune fille qu'il aime , qu'il ne sera pas refusé ! Quelles sont douces ces paroles qui sortent d'une bouche chérie et qui font goûter par avance le bonheur dont on jouira. Tels furent pour Manassé les moments heureux et trop courts de cette première entrevue. La maison lui fut ouverte, et il lui fut permis de venir chaque jour rendre hommage à sa chère Judith et contempler ses vertus.

A peine quelques soleils avaient-ils éclairé la terre depuis ce jour fortuné, lorsque Manassé empressé et heureux vint avec timidité et respect offrir à Judith son présent de noces ; il était tel qu'une princesse même en eût été honorée. Un coffre en bois de sandal travaillé avec un goût exquis, renfermait une mitre ornée de brillants ; plusieurs paires de superbes boucles d'oreilles en pierreries et en diamants ; des épis d'or parse-

més d'émeraudes ; des agrafes éblouissan-
tes ; des chaussures merveilleuses par l'art
et la beauté des pierreries ; de belles tuniques de bysse, de pourpre, de laine blanche et dé fin lin , toutes ornées de broderies ou de franges en or. La beauté de
ces cadeaux aurait transporté de joie toute
autre jeune fille d'Israël ; mais Judith dont
l'âme noble et élevée n'appréciait qu'à leur
valeur de frivoles ajustements, et dont les
désirs et l'amour se portaient sans cesse vers
le souverain bien , vit avec assez d'indifférence toutes ces vaines parures ; mais elle
sut cependant montrer de l'admiration et de
la joie , afin de réjouir le cœur dé Manassé.
Manassé était au comble du bonheur : il
voyait s'approcher le jour fortuné où son
sort serait uni à celui de Judith ; toutes les
jeunes filles de Béthulie tressaient déjà des
guirlandes de fleurs pour le jour de la noce.
La joie paraissait générale, et on eût cru, à
voir tous ces préparatifs, que la fille d'un roi
était l'objet de cet empressement. Eliézer
seul semblait ne préparer que des regrets
à son cœur : toutes les paroles qu'il entendait lui arrachaient des soupirs ; car le nom
de Judith résonnait dans toutes les bouches

et les échos mêmes le répétaient. Mérari était
très-occupé dans son habitation : il voulait
que le plus beau jour de sa vie fut signalé
par une grande fête. Des convives nombreux étaient invités à partager son bonheur.
Dans une des prairies de son jardin qu'il
allait transformer en salle de verdure, il
s'empressait à faire élever une tente. Cette
salle devait être entourée par les eaux limpides d'une fontaine et par l'ombrage de
beaux arbres sur lesquels étaient perchés une
quantité d'oiseaux qui se faisaient admirer
par leurs chants et leurs divers plumages.

Mérari, satisfait du lieu qu'il a choisi pour
le festin, en voyait avec plaisir terminer les
préparatifs et se reposait sur un banc de
chêne en attendant sa fille chérie. Judith
était agenouillée au fond du jardin, et tremblante à la vue de ses nouveaux devoirs,
elle demandait au Dieu d'Israël des grâces
nécessaires pour les remplir avec fidélité et
sagesse. Dans l'ardeur de sa prière elle avait
oublié que son père l'attendait. « Ma fille,
lui dit Mérari, en l'apercevant, tu m'as laissé
bien longtemps dans l'attente de ton arrivée. »
« — Il est vrai, mon père, pardonnez-moi. »
Et, pour réponse, le vieillard baisa le front de

sa fille ; ensuite il lui parla ainsi : « Puisse
le Dieu de nos pères, chère Judith, te rendre le modèle des épouses et des mères !
puisse-t-il remplir ton cœur de sagesse et de
prudence et te donner de nombreux enfants
qui consoleront ta vieillesse ! Puisse-t-il rendre ton âme forte et courageuse pour-sup-
porter les peines inséparables de ta nouvelle
position, et pour résister aux charmes séduisants des joies qui accompagneront les premières années de ton mariage. Ma fille, sois
attentive à mes conseils, montre toujours
un visage doux à ton époux, ne laisse jamais arriver jusqu'à lui les ennuis de ton
âme. Qu'en rentrant dans sa demeure, Manassé se réjouisse de ta douceur et de ta
gaieté, et que Judith soit pour lui l'étoile du
bonheur qui éclaire le foyer domestique.
Inspire à tes enfants l'amour de Dieu et de
leur père, et ton époux se délassera dans
leurs innocentes caresses des fatigues du jour.
Parle toujours à tes esclaves avec bonté et
dignité ; veille avec soin sur leur conduite,
sois indulgente pour leurs fautes légères,
mais sévère pour tout ce qui proviendra de
la malice de leurs cœurs. La douceur sans
fermeté n'inspire que le mépris. Si Dieu bé-

nit ton union , s'il te donne des enfants ,
partage entre eux ta tendresse, sois juste envers tous. La concorde et la bonne amitié
règneront dans ta famille et les jalousies en
seront bannies. Ne les élève pas dans la mol-
lesse ; apprends-leur à savoir endurer la souf-
france , à mépriser les plaisirs pour se rendre agréables au Seigneur. L'homme efféminé
n'est jamais capable de procurer la gloire de
Dieu et le bien de ses semblables. » Judith,
les yeux baissés , écoutait attentivement son
père et ne perdait aucune de ses paroles.
Son âme était l'écho des sentiments pieux
du vénérable patriarche , et l'accord le plus
parfait existait dans ces deux nobles cœurs.
— « Dieu d'Abraham, dit Judith, rendez-moi
digne de mon père , ornez mon âme de vertus, afin que je puisse faire sa joie et son bonheur ! » Et elle saisit une main de l'heureux
vieillard , qu'elle pressa avec amour contre
ses lèvres. Mérari, attendri, se leva, conduisit sa fille sous un berceau de chèvrefeuilles
et lui dit : « Voici un lieu qui m'est bien cher
par les souvenirs qu'il me rappelle : sur cette
pierre ta tendre mère était assise ; elle te tenait dans ses bras, et nous fûmes témoins
de ton premier sourire. Ce moment fut

enchanteur pour nous , et tes petites joues furent couvertes de nos caresses. On aurait dit que tu connaissais notre amour , et que tu partageais notre joie. Ta mère me parla ainsi : « Cette enfant fera la consolation de nos jours ; Dieu l'a bénie dans mon sein , il l'a bénie à sa naissance , il la bénira tous les jours ; et des larmes de bonheur coulaient de ses yeux et arrosaient ton doux visage. Hélas ! elle ne peut plus à présent contempler ta sagesse , ta piété filiale , et recevoir les témoignages de ta tendresse ; elle ne peut plus partager mon bonheur! » A ces mots, Mérari s'arrêta, ne pouvant contenir son émotion. Judith laissa tomber de son sein les regrets qui l'oppressaient , et qui, depuis un moment, faisaient couler de ses yeux des larmes d'attendrissement ; mais le vieillard, après un moment de silence, fit signe à sa fille de le suivre, et lui dit : « L'heure est proche où Manassé se rend auprès de nous ; quittons des lieux chéris , mais qui nous rappellent une perte bien douloureuse. »

Quelques instants après, se trouvaient réunis dans une salle du rez-de-chaussée , Mérari, sa fille et Manassé. Celui-ci ne pouvait se lasser d'admirer la modestie sans embar-

ras de Judith , la justesse de ses paroles , ce
doux sourire sans cesse sur les lèvres , cette
beauté qui ravissait tout le monde et qu'elle
semblait mépriser , cet oubli d'elle-même
qui la rendait si aimable , si empressée à
obliger les autres , enfin ce tact pénétrant ,
cette délicatesse exquise et ce jugement solide qui concouraient à faire de Judith une
personne accomplie. Tant de qualités et de
charmes augmentaient de jour en jour le
tendre amour de Manassé , et lui faisaient
désirer avec ardeur une union qui devait
combler ses vœux. « Mon père , dit-il à Mérari, ne retardez plus notre hymen , veuillez
hâter mon bonheur. Les jeunes gens de Béthulie ont déjà fait leurs préparatifs ; les anges du ciel mêmes s'en réjouiront ; je vous
en supplie , ne différez plus une union qui
nous rendra tous heureux. » « Mon fils , répondit le saint patriarche , modérons nos désirs
même les plus saints ; l'empressement nuit
toujours aux œuvres de l'Éternel qui doivent
être faites avec calme et modération. Mes
chers enfants , vous touchez à l'époque la
plus importante de votre vie ; comprenez
combien les lumières et les secours du ciel
vous sont nécessaires ; implorez-les sans

cesse et vous attirerez sur votre hymen les
bénédictions du ciel. Gardez-vous d'imiter
la folie des jeunes hommes et des jeunes
filles qui oublient le Seigneur et dont l'esprit n'est occupé à une époque si solennelle
que de plaisirs et de vanités. Encore huit
jours , mes enfants, et nous célèbrerons vos
noces ; puissent-elles être aussi agréables au
Dieu d'Israël, que le furent celles d'Isaac et
de Rébecca , de Jacob et de Rachel !...

Les huits jours étaient près d'expirer, tout
paraissait en mouvement dans la demeure
de Mérari ; le sommeil n'avait pu fermer les
paupières de Manassé , et les yeux de Judith
avaient en vain voulu s'assoupir. Rachel préparait avec soin la belle tunique qu'elle voulait donner à sa cousine : elle venait d'en
terminer la broderie en or dont le travail
délicat était admirable , et qui lui avait
coûté tant de veilles et de journées d'assi-
duité; il avait fallu toute l'amitié de son cœur
pour entreprendre , poursuivre et finir en si
peu de temps un si bel ouvrage : elle vole
auprès de Judith, et le cœur palpitant de
joie, avec l'expression de la plus tendre amitié, elle lui offrit son présent de noce. Les
mains de Judith ouvrirent avec empresse-

ment la boîte qui contenait la tunique , et à
la vue d'un travail si magnifique , où il avait
fallu tant de courage et de constance , le
cœur de Judith fut ému sensiblement , et
pressa dans ses bras sa chère cousine , ne
pouvant assez lui exprimer sa reconnaissance. « Toujours de nouvelles preuves de
ton amitié, lui dit-elle ; chaque jour je reçois
des gages précieux de ton dévouement , et
pour m'en donner une nouvelle marque tu
n'as pas craint de t'exposer à tomber malade de fatigue et de travail. Chère Rachel ,
je pourrai peut-être un jour à mon tour te
donner des preuves de ma vive affection : » et
des heures entières s'écoulèrent dans les
épanchements mutuels d'une amitié tendre
et suave.

IX.

Trois fois le soleil avait disparu et était
venu de nouveau percer de ses rayons les
bois touffus et les fraîches vallées , et trois
fois le soleil avait revu le triste Eliézer, pro-
menant ses pas et sa douleur dans les lieux

où si longtemps il avait été bercé de si flat-
teuses espérances. En vain son infortuné père
avait mandé près de lui des esclaves pour le
ramener sous le toit paternel ; il avait re-
poussé ce tendre appel et avait fermé son
cœur à tous les sentiments de la nature et
de l'amour filial. Son égarement l'avait même
porté à murmurer envers la bonté divine ;
il semblait vouloir menacer le ciel même par
les plaintes que lui arrachait son désespoir.
Quelle eût été l'épouvantable destinée de son
âme et l'horreur de ses derniers instants si
un ange d'innocence et de charité n'eût prié
pour lui ! Mais le ciel tout entier avait été
parfumé de l'encens de la prière de Judith, et
le Roi de la sainte Cité avait écouté les gémissements de son cœur si pur et si généreux !
L'heure n'était donc pas éloignée où une lumière céleste devait éclairer Eliézer et rendre la vertu à son âme sans lui ôter l'amertume de sa douleur ; car il faut que tout pé-
ché soit expié. A l'entrée de la grande forêt
d'Ithuel, non loin de la montagne des précipices, s'élèvent d'antiques chênes dont les
fronts couronnés de feuillages semblent vouloir s'élever jusqu'aux cieux et dont les pieds
sont rafraîchis par une multitude de petits

ruisseaux qui découlent d'une source qui ne
tarit jamais , et qui prend naissance dans la
belle forêt de Bora. C'est dans ces lieux solitaires et enchantenrs que le malheureux
Eliézer va trouver un instant de repos. Ses
forces semblent vouloir l'abandonner ; il sent
son cœur défaillir, et son âme paraît prête à
s'échapper de son sein. Il suit l'impulsion de
son corps qui se penche sur le gazou dont
la verdure couvre les pieds de ces arbres si
majestueux , et il trouve bientôt sous leur
ombrage bienfaisant les douceurs d'un sommeil qu'il n'avait pas goûté depuis trois jours.
Grâce au Créateur de l'univers, qui en donnant le sommeil à l'homme lui a donné un
adoucissement à toutes ses peines, et qui à
permis que l'infortuné et même le coupable
pussent retrouver quelques instants d'espérance et d'illusion dans des songes où ils
croient goûter le bonheur qui n'existe plus
pour eux. Un ange de lumière et d'amour
obéit à l'ordre de l'Éternel , quitte le séjour
de la paix , et se montre en songe à Eliézer :
il lui reproche avec une éloquence céleste
tous les bienfaits du Dieu d'Israël pour le
peuple juif et pour lui en particulier ; lui
rappelle la punition terrible de plusieurs en-

fants d'Israël moins coupables, et dont le
Seigneur n'avait pas attendu le repentir. Il
lui montre d'une manière admirable la folie
et l'injustice d'un amour qui avait enlevé à
Dieu les prémices et l'hommage d'un cœur
devenu dur et insensible aux devoirs mêmes
les plus sacrés de la nature. Les paroles de
l'ange étaient accompagnées de lumière et de
vérité, et une douce rosée de paix et d'espérance découlait du ciel dans l'âme d'Eliézer,
et lui montrait la grandeur des miséricordes
du Dieu trois fois saint.

L'ange du Très-Haut ayant accompli sa
mission, déploya ses ailes blanches et s'en-
vola au séjour des Bienheureux !...

Le réveil du repentir est bien consolant et
bien doux ! tel fut celui d'Eliézer après le
songe mystérieux. Il ouvrit les yeux, les
promena autour de lui, se rappela la beauté
de l'ange qui lui avait parlé, et sentit dans
son cœur repentant l'impression de la vérité.
Il ne put douter des grâces que le Seigneur
avait répandues sur lui pendant qu'il en était
si indigne, et cette vue le remplit de reconnaissance et de confusion. Il voyait la punition que ses fautes méritaient ; il aurait voulu
offrir à Dieu des sacrifices, et immoler des

victimes sur ses autels ; mais la victime et
le sacrifice que Dieu voulait de lui s'offraient
à son cœur tremblant. Enfin, après bien des
combats, la grâce fut victorieuse, et il s'écria :
« Dieu d'Israël ! assez longtemps je t'ai ravi
mon amour ; assez longtemps un autre objet
que toi a reçu l'encens de mes hommages et
occupé mes pensées. L'heure est venue où ta
miséricorde environne ma triste existence et
me montre mon aveuglement et mes erreurs.
Je sais que le seul sacrifice qui puisse te
plaire , c'est le don d'un cœur qui doit s'immoler à ta volonté : je te fais donc le sacrifice de ce qui m'est plus cher que la vie ; je
renonce à Judith la plus parfaite et la plus
belle de toutes les créatures qui soient sor-
ties de tes mains. Je suis indigne d'elle, je
le reconnais en ta présence. Hélas ! elle est
semblable à l'ange qui m'a parlé dans mon
sommeil , sa voix est aussi douce et son
cœur aussi pur. Mais, Seigneur, donne-moi la
force de renouveler chaque jour mon sacrifice et de voir sans désespoir mes espérances
brisées, un autre mortel possesseur du trésor
qui m'est ravi et du bonheur que j'espérais !
heureux si désormais mes larmes et ma
douleur peuvent effacer mes péchés et mon

ingratitude! O Dieu miséricordieux ! rends
la force à mon âme abattue , revêts-la d'innocence et de vertu , aide-moi à accomplir
tous les devoirs que tu m'imposes. Je ne
refuse pas de souffrir , mais j'ai besoin que
tu soutiennes ma fidélité dans le malheur. »
Ainsi s'éleva jusqu'au ciel la prière d'Eliézer,
et son repentir sincère et profond le rendit
agréable au Seigneur. Le père d'Eliézer s'é-
puisait en gémissements. Son fils ne revenait
plus, et ses infirmités ne lui permettaient pas
d'aller le chercher lui-même. Il déplorait la
passion malheureuse qui lui avait enlevé les
soins et l'affection d'un fils qui lui était si
cher malgré toutes ses fautes. Dans l'ac-
cablement de ces tristes pensées, il levait
au ciel ses yeux et ses bras suppliants , lorsqu'une porte s'ouvre : il voit Eliézer paraître
et se précipiter à ses genoux, oppressé par
sa douleur et ses sanglots. Il presse sans pouvoir articuler une parole les genoux de ce
père affligé , et il arrose de ses larmes tous
ses vêtements. L'étonnement du bon vieillard ne peut s'exprimer ; il ne peut en croire
ses yeux, il craint que son bonheur ne soit
une illusion. Il est si peu accoutumé à recevoir des témoignages d'affection de son fils !

Mais combien sa joie augmente lorsque les
paroles d'Eliézer lui montrent le changement
véritable de son cœur, et lui apprennent
les grâces précieuses que le Seigneur a répandues dans son âme. « Mon cher fils, lui
dit-il, conserve toujours le souvenir des bienfaits de Dieu ; que sans cesse il soit à ton
âme comme un bouquet d'agréable odeur
qui charme les ennuis et les amertumes de
ta vie ; les joies que tu causes à ton père ne
resteront pas sans récompense ; elles attire-
ront les bénédictions du ciel sur tes jours,
et rendront douce ta dernière heure. Fils
chéri du plus tendre des pères ! ton retour
cause à mon cœur plus de bonheur que ton
abandon ne m'avait causé de tristesse. Viens,
mon fils, te consoler dans mes bras... je
suis aujourd'hui le plus heureux des pères !...
mes seuls regrets sont de ne pouvoir te donner le bonheur que tu désires !... mais ma
tendresse et mes prières obtiendront pour
toi, je l'espère, des consolations et l'oubli
de tes maux. » Que de charmes répand la
vertu autour d'elle, et que les effets qu'elle
produit sont admirables !... Eliézer n'était
plus reconnaissable depuis son repentir ; il
comblait des plus tendres soins son vieux

père pour lequel il était dans une continuelle
sollicitude ; il veillait au bon ordre de sa
maison et les esclaves étaient plus attentifs,
plus vigilants, plus respectueux. Le souvenir
de Judith venait souvent remplir son cœur
d'amertume ; il ne pouvait entendre prononcer son nom sans éprouver un frémissement
involontaire. Il implorait le secours du ciel,
offrait sa douleur en expiation de ses fautes,
mais il promettait à Dieu de lui être fidèle.

X.

A peine l'aurore annonçait-t-elle l'arrivée
de l'astre du jour qu'on entendait déjà dans
la ville de Béthulie des accords mélodieux.
Les jeunes filles préparaient leurs parures et
les couronnes de fleurs qu'elles devaient
offrir à la belle Judith ; les jeunes gens essayaient leurs instruments de musique , tous
les cœurs étaient dans la joie et se préparaient à célébrer par des chants et des fêtes
un hymen béni de Dieu. Judith, plus ravissante par sa modestie et ses vertus que par

les ornements dont elle était revêtue, paraît au milieu de son père et de celui qui allait être bientôt son époux : une mitre parsemée de diamants ornait son front ; des épis et des fleurs blanches étaient entrelacés dans sa chevelure ; la belle tunique de Rachel parait sa taille ; une superbe chaussure relevait la blancheur de ses pieds ; brillante comme le soleil au moment où il paraît pour réjouir toute la nature, l'éclat de sa beauté charmait tous les yeux. Des troupes de jeunes filles vêtues de blanc et portant des guirlandes et des couronnes, vinrent en les déposant à ses pieds, lui rendre leurs hommages et les jeunes gens les accompagnaient au son des flûtes, des tambours, des harpes et des trompettes. Des cris de toutes parts se faisaient entendre : « Honneur et gloire à Judith, plus belle que les rosiers de Jéricho et les cyprès de Cadès, plus fraîche que les prairies toujours arrosées par les rivières et les fontaines, plus pure que les eaux sacrées du Jourdain, plus douce que le lait des génisses, plus sage que toutes les filles d'Israël !... » Les époux furent promenés en triomphe dans la ville de Béthulie et accompagnés par les jeunes filles

3

et les jeunes gens au son de divers instruments dans la demeure de Mérari. Un beau festin était préparé aux convives dans le lieu où l'art aidé de la nature avait formé un séjour ravissant et enchanteur. Le seul Elié-zer ne partageait pas la joie commune ; il sentait son cœur défaillir. Il demandait des forces à Dieu pour souffrir le plus cruel tourment que son cœur pût éprouver ; il s'éloigna des lieux où l'heureux Manassé allait bientôt posséder le plus précieux trésor de Béthulie, il s'éloigna pour chercher à calmer son âme et distraire sa douleur dans les vallées lointaines... Il alla demandant aux montagnes de lui cacher Béthulie, et aux torrents de l'empêcher d'entendre le bruit déchirant de cette fête ; il s'éloigna... foulant de ses pieds les fleurs sauvages des champs et les bruyères des montagnes... mais les cruels échos semblaient poursuivre Eliézer et faisaient retentir dans son âme les cris de joie et le bruit des instruments de musique. Ses yeux se levaient quelquefois au ciel pour demander à Dieu la force de la résignation. Il ne cherchait plus, pour adoucir les fatigues de la route, l'ombrage des térébinthes ; il marchait sous un soleil brûlant avec la vitesse d'un faon : tantôt descendant une colline, tantôt traversant une vallée sans jeter ses regards sur les beaux sites qui l'environnaient, sans songer à désaltérer ses lèvres brûlantes aux eaux limpides d'une fontaine. Mais, épuisé de fatigue et de douleur, ses forces l'abandonnèrent, et malgré lui il se laissa tomber sur la mousse verdoyante. Semblable à un beau palmier de l'Idumée, dont les branches languissantes ne s'élèvent plus vers le ciel et retombent sur la terre atteint par la piqûre du ver rongeur, tel le malheureux Eliézer, insensible à tous les charmes de la nature, n'a plus de sentiments que pour les maux qui l'accablent, et ses beaux jours se flétrissent dans le chagrin. Près du lieu où il vient de succomber à la fatigue, se trouve la vallée des Palmiers, rafraîchie par de belles eaux, et, à peu de distance, un bois de cèdres sur les rameaux desquels viennent se reposer quantité d'oiseaux, dont le ramage varié forme une mélodie qu'un cœur sensible ne peut entendre sans émotion. Ainsi la vie presque éteinte du malheureux Eliézer semble se ranimer, et il s'écrie : « Heureux oiseaux ! nul chagrin n'attriste vos chants ; vos compagnes vous

3.

sont fidèles , votre amitié est payée de retour ; vos douces vies ne sont pas troublées
par des remords ; le Seigneur est glorifié
chaque jour par vous. Plaignez , plaignez un
infortuné qui ne respire que pour souffrir et
dont le cœur doit expier par mille tourments l'oubli du Seigneur. » Après ces paroles,
sa tête se courba sur sa poitrine et quelques
larmes s'échappèrent de ses yeux. Plongé
dans ces pensées douloureuses , il n'entendit pas la marche d'un vieillard , dont les
pas traînants indiquaient les années qui
avaient blanchi sa tête. « Jeune homme ,
dit le vieillard (lorsqu'il fut assez prêt d'E-
liézer pour s'être aperçu de sa fatigue et de
son chagrin) , tes yeux tristes et tes lèvres
pâles me font craindre qu'il ne te soit arrivé
un malheur , ou que le besoin de nourriture
en épuisant ton corps, n'ait brisé l'énergie de
ton âme ? Parle , ouvre-moi ton cœur , et
s'il m'est possible de te soulager, tout ce
qui m'appartient est à ton service; je me
trouverai heureux si je puis adoucir tes peines. » — « Noble vieillard , la bienveillance
de vos paroles charme plus mon âme que le
parfum des fleurs du matin ; mais le mal qui
blesse mon cœur est sans remède ; enten-

dez-vous ces instruments , ces chants de
Béthulie ? eh bien ! la piqûre des mouches
à miel est moins sensible au corps délicat
d'un enfant que ne sont à mon cœur ces
cris de joie qui le déchirent. Je voulais fuir
plus loin , mes forces m'ont abandonné ; je
serais heureux de mourir si un vieillard in-
firme , un père qui n'a qu'un fils, ne récla-
mait mon existence. » — « Mais le Dieu d'Israël, infortuné jeune homme, ne peut manquer de consoler ton cœur qui me paraît si
bon, si rempli de piété. » — « Ah ! reprit Eliézer, en cachant son visage de ses deux
mains ; non, non , je ne mérite que des châtiments et tout ce que je souffre est la juste
punition de mes fautes. Puisse le Seigneur
me pardonner, puissé-je par une pénitence
de toute ma vie , laver mon âme de ses infidélités ! » — « Tes paroles intéressent ma vieillesse, jeune homme : je n'ose te presser de
soulager ton cœur en me faisant une confi-
dence entière ; mais crois que le sein d'un
ami est déjà ouvert pour toi, et que la droi-
ture de ton cœur et ton repentir ont déjà
gagné mon estime et mon amitié. » Eliézer,
attendri par la bonté de ses paroles et sentant un secret désir de parler de ses souf-

frances, raconta avec simplicité et franchise
toute l'histoire de son amour naissant et
malheureux sans chercher à cacher le moindre de ses torts envers Dieu et envers son
père ; mais l'épuisement où il se trouvait ,
l'obligeait à s'arrêter de temps en temps ,
et sa voix semblait expirer sur ses lèvres.
« Repose-toi , mon fils , dit le vieillard , et
accepte de ma main ce léger soutien pour
ta faiblesse. » En même temps il approcha de
ses lèvres une liqueur renfermée dans une
calebasse , et lui offrit encore un gâteau
d'orge et quelques fruits bienfaisants qu'il
venait de cueillir dans le bois. — « Les secours d'un ami sont précieux dans le malheur , dit en soupirant Eliézer , et en exprimant d'un regard sa reconnaissance à l'é-
tranger ; le baume que vos consolations versent dans mon âme en adoucit toutes les
plaies. Satisfaites aussi mon désir, et dites-
moi si vous avez des fils, quel est votre pays ,
êtes-vous heureux ? » — « Jeune homme,
accepte l'offre que je vais te faire , suis-moi
dans mon habitation ; tu t'y reposeras à
l'ombre des palmiers , tu ranimeras tes forces en partageant mon modeste repas et je
te ferai le récit de mes infortunes , à la

fraîcheur du soir et à la lueur de la lune ;
car , comme toi , mon fils , j'ai eu des chagrins et de plus grands encore.!.... Mais
ne crains-tu pas que ton père ne soit in-
quiet sur ton absence? » « Il ne peut l'être ,
répond Eliézer , c'est lui-même qui m'a dit :
Eloigne-toi de Béthulie, mon fils ; ne reviens
qu'après les jours de fête, et puisse le Très-
Haut calmer ta douleur et envoyer ses anges
pour te conduire et te consoler! » A peine
Eliézer eut-il achevé ces paroles que le vieillard se releva , s'appuyant sur son bourdon,
et d'un air satisfait fit signe à Eliézer de le
suivre. — « Laisse tomber tes regards, mon
fils , sur ces belles vallées environnées de
hauts palmiers ; admire aussi ces cèdres
majestueux dont les têtes semblent s'élever
avec fierté jusqu'aux cieux et dont les rameaux assurent aux voyageurs accablés de
fatigue et de chaleur , une ombre hospitalière que les rayons du soleil ne peuvent
jamais pénétrer. Vois ces rivières, ces fontaines qui semblent se disputer l'honneur de
rafraîchir des lieux si prodigues en magnificence et en beauté ; ne trouves-tu pas , mon
fils, un charme secret à livrer ton cœur à la
reconnaissance envers le Seigneur? Chaque

instant de notre vie nous dévoile de nouveaux bienfaits de sa part : nos douleurs
mêmes sont des effets de sa bonté ; la prospérité nous est souvent nuisible , elle en-
chaîne nos cœurs à la terre en ne nous montrant que des biens et des plaisirs. Les maux
arrivent-ils ? aussitôt nos âmes brisées par
les angoisses, s'élèvent au ciel pour implorer secours, et elles commencent à comprendre que la terre n'est qu'un lieu
d'exil et que le bonheur n'est que pour
le ciel. Souviens-toi bien , mon fils ,
que la vertu seule peut rendre l'homme
vraiment heureux. Sans douté elle lui impose
bien souvent des sacrifices et des combats ;
mais les fruits qu'il en retire sont doux et
durables, et il s'en réjouira dans l'âge mûr,
dans la vieillesse et dans les derniers moments de son existence. C'est un précieux
trésor que le témoignage d'une bonne conscience. Elle embaume l'âme d'une douce
paix et répand jusque dans le sommeil les
charmes d'une ineffable douceur. Il est des
chagrins cependant qui affligent durement le
cœur de l'homme ; mais la vertu l'aide à les
supporter en relevant son courage et en
lui montrant, dans ces chagrins qui le tour-

mentent, le moyen d'expier ses fautes et de mériter l'amour de son Créateur et la récompense qui lui est promise. Le Prophète a dit : « Ce n'est que dans la demeure des justes qu'on entend les cris d'une véritable joie , parce que c'est la joie du salut. » Rappelle-toi toujours , jeune homme , que celui qui ne craint pas le Seigneur et qui se livre à ses passions n'est jamais ni satisfait ni heureux. Sans cesse le jouet d'agitations et de désirs, il est semblable à un navigateur jeté sur une mer orageuse en butte à toutes les tempêtes, et sans cesse exposé à être précipité dans l'abîme ; le calme d'un jour tranquille fuit loin de lui comme un songe et il redoute même l'instant où, seul avec lui-même, il ne peut s'empêcher d'entendre le cri d'une conscience troublée : car tout le prestige des fêtes mondaines et tout l'enivrement des passions ne peuvent alléger ce poids qui pèse sur l'âme infidèle, et mille jours des plus vifs plaisirs ne valent pas un seul jour passé dans la joie du Seigneur. » Eliézer écoutait attentivement le vieillard ; des réflexions pénibles ou consolantes faisaient tour à tour soupirer son cœur. Il condamnait intérieurement son aveugle présomption et se promettait bien

3*

de ne plus écouter que la voix du devoir.
« Mon père, dit-il au vieillard, votre discours
a charmé mon âme comme la fleur de l'aman-
dier charme les yeux du voyageur, comme le
chant du rossignol réjouit sa douce compagne. Votre voix plaît à mon cœur, elle calme
mes peines et embellit la vertu qu'elle me
fait aimer. Mais, mon père, sommes-nous
encore bien éloignés de votre demeure ? » —
« Non, mon fils, tourne tes yeux de ce côté...
ne vois-tu pas ces bouquets de palmiers
sur le penchant de cette colline ? Hélas! ils
furent plantés à la naissance de mes fils !
Contemple à ta gauche ces vallées ombra-
gées de cèdres dont les pieds sont arrosés par
mille ruisseaux qui descendent de la montagne. Au fond de ce vallon, tu peux apercevoir une touffe d'arbres et de beaux chênes. Mon habitation est cachée par ces arbres,
mais tu la découvriras bientôt, et tu verras
en même temps de superbes figuiers formant une salle de verdure dans laquelle,
sur une table en pierre, nous allions prendre
nos repas à l'abri du soleil et de la chaleur.
Mon fils, tourne tes regards du côté du soleil
couchant: tu découvriras bientôt une cascade
magnifique qui tombe d'une hauteur prodi-

gieuse en formant une écume blanche
comme le lait et des nuages d'eaux qui semblent se perdre dans les airs. » Effective-
ment, quelques minutes après, nos deux
voyageurs purent contempler dans toute
sa majesté ce ravissant spectacle! ils reprirent ensuite leur marche, et virent une
montagne couverte de nombreux troupeaux.
« Vois, mon fils, s'écria le vieillard avec une
vive émotion; vois ces belles génisses, vois
ces brebis innombrables; elles sont à moi,
mais je ne me réjouis plus en les voyant, depuis que j'ai perdu mes fils et ma fidèle compagne! » Ces mots furent accompagnés de profonds soupirs et suivis d'un moment de silence.
Eliézer respectant la douleur du vieillard ne
lui fit aucune question. Peu de temps après,
ils arrivèrent à l'entrée des allées de cèdres,
d'où l'on découvrait la demeure du vieillard.
Deux gros chiens s'élancèrent aussitôt vers
leur maître en témoignant leur joie par des
caresses et un aboiement langoureux. De nombreux serviteurs accoururent avec empressement autour du bon vieillard dont le retour
semblait les combler de bonheur. Quelques-
uns se hâtèrent de laver les pieds des voyageurs couverts de poussière, d'autres s'em-

pressèrent de préparer un repas propre à
ranimer leurs forces épuisées. Une belle nappe
de fin lin fut étendue sur la table de pierre
dans la salle des figuiers ; elle fut bientôt
couverte de vins délicieux de l'Apanice ,
d'un quartier de chevreau rôti, d'œufs frais,
des fruits les plus savoureux , du miel le
plus exquis et des fromages de diverses qualités. Mais nos deux voyageurs nourris déjà
par les émotions et les sentiments de leurs
cœurs , ne touchèrent que légèrement à des
mets si propres à faire naître l'appétit.

XI.

Après avoir béni et remercié le Seigneur
de ses dons , le vieillard conduisit Eliézer
au fond d'un jardin sous un berceau de
chèvrefeuilles , à travers lesquels la douce
lueur de la lune venait pénétrer.

« Je vais à présent, mon fils, remplir ma promesse en te faisant le récit de toutes les
infortunes de ma vie. Nairim (tel était le
nom de mon père) avait deux fils : Eram,
mon frère aîné, et moi, Josué, le plus jeune.

Notre enfance fut assez heureuse ; la tendresse maternelle veillait sur nos jours qui
furent innocents et paisibles. Mais cette joie
fut courte et s'évanouit bien vite. Les premières leçons que nous apprîmes de ma
mère furent de bénir le Seigneur , d'honorer nos parents et d'aimer nos frères. Il me
semblait que j'aimais bien Eram ; je lui don-
nais les plus beaux fruits de mon jardin ,
tous les nids d'oiseaux que je trouvais ; mais,
jaloux sans motif, il ne répondit à mon amitié que par l'indifférence ou le dédain. Cependant j'étais toujours le même envers
lui ; je voulais lui arracher sa tendresse, et pour
y parvenir il n'était rien que je ne fisse. J'étu-
diais ses goûts, je prévenais ses désirs sans pouvoir lui arracher le moindre retour d'amitié :
j'avais élevé un joli petit agneau qui me suivait partout ; il était blanc comme la neige,
et chaque jour pour l'embellir , je lui met-
tais des nœuds de rubans et un collier de
fleurs. Cet agneau parut faire envie à mon
frère ; aussitôt que je m'en aperçus , je cou-
rus vers lui , je l'embrassai, et lui donnai
mon agneau chéri pour gage de mon amitié.
Mais, hélas! mes attentions semblaient le rendre plus méchant ; non content de m'affliger

sans cesse, il cherchait à m'ôter la tendresse
de mes parents, et il n'y réussit que trop
auprès de mon père qui n'avait d'affection
que pour Eram. Je me consolais auprès de
ma mère, dont le cœur fut toujours juste
et tendre pour moi. J'avais cultivé avec beaucoup de soin de belles fleurs pour la fête de ma
mère ; Eram s'en aperçut et, un soir, en entrant dans mon jardin, je vis toutes mes
fleurs arrachées et jetées à terre. J'en pleurai
de douleur, et le cœur tout ému : « Méchant
frère, lui dis-je, que t'ai-je fait pour me
faire tant de mal ? » Depuis cet instant il devint encore plus haineux contre moi, et j'eus
à souffrir chaque jour de nouveaux outrages
de sa part. Je confiais au Dieu d'Israël toutes mes peines, et je le priais de ne pas
maudire mon frère parce qu'il serait trop
malheureux, mais seulement de changer son
cœur. Ma jeunesse se passa ainsi dans les
chagrins jusqu'à l'âge de vingt-deux ans. Un
jour pendant que je paissais mon troupeau
dans une vallée, je ne vis plus Lina, la plus
belle de mes brebis. Je la cherchai de tous
côtés, sur les montagnes, sur les coteaux,
et je ne découvris aucune de ses traces ; je
m'obstinai à la chercher toujours parce qu'elle

m'était chère : c'était la mère du joli petit
agneau que j'avais donné à mon frère. J'a-
perçus tout à coup, dans le lointain, de nombreux troupeaux qui descendaient les montagnes. Lina est peut-être parmi eux, pen-
sais-je, et de suite je dirigeai mes pas de
ce côté ; enfin je parvins à les atteindre, et
j'eus la joie de retrouver Lina. La pauvre
brebis m'exprima sa joie en me voyant, par
de longs et de continuels bêlements. La
jeune Noémi était à la tête de quelques serviteurs, qui conduisaient ces troupeaux.
L'air modeste de cette jeune fille, la douceur de ses paroles, son regard plein de sen-
sibilité et de candeur, produisirent en moi
une sensation inexprimable. Je lui deman-
dai si elle venait tous les jours paître ses
troupeaux sur ces montagnes : « Presque
tous les jours, répondit-elle, excepté lorsque les vents nous font chercher un abri
dans les vallées. » Je la quittai à regret, je
marchai tout pensif jusqu'à la demeure de
mon père sans plus songer à la pauvre Lina
qui bêlait, se tournait, se retournait sans
obtenir une caresse. Le soir, avant de me
livrer au sommeil, je priai le Dieu d'Israël
de bénir cet amour naissant et de me don-

ner Noémi pour épouse. Mon sommeil fut
agité et interrompu souvent par le souvenir
de Noémi, et aussitôt que j'aperçus l'aube
du jour, je quittai ma couche, j'adorai
le Seigneur, et je conduisis mes troupeaux
sur les montagnes où j'avais vu la veille la
jeune fille. Après bien des heures d'attente,
le bruit des troupeaux fit battre mon cœur ;
enfin Noémi parut accompagnée de son père.
En me voyant, un doux coloris couvrit son
visage : « Voilà, dit-elle à son père, le jeune
homme qui vint hier chercher sa brebis qui
s'était mêlée parmi les nôtres. » — « Quel est
ton nom, jeune homme, me dit le père,
quel est ton âge ? où est ta demeure ? » Je
satisfis d'une voix tremblante à toutes ces
demandes. Il parut content et me dit : « J'irai
voir ton père, il faut bien que les habitants
du Mont-Thabor se connaissent entre eux, »
et comme Noémi caressait Lina, je voulus
la lui offrir. — « Non, non, me dit le père,
nous n'accepterons ta brebis que si en
échange tu en acceptes une des nôtres, » et
alors Noémi s'empressa de me choisir la plus
belle de son troupeau. Ah ! que ce don fut
précieux à mon cœur et qu'il me rendit
heureux ! Dans ce moment de joie j'avais

oublié toutes mes douleurs, toute la méchanceté de mon frère et j'arrivai à ma demeure
l'âme pleine de joie et de bonheur. Je fis
part à ma mère de ce qui m'était arrivé ; je
ne lui cachai pas les sentiments de mon
cœur et mes désirs d'obtenir Noémi pour
épouse; je la priai d'en parler à mon père ,
afin qu'il consentît à mon désir , mais de le
cacher avec soin à Eram , qui peut-être cher-
cherait à détruire ma félicité. Je redoublai
mes prières auprès du Seigneur afin que mon
père fût favorable à mes espérances , et je
vis venir ma mère, les yeux brillants de joie,
m'annoncer que mon père connaissait la
famille de Noémi , qu'il serait flatté de cette
alliance et qu'il me permettait de chercher
à obtenir celle que mon cœur aimait. Jamais
je n'avais senti tant de reconnaissance pour
l'auteur de mes jours ; j'allai me jeter à ses
pieds, j'embrassai ses genoux , je les arrosai
de mes larmes et ensuite avec la vitesse d'un
chevreuil qui court après la mamelle qui le
nourrit , je traversai les vallées , les montagnes, et j'arrivai en peu de temps à la demeure de Zélaüs (tel était le nom du père
de Noémi) ; il ne tarda pas à apprendre le
motif de ma visite et le consentement de

mon père à la demande que je venais lui
faire. Il reçut très-bien mes paroles, me
témoigna beaucoup d'affection, me nomma
son cher fils et promit de me donner sa fille
pour épouse à la prochaine moisson. Noémi,
par un doux sourire, parut approuver le
choix de son père. Rien ne semblait manquer
à mon bonheur! j'oubliais que sur cette terre
le bonheur est un étranger qui fuit sans
cesse les pauvres mortels et ne laisse après
lui que son ombre, après laquelle courent
les hommes infortunés! Tous les jours mes
troupeaux paissaient avec ceux de Noémi.
De distance en distance, j'avais élevé en forme
de berceau des branches de palmier, j'avais
dressé dessous de petits bancs de gazon,
afin que Noémi pût s'y reposer à l'abri de
l'ardeur du soleil. Je tressais pour elle de
petites corbeilles de jonc que je remplissais
de fruits et de fleurs, et puis je les lui offrais.
Enfin je ne comptais plus que trente soleils
pour qu'elle fût à moi pour toujours ; mais
hélas ! je frémis encore en y pensant ! A combien de souffrances mon cœur était-il réservé !... Eram, étonné de mes longues ab-
sences et de l'air heureux qui se dévoilait
sur ma physionomie, se douta de quelque

chose et me suivit un jour lorsque je condui-
sais mes troupeaux vers ceux de Noémi. La
vue de cette belle fille, son air de modestie et
de candeur le saisirent et le charmèrent. Dans
un instant il eut tout compris, tout deviné,
et dans un instant aussi il eut formé ses mé-
chants desseins. Il alla trouver mon père ,
lui déclara qu'il aimait Noémi et qu'il la
désirait pour épouse. Mon père, étonné , lui
répondit qu'elle m'était promise et qu'avant
le cours de trente soleils elle serait à jamais
unie à mon sort. A ces mots, mon frère ne
se posséda plus, et avec l'accent de l'indignation et de la douleur , il proféra ces paroles : « Est-ce-là l'affection d'un père pour
son fils aîné ? Devais-je m'attendre à un traitement semblable ? pouvais-je penser que les
droits du plus jeune de vos fils passeraient
avant ceux de l'aîné ? Noémi promise, ac-
cordée, l'hymen fixé, et moi être le seul
dans la demeure à ignorer toutes ces choses ! sont-ce là les marques de tendresse que
vous vouliez me donner et les preuves de la
confiance que vous paraissiez avoir en moi?
Non, je ne supporterai pas un tel affront ! et
s'il n'est point de remède à mon malheur ,
vous aurez au moins la joie barbare de me

voir expirer sous vos yeux !... » Toute l'affection de mon père pour Eram se fit sentir plus forte que jamais, en entendant ses plaintes et en voyant sa douleur. Il lui dit en le serrant dans ses bras : « Console-toi, cher fils, ton malheur n'est pas, je l'espère, sans remède ; il me sera peut-être possible encore d'obtenir Noémi pour toi. N'es-tu pas le premier que mes bras aient reçu à la vie ? le premier qui ait bégayé le doux nom de père ? Non, il ne sera pas dit que ton frère soit heureux avant toi, et que tu gémisses dans les larmes pendant qu'il serait dans les fêtes. Je vais de ce pas à la demeure de Zélaüs, et avant que le soleil disparaisse de nos montagnes, je reviendrai près de toi, j'espère, avec des paroles de consolation. » Hélas ! mon père ne réussit que trop auprès de Zélaüs, qui fut encore plus honoré de l'alliance de son fils aîné, héritier de tous ses biens ; et sans pitié pour l'amour qu'ils avaient laissé naître dans mon cœur et celui de Noémi, ils violèrent inhumainement leur promesse et nous plongèrent dans un océan de douleurs. Eram triomphait, il était parvenu à l'accomplissement de ses désirs, et il allait se repaître de mes angoisses et de

mon désespoir. Mon père me fit venir près
de lui et chercha, par des raisons de néces-
sité, à pallier un procédé aussi injuste. Je fis
retentir l'air de mes gémissements ; j'invo-
quai la justice et la tendresse d'un père qui
voulait immoler mon bonheur et manquer à
sa promesse ; mais tout fut inutile : ni mes
paroles, ni les cris déchirants de mon cœur
ne purent le toucher, et il prononça ces mots
d'une voix forte et solennelle : « Mon fils ,
obéissez à mes ordres, ma résolution est prise,
rien ne pourra la faire changer !... » Immobile d'étonnement et de douleur, je sentis mon
âme défaillir et je tombai sur le plancher aux
pieds de mon père où je restai quelque temps
sans connaissance et sans sentiment. En revenant à moi, je me trouvai dans les bras de
ma mère, qui cherchait par ses tendres soins
et ses douces paroles à calmer l'amertume de
mes chagrins. Son éloquence pieuse la fit
parvenir peu à peu à me soumettre à la volonté divine que je devais adorer dans tous
les événements et toutes les affections de ma
vie. « Rappelle-toi, mon fils, me disait-elle,
la soumission d'Isaac, lorsque Abraham lui
manifesta l'ordre de Dieu de l'immoler pour
victime. Admire aussi l'obéissance et le dé-

vouement de ce tendre père qui était prêt à
sacrifier à Dieu ce qu'il avait de plus cher au
monde. Telle doit être, cher Josué, la disposition de ton âme à l'égard de Dieu dans
ce moment. Accablé sous le poids de tes
peines, ne cesse pas de bénir la main qui te
les envoie, et adore sans les connaître les
desseins de l'Éternel. Sa bonté toute paternelle veille sur tous tes besoins ; il entend
les gémissements de ton âme, il écoute tous
tes désirs, mais il veut régner en souverain
dans ton cœur ; supporte avec courage les
épreuves de sa rigueur, si tu veux te rendre
digne des plus douces consolations de son
amour. Offre-lui ton sacrifice avec générosité, il montera vers son trône comme un
parfum de nard et de cinnamome. Les
anges le lui présenteront, ton âme sera
agréable au Seigneur, il te préparera dans
son beau royaume des récompenses éternelles. Mon fils, ajouta-t-elle, je t'en conjure
par l'amour de Dieu d'Israël, par les larmes
de ta mère, calme ta douleur, obéis à ton
père et pardonne à ton frère !... »Ah ! quelles
sont puissantes les paroles de la vertu et
la voix d'une mère qu'on aime ! Elle ob-
tint tout de moi, je lui promis d'accomplir

le sacrifice... et de mourir s'il le fallait en
obéissant. Je lui promis même de pardonner
à ce frère cruel toute la noirceur de sa méchanceté ; mais je suppliai ma mère de me
permettre de partir avec le troupeau qui
m'appartenait. « Je ne veux plus vivre ici,
lui dis-je , toujours exposé à de nouveaux
outrages d'Eram , et voyant sous mes yeux
gémir cette belle colombe de Noémi , livrée
aux griffes d'un si cruel oiseau de proie. Ma
mère , adoucissez ses peines , allégez ses
souffrances! Ah ! je souffrirais moins moi-
même si je pouvais la savoir heureuse. »
— « Oui , je consens à ton départ , mon fils ,
me dit ma mère ; il est nécessaire , pour
adoucir tes maux et guérir ton cœur , dont
la douleur serait plus vive en présence des
objets qui la causent. Tu iras dans le pays
d'Esdrelon vis-à-vis la grande plaine , chez
un de mes frères qui possède de grands biens,
et chaque lune je t'enverrai un serviteur
fidèle pour te porter de mes nouvelles et pour
savoir si tu conserves toujours la crainte et
l'amour du Seigneur. Que le Dieu d'Israël te
protége dans ton voyage et conduise tes pas
dans le sentier de la vertu et dans l'accomplissement de tes devoirs ! » Les lèvres de ma

mère déposèrent un baiser sur mon front qui
fut aussi mouillé de ses larmes. Elle me bé-
nit , et je la quittai bien triste mais cependant fortifié.

Avant de m'éloigner de ces vallées si chè-
res à mon cœur , je voulus encore une fois
voir Noémi et lui faire mes adieux. Je la
trouvai sur la montagne , pensive et la pâleur
sur le visage ; nos yeux exprimèrent dans un
instant toutes les émotions d'une journée qui
brisait nos espérances et notre bonheur ; mais
semblables à de malheureux agneaux qu'on
doit immoler dans une fête , et qui regardent
avec douceur la main qui va les égorger , nous
nous contentâmes de souffrir et de pleurer
ensemble sans laisser sortir de nos bouches
une seule plainte contre les auteurs de notre
infortune. « Les épreuves de Dieu sont bien
amères à l'âme , me dit Noémi en levant au
ciel ses beaux yeux noyés de larmes , mais
il aura pitié de nous ; il a promis sa protection et des récompenses à celui qui serait
fidèle à son devoir, et qui serait soumis aux
auteurs de ses jours. Armons-nous donc de
courage , Josué, pour immoler nos cœurs à
sa volonté sainte. Hélas ! le sacrifice de nos
vies nous serait moins cruel que le sacrifice

qu'on demande de nous, Dieu du ciel!
donne la force de l'accomplir! et les larmes
suffoquèrent sa voix... A ces mots, à ce
spectacle déchirant, je fus comme saisi d'un
mouvement de désespoir : « Non, non! m'é-
criai-je, on ne me ravira pas l'âme de ma
vie, l'objet le plus cher à mon cœur! non,
je ne donnerai pas à ce frère cruel ma
Noémi, les délices de mon existence! Ah!
frère barbare! puisse le Seigneur t'écraser
du poids de sa colère! puisse ce père injuste
en être témoin et partager toutes tes souffrances! Ah! malheureux!.. où m'aurait entraîné mon désespoir, si le souvenir de ma
mère, comme une lueur bienfaisante, n'était
venu m'éclairer dans mon égarement! L'oubli de mes promesses à ma mère, la grandeur des fautes que je venais de commettre,
vinrent à l'instant comme une nouvelle affliction accabler mon pauvre cœur... Noémi
était si triste à la vue de mon désespoir,
qu'appuyée sur les bruyères, elle n'avait
plus la force de se soutenir. Nos yeux se
rencontrèrent encore, et il serait impossible
de décrire tout ce qu'ils s'exprimèrent de
tendresse et de douleur!... Il fallut pour-
tant se séparer...; il fallut s'arracher de ces

lieux où j'avais jadis éprouvé tant de joie et d'espérance..., de ces lieux que je ne devais plus revoir de longtemps..., que je devais même chercher à oublier..., et qui m'étaient plus chers que jamais! Mon Dieu, ma mère, ma raison..., tout fut appelé à mon secours, et tout semblait insuffisant pour me donner la force de quitter Noémi dont mes regards ne pouvaient se détacher. Enfin, grâce au Dieu d'Israël, qui remplit tout d'un coup mon âme de force et de lumière, j'eus honte de ma faiblesse, je reconnus la grandeur de mon infidélité au Seigneur, et avec un effort déchirant je dis adieu à la triste Noémi, et je m'éloignai de ces montagnes paisibles.., dè ces beaux vallons.., de la demeure de mon père.., n'emportant avec moi que mon troupeau, ma chère brebis et ma douleur qui me suivit au pays d'Esdrelon où j'allai me fixer auprès du frère de ma mère. Le calme et la réflexion me firent déplorer amèrement toutes mes fautes... J'avais promis de pardonner à mon frère et, dans mon délire, j'avais attiré la malédiction du ciel sur lui; j'avais souhaité aussi des chagrins à mon père, que Dieu m'ordonne d'aimer et de respecter. Ah! me disais-je, si ma mère connaissait combien son fils est coupable, ses jours seraient abreuvés de douleur! Mais j'expierai mes fautes.., et, par mon repentir, mes larmes et ma résignation, je laverai mon âme de ses iniquités, et j'obtiendrai encore pour moi et ma famille les bénédictions du ciel. — Mon frère ne jouit pas longtemps du bonheur qu'il avait voulu me ravir : il fut atteint d'une maladie de poitrine qui le rendit triste, souffrant et malheureux. Les remords qui déchiraient son âme aggravaient encore sa maladie ; il se plaignait sans cesse, ne paraissait satisfait de rien et adressait même au Seigneur des reproches et des murmures. Sa triste existence s'écoula dans les noirs soucis, les mauvais désirs, les pénibles inquiétudes, sans que les consolations du juste vinssent adoucir ses derniers jours ; il traîna sa vie languissante pendant deux ans, et le serviteur de ma mère vint un jour m'annoncer que mon frère était bien malade, qu'il fallait me hâter d'aller l'embrasser et lui pardonner. A cette nouvelle, tous les chagrins qu'il m'avait causés furent oubliés ; je ne me souvins plus que de ma tendresse, et mon seul désir était de le presser dans mes bras et de lui montrer

4.

que mon cœur lui pardonnait ; mais cette
consolation ne me fut pas réservée : il venait d'expirer lorsque mes pieds touchèrent
le sol natal. Je trouvai mon père plongé dans
le chagrin le plus violent ; il parut satisfait
de mon retour, et lorsqu'il vit mes larmes se
mêler à ses larmes, mes regrets à ses regrets,
il trouva dans ma présence un adoucissement à sa douleur. Ma pauvre mère pleurait
aussi. mais qu'elle était heureuse de me revoir auprès d'elle , et de penser qu'elle ne
me quitterait plus ! Ma sœur Noémi avait
tant souffert , elle avait rempli avec tant de
dévouement le plus sacré des devoirs , qu'é-
puisée par la fatigue et les peines morales,
son visage avait perdu sa fraîcheur , et ses
traits étaient empreints de mélancolie et de
tristesse. Une année se passa ainsi dans le
deuil et les larmes, sans qu'on entendît jamais
parmi nous un seul mot de gaîté. L'affection de mon père pour moi semblait augmenter chaque jour. Il me voulait sans cesse
auprès de lui , et m'appelait dès qu'il me
perdait un instant de vue. Après une soirée fraîche et pure, nous étions assis autour d'un cèdre
et nous nous préparions à le quitter , lorsque
mon père dit à haute voix avec un accent

de tendresse : « Mon cher Josué , tes peines
vont cesser ; ton respect et ta soumission
vont avoir leur récompense ; il est temps
que tu sois heureux ; le ciel a écouté tes désirs, et il te donne par ton père Noémi
pour épouse et l'héritage de tous mes biens.
Soyez heureux tous deux, mes enfants ;
que le ciel vous bénisse et que vos cœurs ne
cessent jamais d'être vertueux ! » L'émotion
de mon bonheur fut si vive que je ne pus
proférer aucune parole ; je me jetai dans les
bras de mon père, de ma mère chérie, et
je baisai respectueusement la main tremblante de Noémi. Depuis cet instant la joie
sembla naître dans notre demeure ; on quitta
tous les signes de deuil, et peu de temps
après parut pour mon cœur le plus beau jour
de ma vie : je goûtai pendant plusieurs années la félicité la plus pure et la plus douce
que la vie de cette terre puisse offrir. J'étais
père de plusieurs fils qui me prodiguaient
leurs caresses et que j'élevais dans la crainte
de Dieu. J'aimais et j'étais aimé de la douce
compagne de mes jours ; je rendais aussi agréable qu'il m'était possible la vieillesse de mes
parents, aucun sentiment pénible ne venait
troubler la paix de mon âme ; mais encore

une fois le bonheur n'est pas pour la terre,
et il faut des épreuves et des souffrances à
l'homme pour épurer son âme, élever ses
désirs au ciel. Ma chère Noémi expira dans
mes bras en donnant naissance au dernier
de mes fils. Ma douleur alors surpassa toutes
les douleurs que j'avais éprouvées encore.
Quelques années après, j'assistai les auteurs
de mes jours dans leurs derniers moments.
Ah! le souvenir de ma mère est toujours présent à mon cœur; il me semble que j'entends
encore ses paroles dernières, qui retentiront
dans mon âme tant qu'un souffle de vie ani-
mera ma faible existence. J'étais près de sa
couche, pénétré d'un sentiment pénible, en
voyant ses forces s'affaiblir de moment en
moment, lorsque se tournant vers moi elle
me regarde et me dit d'une voix presque
éteinte: « Mon fils, que reste-t-il à l'homme
au lit de la mort? ses plaisirs? ils sont pas-
sés, il n'en a plus. Ses biens, ses troupeaux,
son héritage? il va les quitter pour toujours....
Ses amis, ses enfants? il va s'en séparer...,
et dans plus ou moins de temps, il s'effacera peu à peu du souvenir des hommes...
Que lui reste-t-il donc au lit de sa douleur?
à cette heure suprême? la vertu seule...;

le bien qu'il a fait ; les victoires qu'il a remportées sur ses passions, le respect qu'il a toujours eu pour la loi du Seigneur et pour les auteurs de ses jours ! Avec ces richesses véritables, son âme consolée attend avec calme l'arrêt porté contre les enfants d'Adam, et paraît sans frayeur devant le Dieu d'Israël pour recevoir la récompense de sa fidélité. » Après avoir articulé avec peine ces dernières paroles, ma pauvre mère resta oppressée quelques instants, puis jetant un léger soupir elle me regarda, me tendit la main et s'endormit dans le Seigneur. Ah ! mon cher Éliézer, que de tourments, que de malheurs vinrent encore déchirer mon cœur!... Je vis tour à tour mes enfants, mes fils chéris moissonnés sous mes yeux par la mort ; mais jamais je ne cessai de bénir la main qui me frappait et de rendre à mon Créateur sans murmure les biens qu'il m'avait donnés. Si j'ai connu l'adversité, je conserve au moins la paix de l'âme. Le repentir a, je l'espère, effacé mes fautes ; et grâce à la bonté infinie de Dieu, je puis encore goûter quelques moments de consolation ; mes esclaves me chérissent, mes moindres désirs sont prévenus et satisfaits, j'emploie les

biens que le Seigneur m'a donnés à soulager
les malheureux qui me bénissent sans cesse,
et j'attends avec joie et soumission le moment
qui me réunira à tous les objets de mon
amour. » Ainsi finit de parler le vertueux
vieillard. Éliézer, tout ému, se jeta dans ses
bras, et le vieillard le pressa avec tendresse
sur son cœur... Après un moment de silence :
« Je voudrais, mon cher fils, lui dit-il, pouvoir te distraire de ta douleur, et offrir à tes
regards des merveilles que la nature nous
présente ici, et dont la vue en élevant ton
âme allégera le poids qui pèse sur ton cœur.
Il en est une surtout qui t'étonnera et qu'as-
surément tu ne t'attendais pas à trouver si
près de ma demeure. Laisse-moi au moins
l'espérance de penser que les prodiges de la
nature et de la puissance de Dieu en excitant
ton admiration adouciront aussi ton chagrin. Mais tu es accablé de fatigue, mon
fils ; il faut aller ce soir reposer ton corps sur
la couche qu'on t'a préparée, et demain,
après que le sommeil aura réparé tes forces,
je te conduirai avant l'aube du jour dans
des lieux où tour à tour les émotions les plus
vives s'empareront de ton esprit. » Ils rentrè-
rent aussitôt dans la demeure où ils allèrent
goûter un repos qui leur était bien nécessaire.

XII.

Le coq de bruyère jetait pour la seconde fois aux échos assoupis des vallons ses cris rauques et perçants quand le vieillard vint réveiller son hôte: « Partons, lui dit-il ; déjà l'étoile du nord se penche sur le sommet de la montagne, et le jour ne peut tarder à paraître. Viens contempler avec moi dans les beautés ineffables de la création la puissance du Dieu d'Israël. » Il lui remit ensuite une torche faite d'un rameau de pin, et, s'armant lui-même d'un bâton noueux, tous deux se dirigèrent à travers l'obscurité vers la grotte solitaire qui leur promettait tant de merveilles. L'air frais et pur était tout imprégné des senteurs agrestes des fleurs sauvages et des odeurs balsamiques des pins et des cèdres ; les étoiles, allumées par myriades dans les cieux, le traversaient de rayons mélancoliques et d'une lueur indécise qui revêtait les sites austères de ces montagnes de tous les charmes du mystère et de l'infini. Aux cris interrompus

4*

de la hulotte, au frémissement passager d'une
brise dans les bruyères , se mêlait par inter-
valle la voix prolongée d'un torrent ; et tous
ces bruits , se perdant par degrés dans l'espace, rendaient plus saisissant encore le calme
profond qui leur succédait. Éliézer , sur les
traces du vieillard auguste , marchait silencieux et recueilli , abandonnant son âme
aux impressions solennelles de la nuit. Ils
pénétrèrent d'abord dans une forêt profonde
pleine de silence et d'horreur. Des jets pâles
de lumière , glissant entre les éclaircies de
ces clairières , leur montraient les cimes dépouillées de vieux cèdres , patriarches des
solitudes , étendant autour d'eux leurs rameaux sombres comme des tentes funèbres.
La forêt traversée , une gorge nue et déchi-
rée s'ouvrit devant eux ; des rochers gigan-
tesques en fermaient l'issué ; et arrivés à
leurs pieds , nos voyageurs se reposèrent un
moment. « Nous allons tenter, dit le vieillard à Éliézer , une exploration périlleuse ;
mais à ton âge d'activité , le danger sourit
comme une source féconde d'émotions vives ; garde-toi cependant de te livrer à cet
attrait funeste... plus d'un jeune imprudent
a payé de sa vie son trop d'audace dans ces

fondrières ; pour moi, mon expérience s'est brisée à tous les accidents de la route, et je puis te servir de guide sûr. » — « Je connais trop la sagesse de vos conseils , pour les négliger cette fois, répondit Eliézer, et je suis prêt à poursuivre avec vous une excursion si pleine d'intérêt. »— «Suis-moi donc, reprit le vieillard. » Et se dirigeant vers un enfoncement de rocher : « Voici l'entrée de la grotte. »

Le vieillard fit jaillir quelques étincelles d'un silex, et alluma la torche qui devait éclairer leur marche. Alors un spectacle ravissant frappa les yeux d'Eliézer; la grotte, subitement illuminée, scintillait de reflets magiques, étalant de toutes parts les ornements merveilleux d'un palais enchanté. Des stalactites brillantes, chefs-d'œuvre des eaux et du temps, se détachaient sur le fond rembruni des rochers, découpées sous mille formes capricieuses d'albâtre et de porphyre ; ici , elles jaillissaient en aiguilles de cristal, s'élançaient en colonnettes argentées, se courbaient en arcades lumineuses ; là, elles présentaient aux regards étonnés des objets d'art, le chandelier d'or à sept branches, l'autel des parfums et celui des holocaustes. La lumière réunissant tous

ces prestiges, s'y brisait en jets de toutes couleurs, et par un accord singulier avec la fantai-
sie du hasard, couronnait chaque bobèche
d'une aigrette mobile et allumait sur les autels
la flamme du sacrifice. Eliézer restait immobile d'admiration, lorsque l'apparition s'évanouit tout à coup dans les ténèbres. Le vieillard l'appelait à d'autres beautés plus sévères.
Il le conduisit à travers des corridors sombres
sur un emplacement sauvage et morne que
recouvraient à demi les eaux dormantes d'un
lac. Les rochers de basalte qui formaient la
voûte du souterrain avaient une échappée
sur l'orient, d'où l'œil découvrait toute une
partie du firmament parsemé d'étoiles, entouré d'un groupe de nuages ; le croissant
de la lune ressemblait à une barque fragile
échouée sur des écueils. Le lac répétait dans
son sein toutes les constellations de la nuit,
mais dépouillées de rayons, et versait sur
ses bords un jour bleuissant. Par moment,
des bulles s'élevaient du fond des eaux,
agitées d'un frisson subit, et venaient cre-
ver à leur surface ; des vapeurs s'en déga-
geaient nauséabondes et grossières. — « Quittons ces lieux, s'écria Éliézer ; on dirait une
exhalaison des villes maudites, quelque rive

empestée du lac asphaltite : et cependant ,
répondit le vieillard , nous allons côtoyer
cet étang glacé jusqu'à l'issue opposée que
tu vois ; c'est la seule route qui puisse nous
conduire au terme de notre voyage. » Cette
partie de la caverne qu'il leur restait à traverser était la plus hérissée d'écueils, la
plus lugubre. On entendait un bruit monotone d'eaux filtrantes, un clapotement
sourd dans des profondeurs inconnues. La
sueur coulait au front du jeune homme ;
il suivait de près le vieillard, s'attachant à
toutes les arêtes des rochers dans une hal-
lucination pénible. Bientôt un air frais se fit
sentir ; quelques étoiles apparurent noyées
dans l'azur ; Éliézer s'élança par un mouvement rapide au-devant de son guide ; puis,
il tressaillit d'effroi : la grotte s'ouvrait sur
un précipice affreux. La roche sur laquelle
il s'était aventuré, penchait sur le gouffre ,
et d'un regard il en avait sondé la profon-
deur. Par un effet du vertige, tout se mit à
tournoyer devant lui ; ses genoux chancelè-
rent, il cédait à la fascination de l'abîme.
Le vieillard le retint par ses vêtements, et
tirant une calebasse de son sein, il lui fit
avaler quelques gouttes d'une liqueur forti-

fiante. Quand les forces lui furent revenues,
il s'assit à ses côtés sur le talus d'un ravin
et lui montra avec complaisance les décorations étranges de la nature bouleversée qui
les entourait. Des pics élevés s'allongeant
dans les nues, des roches immenses pendant en bloc, entre lesquelles deux rochers
énormes étayés chacun sur un côté opposé
de la montagne formaient au-dessus de
l'abîme un pont gigantesque d'une seule
arche. Sur les hauteurs, des cèdres tordus
à leurs pieds par l'effort des vents, et l'a-
mélanchier secouant sur le précipice sa neige
odorante ; au-dessous d'eux, un torrent né
des crevasses du roc, se précipitant d'un
seul bond au fond du gouffre, et dont
par la disposition des lieux, le mugisse-
ment sourd n'arrivait qu'affaibli à leurs oreilles. « Contemple, mon fils, dit le vieillard,
le spectacle imposant qui se montre à tes
yeux, et vois dans les dangers, les agitations, les alternatives de joie et de terreur
qui ont ébranlé ton âme, une image frap-
pante de l'existence de l'homme ; de cette
vie en butte à tant d'accidents divers ; de
ces passions qui creusent un abîme sous les
pas du malheureux qui s'y livre ; de ces dé-

sirs, de ces frêles espérances qui jettent
quelques fleurs sur sa route pénible et charment ses regards par quelques sites agréables au milieu des précipices qui l'environnent. Hélas ! de ces lieux où la grandeur de
Dieu se dévoile à nos âmes ; où le sentiment
de notre destinée immortelle nous trans-
porte d'un saint saisissement, combien les
grandeurs du monde paraissent peu de chose ! Combien on se sent ému de pitié au
souvenir des intérêts, des ambitions, des
vanités des pauvres humains ! Vois-tu avec
quelle rapidité les eaux de ce torrent passent et disparaissent à nos yeux ! les jours
de l'homme passent plus vite ; sa vie se dis-
sipe comme un nuage du matin, et le réveil
de l'éternité sonne pour lui souvent au moment où il y pense le moins, et où il se rend
coupable envers son Créateur. Mais, mon
fils, il est temps de retourner à ma demeure ;
assez d'émotions aujourd'hui ont remué ton
cœur ; le calme et le repos du matin te sont
nécessaires. Viens, suis-moi ; » et il le recon-
duisit à son habitation en prenant un sentier moins dangereux et qui présentait à
leurs regards d'agréables paysages. Éliézér
ne pouvait se lasser d'entretenir le vieillard

des phénomènes qui l'avaient frappé et de
la magnificence de la nature agreste. Cependant, après avoir puisé de nouvelles forces
dans le lait savoureux des génisses et les doux
mets que Josué avait fait préparer, il le
pria de lui permettre de le quitter pour retourner à Béthulie auprès de son père. «Mon
fils, répondit le vieillard, je voudrais qu'il
me fût possible de te garder toujours ; mais
je connais trop le cœur d'un père pour ne
pas comprendre combien il doit lui tarder de
te revoir. Console sa vieillesse, cache-lui tes
douleurs, montre-toi digne de l'amour qu'il
a pour toi, et le Dieu d'Abraham te bénira
et te préparera encore des jours heureux.
Mais je veux t'accompagner, mon fils, aussi
loin qu'il me sera possible ; je ne te quitterai
que sur la montagne du pic, d'où nous dé-
couvrirons facilement Béthulie. » Arrivés tous
deux sur le point indiqué de leur séparation,
les yeux d'Éliézer se remplirent de larmes, et
le vieillard le pressa dans ses bras avec l'expression du plus vif attachement. Dans les
témoignages d'une sincère affection, ils se
firent la consolante promesse de se visiter
de temps en temps, et avec douleur ils se
séparèrent l'un de l'autre.

XIII.

Le triste Éliézer sentait battre son cœur
plus fortement en approchant de Béthulie.
Mais quel fut son étonnement lorsque les
sons des instruments vinrent encore frapper
ses oreilles et déchirer son cœur... Encore des fêtes, dit-il, encore des réjouissances !... moi seul je souffre pendant que
les autres sont heureux !... Il aperçut un
jeune homme qui sortait de la ville et s'approchait du chemin où il se trouvait ; lorsqu'il fut assez près de lui pour pouvoir se
faire entendre, il lui dit : « Seras-tu assez
bon, jeune homme, pour me dire d'où viennent ces cris de joie ? » — « C'est la fête des
pauvres aujourd'hui, répondit le jeune
homme ; seriez-vous le seul à ignorer que
toute la ville est en fête pour célébrer les
noces de la belle Judith? Et voilà qu'elle a
voulu que les pauvres qu'elle aime tant
eussent aussi des joies aujourd'hui; elle leur
a fait préparer un beau festin et rien ne
manque à cette fête. Si vous eussiez été ici

hier, vous auriez été témoin d'un spectacle des plus touchants : tous les pauvres des environs étaient venus se joindre à ceux de la ville, après avoir cueilli toutes les fleurs qu'ils avaient pu trouver dans les champs ; ils en avaient tressé des couronnes, et puis, en chantant des paroles de bénédiction pour Judith, ils s'étaient rendus auprès de sa demeure. Judith, attendrie jusqu'aux larmes, s'étant approchée d'eux avec bonté, aussitôt ils déposèrent à ses pieds toutes leurs couronnes, en jetant des cris de joie, et implorant les bénédictions du ciel sur elle. Toute la foule attendrie poussait aussi des cris d'allégresse ; que les échos répétaient au loin. » — « Merci, jeune homme, » dit Éliézer, si ému qu'il ne pût proférer que ces paroles ; et il chercha à s'éloigner promptement, afin de cacher son trouble et sa douleur ; mais à peine a-t-il fait quelques pas, que le son d'une voix douce et chère pénètre son cœur ; il lève les yeux, et voit Judith et Manassé assis à l'ombre d'un térébinthe. A cette vue, il sent ses forces l'abandonner : il veut faire des efforts pour fuir, mais inutilement : il pouvait à peine se soutenir ; il cherchait du moins à se cacher sous le feuillage

des arbres ; et pendant qu'il essayait de ranimer son énergie, la douce voix de Judith
résonna encore à ses oreilles. Elle adressait
ces paroles à Manassé : « Allons, cher époux,
retrouver les pauvres qui se réjouissent à
cause de nous ; comme mon cœur est satisfait lorsqu'il voit des êtres heureux ! S'il
m'était permis d'augmenter le bonheur de
tous ceux qui respirent, je voudrais qu'il
n'existât plus de malheureux sur la terre et
que le Dieu d'Israël fût béni dans toutes les
bouches. » — « Chère Judith, reprit Manassé,
ton âme née pour la vertu est faite pour
aimer tes semblables et pratiquer le bien avec
héroïsme. Ton cœur aimant trouve des délices à servir et à faire adorer le Seigneur ; tu
trouves même dans l'accomplissement de
tes devoirs une joie surnaturelle que le cœur
méchant ne peut ni comprendre ni goûter.
Tu es heureuse, chère compagne de ma vie,
et personne ne peut t'enlever ton bonheur ;
toutes les afflictions mêmes de la terre ne
pourraient porter qu'une légère atteinte à la
paix de ton âme. Oui, allons retrouver les
pauvres que je chéris presque autant que
toi. » En disant ces mots, les deux époux
se levèrent et entrèrent dans la ville, où

retentirent un instant après de nouveaux
cris de joie et de bénédictions. Éliézer,
immobile d'étonnement et de douleur, éleva
son cœur à Dieu pour lui demander des forces et lui offrir les maux de son âme. Hélas!
pensait-il, où m'ont porté mes malheureux
pas! devais-je m'attendre en arrivant à Béthulie à être témoin du bonheur de Manassé?... A quelles épreuves, à quelles douleurs, suis-je donc condamné? Ciel! sou-
tiens ma faiblesse, et donne-moi la force
d'arriver à la demeure de mon père! » Il se
leva de nouveau, et étonné de son courage,
il alla rejoindre son tendre père qui, en l'a-
percevant, oublia ses infirmités et le pressa
contre son cœur avec des transports touchants. Éliezer dans les bras paternels sentit que, dans le malheur même, on peut
goûter encore quelques instants de joie. Le
bon vieillard cherchait à adoucir par sa tendresse et ses paroles les plaies saignantes
d'Éliézer, et celui-ci ne trouvait plus dans
les soins qu'il donnait à ce père chéri, que
des consolations à ses peines. Combien ce
bon vieillard fut ému en entendant l'histoire
intéressante de l'homme vertueux qui avait
accueilli son fils! Combien il lui tardait de

pouvoir le connaître, le remercier et le presser contre sa poitrine!... « Il faudra, mon fils, dit-il, retourner chez cet homme de bien, le prier de venir chez moi puisque mes infirmités m'empêchent d'aller chez lui. Combien je serai heureux de le posséder quelques jours, de lui offrir mon amitié et mon estime qu'il mérite à un si haut degré. Ah! puisse le Seigneur le récompenser du bien qu'il a fait à mon fils! puisse-t-il bénir tous ses jours et les rendre tous heureux! »

FIN DU LIVRE PREMIER

L'HÉROÏNE D'ISRAEL

OU

LES MOEURS PATRIARCALES

DES HÉBREUX.

LIVRE DEUXIÈME.

I.

Une femme d'une stature élevée, d'un regard sévère, paraissait montrer de l'inquiétude et de l'impatience en même temps. « Voilà deux heures que Rachel est sortie, disait-elle à demi voix d'un ton un peu grondeur, elle m'avait promis de revenir dans un instant ; elle sait bien cependant que les ma-

melles des brebis sont fatiguées par le lait,
et que son ouvrage est de les soulager. Mais
aussitôt que Rachel voit sa cousine, son cœur
se dilate de joie, il s'attache à elle comme
le lierre à l'ormeau. Pauvres jeunes filles !
elles sont bien intéressantes toutes deux ;
mais, malgré moi, la longue absence de Rachel m'inquiète. Ah ! la voici, mon cœur
se sent à l'aise ! Rachel, ma bonne Rachel,
dit Sérami avec empressement, et regardant sa fille avec tendresse, tes yeux ont
pleuré, tu as du chagrin, Rachel ; ne me
cache pas tes peines, tu sais combien je les
partage. » — « Oui, ma mère !.. un grand malheur vient d'arriver, et il est vrai que mes
yeux ont versé bien des larmes... Ma chère
cousine est dans une douleur extrême !...
En revenant de la vallée avec ses troupeaux,
elle a trouvé son père dans les bras de ses
serviteurs, sans connaissance et frappé d'a-
poplexie. On était allé dans les champs qué-
rir Manassé afin qu'il pût avec ménagement
prévenir Judith de cette triste nouvelle ;
mais ma pauvre cousine est arrivée la première pour être témoin de ce spectacle déchirant. Ses cris et ses prières ont obtenu du
ciel quelques instants de vie pour son père.

Les yeux de Mérari se sont ouverts languissants; il a regardé sa fille chérie, qui était
à genoux près de lui : il l'a bénie, il a béni
aussi Manassé qui est arrivé à l'instant ; il
a pressé dans ses mains vénérables celles de
ses enfants chéris; il a fait des efforts pour
parler ; mais ils ont été inutiles : aucune parole n'a pú sortir de sa bouche ; alors, avec
le sourire de la vertu résignée, par son regard il a dit un adieu touchant à tout ce
qui l'entourait ; et son âme s'est endormie
dans le Seigneur avec le calme de la fidélité.
Manassé et Judith ont fait retentir l'air de
leurs sanglots et de leurs gémissements ; tous
les assistants pleuraient. Judith, les yeux
levés au ciel avec une expression douloureuse, semblait lui demander la force et le
courage; puis, se jetant sur le corps inani-
mé de son père, il n'avait plus de vie que
sa voix l'appelait encore ; je l'ai laissée avec
Manassé dans l'affliction la plus profonde.
Ma mère, allez les consoler ou permettez
que je retourne à leur demeure pour essuyer
quelques-unes de leurs larmes. » — « Oui, oui,
répond Sérami, (tel était le nom de la mère
de Rachel), émue du récit qu'elle vient d'entendre, Judith était une tendre fille qui ai-

5

mait bien son père; va, mon enfant, la consoler; le jour n'est peut-être pas éloigné où
à son tour elle te consolera de la perte de
ta mère. Peut-être, moins heureuse que Mérari, la mort me surprendra avant que la
vieillesse ait engourdi mes membres et blanchi mes cheveux. Cependant, Rachel, lorsque tu verras que ta cousine peut se passer
de tes soins, souviens-toi de nos brebis et
des affaires du ménage, et reviens le plus tôt
possible. » Ces paroles étaient à peine pro-
noncées que sa fille était déjà loin d'elle.
« L'oiseau ne retourne pas avec plus de
plaisir à son nid, murmura Sérami, que
Rachel ne trouve de bonheur à aller rejoindre Judith. Judith ! Judith ! on ne parle plus
que de Judith, tous les habitants de Béthulie sont émerveillés de sa beauté et de ses
vertus; à les en croire, elle n'a pas d'égale sur
la terre, et moi je trouve que Rachel est
tout aussi belle et aussi sage, et je me fâche-
rais volontiers lorsque je vois les regards se
fixer sur Judith, et ma Rachel rester dans
une sorte d'oubli. Que les hommes sont injustes et qu'ils font souffrir les pauvres mères !... Mais voici encore Rachel, elle paraît
bien inquiète : qu'arrive-t-il donc à la de-

meure de Mérari ? » — « Ma mère, s'écria la
jeune fille, aussitôt qu'elle put se faire entendre, hâtez-vous de me donner le flacon
précieux qu'on nous apporta des terres étrangères. Judith se trouve mal, elle est appuyée
sans connaissance sur le corps de son père,
et rien n'a pu encore la rendre à la vie.
Grand Dieu d'Israël !... venez la secourir ! sa
douleur est immense, qui pourra parvenir à
la consoler ? » La mère et la fille emportant
le flacon précieux se rendirent promptement
auprès de Judith. Manassé, saisi des plus vives inquiétudes, penché sur Judith, lui pro-
diguait en vain des soins, lorsque Rachel relève d'une main la figure pâle de sa cousine,
et de l'autre, verse de la liqueur souveraine
dans sa bouche à demi-ouverte. A l'instant,
on s'aperçoit de quelques signes de vie, et
bientôt les yeux de Judith se rouvrent à la
lumière, et son cœur commence à battre
doucement. Manassé presse sa tendre épouse
dans ses bras, la conjure de vivre pour son
bonheur et pour la gloire du Dieu d'Israël.
Peu à peu la force descend du ciel dans ce
cœur désolé, et il fait avec courage le sacrifice
que Dieu lui demande. Quelques heures
après, une musique sombre et mélancolique

5.

se fit entendre. On vint en procession chercher solennellement les dépouilles du saint
patriarche, pour les déposer dans le tombeau
de ses aïeux. Judith, couverte d'un grand
voile, revêtue d'un cilice, accompagna les
restes chéris de son père. Des filles de Béthulie chantaient les vertus de Mérari au
son des instruments et au bruit confus des
sanglots des assistants. Judith, appuyée sur
Manassé, se traînant à peine, laissait échapper de ses yeux un torrent de larmes, et
avant que la tombe lui ravît pour toujours
le cher objet de son amour filial. elle se
jeta de nouveau sur le corps glacé de son
père et ne pouvait se décider à se séparer de
lui. Enfin, par un effort de soumission à la
volonté divine, elle quitta ces restes chéris
qu'elle vit, avec courage et fermeté, ense-
velir dans le sépulcre. Le cortége l'accompagna à sa demeure au son des instruments
lugubres, des chants et des sanglots, et après
avoir remercié ses parents et ses amis, elle
se renferma dans un appartement avec Manassé, ne prenant plus pour nourriture qu'un
léger repas, sur le soir, et n'ayant pour couche qu'une seule natte sur le plancher, presque toujours mouillé de leurs larmes. Ainsi

s'écoulèrent pour les deux époux les jours
de deuil, que Judith voulut prolonger plus
qu'à l'ordinaire. Manassé cherchait à la consoler par ses soins et sa tendresse ; et lorsqu'elle consentit à aller respirer l'air des
champs, il la conduisit dans les lieux les
plus ravissants pour chercher à distraire sa
douleur ; mais toujours trompé dans son espérance, tout ce qu'il croyait pouvoir adoucir son chagrin semblait l'accroître et le rendre plus vif. Plusieurs mois s'écoulèrent ainsi :
Judith, cependant, pour ne pas affliger Manassé, s'efforçait à sourire et à paraître heureuse : alors le tendre époux se félicitait du
succès de ses soins et de ses peines ; mais
un événement heureux vint réellement calmer la douleur de Judith et augmenter la
tendresse et le bonheur des deux époux. Judith devint mère d'une petite fille, et la naissance de cette chère enfant mit la joie et
l'allégresse dans la maison de Manassé. Judith comprit dans cet instant tous ses devoirs
de mère, et son cœur aimant goûtait d'avance
toutes les jouissances que l'amour maternel
lui promettait. Elia, tel fut le nom qu'on
donna à la petite fille, fut nourrie de son
lait, et jamais des mains étrangères ne pri-

rent soin de son enfance qui fut toujours soignée et protégée par la mère la plus tendre et
la plus éclairée. Bientôt le doux sourire d'E-
lia, semblable aux doux rayons de l'astre du
jour, qui réjouissent toute la nature et viennent sécher les larmes humides de la rosée,
vint réjouir le cœur de Judith et la consoler
dans sa douleur.

II.

« Enfin te voilà arrivé, cher Adhrès, dit
Manassé à son frère ; mon cœur te désirait
depuis longtemps, et voulait partager avec
toi sa joie et son allégresse. Judith ne pleure
plus, ses yeux sont heureux en contemplant
sa fille chérie. Je la surprends souvent à
genoux près de la couche de son enfant et
pressant sur ses lèvres une de ses petites
mains. Lorsque j'arrive, elle me fait signe
d'approcher afin que je puisse admirer ce
tendre objet de notre amour. Cher Adhrès,
que cette enfant m'est chère ! elle est presque aussi belle que sa mère ! Peut-être aura-

t-elle aussi ses vertus ! — Je suis heureux de
ton bonheur, répondit le frère de Manassé :
puisse le ciel te conserver longtemps une
épouse qui embellit ton existence et qui rend
ta vie si douce ! Mais tu dois avoir passé des
jours mauvais après la mort de son père ; le
chagrin devait altérer la douceur qui lui est
naturelle ? — Non, cher Adhrès, tu ne connais qu'imparfaitement Judith ; ses peines
ne sont que pour elle ; le cœur brisé de
douleur, le sourire est sur ses lèvres et la
bonté dans son âme. Sans cesse occupée du
bonheur des autres, pour m'épargner un
ennui elle immolerait ses plus douces jouissances ; elle prévient tous mes désirs et jamais le moindre instant d'humeur n'est venu
altérer la douceur de ses traits. Mais, reprend
Adhrès, cette douceur ne nuit-elle pas à son
autorité, et les serviteurs ont-ils pour Judith
tout le respect qu'une certaine sévérité sait
inspirer ? — Cette douceur, répond Manassé, est accompagnée de fermeté : Judith
veille avec un soin scrupuleux sur toute sa
maison ; elle sait inspirer à ses esclaves l'a-
mour et la crainte du Seigneur ; elle les instruit avec un soin touchant de tous les pré-
ceptes de la loi, et elle grave dans leurs

cœurs les commandements du Dieu d'Israël.
Ses soins ne sont pas perdus ; ils sont pleins
de respect et de dévouement pour nous,
nos champs sont bien cultivés ; nous avons
d'immenses provisions d'orge et de froment,
l'ordre et la propreté sont dans nos étables,
nos chameaux relèvent leurs têtes avec fierté, nos brebis et nos génisses sont chargées
de lait, tous nos troupeaux sont admirés pour
leur beauté, et la joie et le bonheur règnent
dans notre demeure. — Heureux Manassé, dit
Adhrès, en le pressant dans ses bras, je bénis
le Dieu d'Israël de ses faveurs pour toi. Puissent
ses bénédictions se répandre de plus en plus
sur ta famille, et puisses-tu jouir longtemps
des caresses de ta fille et de l'amour de ton
épouse ! Puisses-tu voir aussi s'accroître chaque année le nombre de tes troupeaux, et
tes moissons être si abondantes que tes gre-
niers ne puissent plus les contenir !... —
Merci, Adhrès, je connais ton cœur et je
sais tout le bien que tu me désires ; mais,
mon frère, toute cette félicité de la terre ne
me fait pas oublier que je suis dans un lieu
d'exil. Mes regards quittent souvent ces
biens terrestres pour s'élever vers le ciel où
m'attendent des biens plus grands encore, et

éternels. Je sais que cette vie de la terre est semée de chagrins et de trouble, et que les jours les plus sereins sont menacés de pluie et d'orage. Ce qui peut seul rendre l'homme paisible et content dans l'attente de malheurs inévitables, c'est sa fidélité au Seigneur et sa confiance en sa protection ; car soumis à la volonté de cet Être suprême, il accepte tout ce que cette bonté paternelle permet pour le châtier ou le récompenser, bien convaincu que toutes les dispositions de la Providence à son égard sont nécessaires à son salut. Adhrès, pardonne-moi, je ne t'ai parlé encore que de ce qui me concerne ; il me tarde cependant d'apprendre le résultat de ton voyage. As-tu réussi à vendre une partie de tes nombreux troupeaux ? et seras-tu assez riche pour pouvoir acquérir dans Béthulie le magnifique héritage que tu désires depuis longtemps ? — Oui, mon frère, les troupeaux que j'ai vendus m'ont procuré au delà de ce qui m'est nécessaire pour cette acquisition, et j'espère que dans peu de temps j'en serai possesseur. A présent mon cœur ne demande plus qu'une chose ; c'est de pouvoir obtenir pour épouse Rachel, l'aimable cousine de Judith. — Oui, dit Manassé à

5*

on frère, Rachel te rendrait heureux, elle
est laborieuse et sage ; mais je crains bien
que son cœur ne se soit déjà fixé et que Nachor ne possède sa tendresse. — Mais, répond Adhrès, un peu troublé, ce Nachor
est-il de la même tribu que Rachel ? — On
prétend que oui, et l'on dit même que Nachor a de si belles manières que plusieurs
filles de Béthulie le désireraient pour époux ;
mais la beauté de Rachel a captivé ce jeune
homme, il fait le papillon autour de sa demeure, et sera bien habile celui qui pourra
s'approcher sans que ses yeux ne l'aient aperçu. — Ne pourrait-on pas parler à la mère ? dit
Adhrès, et l'intéresser à mon bonheur ? Une
mère est bien puissante auprès de sa fille
lorsqu'elle veut lui insinuer ce qu'elle désire. — Cher Adhrès ! tu ne connais pas Sérami : sévère, impérieuse pour tous ceux
qui l'entourent, elle est pleine de faiblesse
pour sa fille qu'elle idolâtre ; en murmurant
sans cesse, elle cède à toutes ses volontés, et
celui qui saura la flatter en se montrant plein
d'admiration pour Rachel, aura trouvé le
moyen sûr de parvenir à ses désirs et ne
sera pas refusé. Nachor a déjà compris le
caractère de la mère, et il est en bonne voie

pour voir couronner ses espérances. — Ainsi tout espoir m'est ôté, répond Adhrès, en soupirant, et Rachel que mon cœur aimait est destinée au bonheur d'un autre époux !... — Mon frère, dit Manassé en l'embrassant, ne perds pas encore l'espérance ; Judith est très-aimée de sa cousine, et si son cœur est encore libre, le récit qu'elle lui fera de tes vertus et de ton amour causera une vive impression sur son âme noble et pure. Viens demain à la neuvième heure du jour à ma demeure ; Rachel doit y venir pour aider sa cousine dans les petits travaux nécessaires à son enfant qui va quitter les langes ; elle te connaît à peine, elle pourra avoir une idée plus juste de ton mérite, et plus tard elle écoutera avec intérêt tout ce que Judith pourra lui dire de toi. » Les deux frères se séparèrent pleins d'affection l'un pour l'autre : Manassé disposé à faire son possible pour qu'Adhrès pût obtenir Rachel, et celui-ci un peu moins triste par la lueur d'espérance que lui donnait son frère.

III.

Dans une vaste salle de la demeure de Sérami, se trouvait Rachel très-occupée à terminer la broderie bleue et or d'une petite tunique blanche pour Elia ; sa mère se lamentait près d'elle sur la négligence et le désordre de ses esclaves. — « Si je n'étais sans cesse après eux, disait-elle, je ne sais dans quel état affreux serait ma maison. Tu sais, Rachel, que les jours où tu ne peux assister à la décharge du lait, il s'en répand beaucoup, et si nous ne veillions à la propreté des vases, dans quel état ces maudits esclaves les laisseraient-ils ? et tous ces serviteurs paresseux, que d'inquiétudes ils me causent !.. A mon âge, il me faut être sans cesse dans les champs, et dès que je les quitte, la charrue semble devenir immobile et les travaux restent inachevés. Cependant ce n'est pas faute de les reprendre et de les gronder, car je m'épuise à remplir cette tâche ? — Je ne sais pas, ma mère, comment fait Judith, mais sans jamais se fâcher, elle sait se

faire obéir. Ses esclaves préviennent même
ses ordres ; ils sont laborieux et diligents ;
sa maison est toujours en ordre et ses champs
sont bien cultivés. Oui, répondit Sérami,
mais Manassé ne reste pas oisif, et le bras
d'un homme est plus puissant que tous les
efforts d'une pauvre femme; mais parlons
un peu de la grande affaire : Rachel, il est
temps de donner une réponse à Nachor ; tu
vois ce pauvre jeune homme qui soupire sans
cesse après toi, qui te donne mille marques
de son amour, sans avoir eu encore une réponse favorable à ses espérances. Il me semble cependant qu'il promet les qualités d'un
bon époux ; qu'en penses-tu ma fille ? — O
ma mère, dit Rachel, en se jetant à son
cou, je suis heureuse avec vous, ne me par-
lez pas encore de mariage. Sérami, en la
pressant dans ses bras, jeta un grand soupir, et puis elle lui dit : Tu sais, Rachel,
que dans ma position, il est nécessaire que tu
t'établisses ; je ne puis rester plus longtemps
seule, j'ai besoin d'un fils qui devienne mon
soutien et qui allége le fardeau qui m'acca-
ble. » Un mouvement se fit entendre à la
porte. « Entrez, dit Sérami, et à l'instant
parut au milieu d'elles l'aimable Nachor. Sur

son visage se peignaient l'amour et l'inquiétude ; il fixa ses regards sur Rachel et puis sur
Sérami, et il leur dit avec un peu de trouble
qu'il venait d'apprendre que le riche Adhrès
venait d'acquérir le plus bel héritage de Béthulie, et qu'il prétendait à la main de Rachel et au bonheur de devenir son époux.
En disant ces mots, ses yeux étaient attachés sur la jeune fille qui rougit jusqu'à la
prunelle des yeux. « En vérité, reprit Sérami, voilà une nouvelle que les plus intéressés
ne savaient pas; mais que vous importe,
Nachor, ce qui se dit dans la ville, pourvu
que dans la maison il se dise toute autre
chose? Déjà je vous ai fait comprendre que
je n'étais pas contraire à vos désirs, et que
votre destinée ne dépendait plus que de Rachel. » Le jeune homme alors, d'un air suppliant, semblait demander une réponse favorable à la jeune fille ; mais Rachel, malicieu-
sement, laissa échapper un petit oiseau qu'elle
tenait dans une cage, en montrant beaucoup
d'alarme de cet accident. Et courant après pour
le rattraper, Nachor poursuivit le fugitif, et
le saisit au moment où il battait l'air de ses
ailes pour se soustraire à ses ravisseurs.
Comblé de joie, l'heureux jeune homme

s'empressa de porter le charmant oiseau à
Rachel qui le remercia d'un air gracieux , et
puis, prenant la petite tunique qu'elle venait de terminer : Je vais, dit-elle à sa mère,
porter ce petit cadeau à ma cousine ; ne
m'attendez pas , je vous prie, à l'heure du
repas parce que j'ai promis à Judith de le
partager avec elle. En disant ces mots , elle
fit un salut aimable à Nachor , et disparut,
laissant celui-ci dans l'étonnement et l'inquiétude. Après un moment de silence, il
adressa ainsi la parole à Sérami : « Enfin ,
bonne mère , je ne sais que penser de Rachel ! ou achevez de plonger le poignard dans
mon cœur , ou calmez des craintes qui me
sont si pénibles et si cruelles ! Impossible
que vous ignoriez si Rachel a pour moi de
l'indifférence ou de l'amour ? — Ma fille
cache avec soin les sentiments de son cœur,
répondit Sérami, et avant de se prononcer
elle veut peut-être vous connaître parfaitement ; mais je crois que vous pouvez être
sans inquiétude ; il est assez facile de voir
que vous ne lui êtes pas indifférent. —
Merci, bonne mère , de vos paroles, semblables aux douces gouttes de la rosée
qui rafraîchissent et raniment la plante

brûlée par les rayons de l'astre du jour ;
mon cœur reprend une nouvelle vie et sent
renaître ses espérances. Ah! si Rachel savait
combien elle est tendrement aimée! Mes yeux
la cherchent toujours. Indifférents pour tous
les autres objets, ils ne peuvent contempler
qu'elle! La liberté est moins douce au prisonnier, la vue du pays natal à l'exilé, que
ne l'est à mon cœur la vue de celle qui m'est
chère! Son souvenir me suit en tous lieux :
pareil à un parfum exquis, il charme mon
existence. Ah! mère! sans Rachel, mes jours
seraient tristes et malheureux... — Allons,
de l'espoir et du courage, reprit Sérami,
l'oiseau qui voltige avec plaisir autour du
filet ne tarde pas à s'y laisser prendre. Mais
vous êtes trop pressé, jeune homme; il faut
avoir un peu de patience, et vous verrez
que bientôt Rachel répondra à votre tendresse. Soyez prudent seulement, respectueux et fidèle au Seigneur, si vous voulez
lui plaire. » Elle dit, et faisant comprendre
à Nachor qu'il était temps qu'il se retirât, le
jeune homme, après quelques paroles de re-
mercîment, prit congé de Sérami par un
salut respectueux.

IV.

Les petits oiseaux commençaient à ga-
zouiller ; le bouvreuil et la fauvette, par leurs
chants, cherchaient à charmer leurs compagnes ; le feuillage des arbres était doucement ému par la brise du matin ; on entendait le bruit prolongé et agréable d'une
fontaine dont les eaux tombaient dans un
bassin où se jouaient quantité de petits poissons aux écailles brillantes de diverses couleurs ; plusieurs ruisseaux d'un bleu d'azur
rafraîchissaient les pieds des rosiers et des
mille autres fleurs qui ornaient ce jardin ; et
de ces fleurs s'exhalait un parfum doux
et suave. C'est dans ce lieu délicieux , et sous
l'ombrage d'un palmier que Judith avait reçu
sa cousine, et la jolie tunique qu'elle venait
lui offrir. Judith prit sa fille dans ses bras et
la revêtit avec empressement de sa petite
parure qui rendit la beauté de l'enfant plus
éblouissante encore. Ses petites joues étaient
couvertes des caresses des deux amies, et
elle répondait à leur affection par un aima-

ble sourire en appuyant ses lèvres vermeilles
sur la bouche de sa mère. — « Que je me
trouve heureuse avec toi, dit Rachel à sa
cousine! il me semble que de ton âme sort
une paix et un bonheur qui se communi-
quent à ceux qui t'entourent. Lorsque je suis
loin de toi je ne me sens pas ces heureuses
dispositions ; la moindre contrariété me
cause des impatiences et des ennuis acca-
blants, et puis je ne te cache pas que je suis
fatiguée d'entendre toujours gronder ma
mère. — Comment ! Rachel ! tu n'as pas su
encore apprécier les qualités de ta mère ? sa
tendresse ne te dédommage-t-elle pas de tous
ses défauts involontaires ? Elle est pour toi
d'une bonté, d'un dévouement portés à l'excès : tu devrais faire ton étude la plus chère
de la soulager. Dans ses ennuis et ses peines, tu devrais lui faire oublier par tes soins
les maux qui l'affligent sans cesse et adoucir autant que possible sa laborieuse existence. Bien loin de t'exagérer ses défauts, cher-
che plutôt à cacher autant que possible les
imperfections que tu lui découvres. Rappelle-toi sans cesse que le respect pour les
auteurs de nos jours est un de nos premiers
devoirs. Rachel, promets-moi d'être désor-

mais plus attentive, plus reconnaissante, plus respectueuse envers celle qui t'a donné le jour et qui te prodigue sa tendresse. Mon amitié te demande cette promesse qui contribuera à ton bonheur et à la paix de ton âme. — Oui, répondit Rachel, c'est bien sincèrement que je prends cette résolution ; je me sens meilleure auprès de toi et je trouve la vertu plus belle ; les sacrifices qu'elle exige me paraissent moins pénibles ; ton courage semble passer dans mon âme ; mais aussitôt que je suis seule et aux prises avec mes devoirs, je suis d'une lâcheté extrême ; l'attrait du plaisir m'entraîne, et la pensée de me vaincre m'épouvante. En vérité, chère amie, il faut être munie d'une grande énergie pour préférer toujours l'ennui à la jouissance, lorsqu'il est un devoir ; le travail au repos, lorsqu'il est aussi le devoir ; je te l'avoue, mon naturel me porte aux amusements, aux plaisirs des fêtes, à tout ce qui remue l'âme, et lui cause des émotions agréables. La vie monotone du ménage m'est insipide et ennuyeuse, et sans le secours du Seigneur, que j'invoque sans cesse, je ne surmonterais pas des dispositions aussi dangereuses. — Ne crains rien, chère Ra-

chel, le Dieu d'Israël sera touché de tes
efforts et te fera sortir victorieuse d'un combat qui te semble si pénible ; sois toujours
vigilante et fidèle, résiste constamment à
tes inclinations naturelles , mets toute ta
confiance dans le Seigneur , et bientôt tu
triompheras de tes faiblesses et tu goûteras
les doux fruits de la vertu. Tes devoirs les
plus pénibles, peu à peu, te paraîtront plus
faciles ; la privation de ces plaisirs qui te
séduisent, deviendra de jour en jour moins
douloureuse, et tu finiras par ne plus les désirer du tout ; mais ne t'étonne jamais de ce
penchant de ton cœur pour ce qui est contraire à tes devoirs ; un peu plus , un peu
moins , il n'est personne qui soit exempt de
ces mouvements déréglés du cœur, et c'est
ce qui donne du mérite à l'homme et du
prix à la vertu, parce qu'elle ne se pratique
pas sans efforts, sans combats, sans sacrifices. Cependant, pour t'encourager, souviens-
toi que la vertu est semblable à une route
magnifique ombragée par de beaux arbres ,
rafraîchie par de doux zéphirs, et remplie
de fruits délicieux qui charment le voyageur
et le délassent de ses fatigues, en ranimant
ses forces et son courage ; mais l'entrée de

cette route est effrayante par ses ronces, ses fantômes, et son aspect triste et aride ; aussi les lâches reculent épouvantés, malgré les cris heureux de tous ceux qui ont eu le courage de franchir cette entrée difficile. Le chemin du vice, au contraire, est à son abord large, spacieux, semé de fleurs et planté d'arbres aux fruits séduisants qui attirent les voyageurs ; mais à mesure qu'on avance dans ce chemin dangereux, on y découvre de tous côtés des précipices affreux, où bien des malheureux périssent, et les fruits qu'on y cueille sont âpres, amers et empoisonnés.

— Chère Judith, lui dit Rachel, le petit agneau n'écoute pas avec plus de plaisir le bêlement de la brebis qui l'allaite, que ton amie n'a du plaisir à entendre le doux son de tes paroles. Le seul désir de t'imiter, de t'être semblable, excite dans mon cœur une noble ardeur pour pratiquer le bien, et pour fouler aux pieds toutes les jouissances dangereuses et les attraits de la nature. Oui, je t'en fais la promesse, Judith ; je ferai des efforts généreux sur moi-même afin de recueillir plus tard le bonheur que la vertu fait goûter et la paix qu'elle cause à l'âme. » Les deux amies furent interrom-

pues dans leur conversation par l'arrivée
de Manassé et d'Adhrès. Celui-ci , un peu
ému et troublé , salua assez gauchement
les deux amies et renversa en se retournant un petit banc de chêne sur lequel se
trouvaient quelques vêtements d'Elia. Confus de sa maladresse, le malheureux Adhrès
comprit tout ce qu'elle pouvait avoir de funeste pour lui , et son cœur se ferma à l'espérance ; aussi fut-il triste et pensif pendant
la conversation qui eut lieu dans cette entrevue. Manassé en était désolé ; il connaissait assez le caractère un peu léger de Rachel, pour craindre qu'une impression fâ-
cheuse ne s'effaçât plus de son esprit et ne
nuisît aux désirs de son frère; aussi faisait-il
tous ses efforts pour le distraire des pensées
qui l'occupaient et pour diriger la conversation sur un sujet qui pût faire briller ses
connaissances et son mérite. Mais Adhrès
silencieux, ou ne proférant que quelques paroles insignifiantes, était semblable à un ins-
trument dont on ne peut plus tirer aucun
son agréable, parce qu'on vient d'y briser
une des cordes nécessaires à son harmonie.
Après une heure passée dans de pénibles
émotions, Adhrès prit congé de son frère et

des deux aimables cousines, et retourna tout triste à sa demeure. Manassé, après le départ de son frère, chercha à deviner les impressions qu'il avait faites sur Rachel en lui parlant ainsi : « Eh bien ! cousine , comment trouvez-vous Adhrès ? votre présence aujourd'hui l'a un peu troublé et embarrassé ; vous n'aurez peut-être pas conçu de lui une opinion favorable ? — Le mérite se découvre toujours au milieu de cet embarras , répondit Rachel , et Adhrès a des droits à mon estime qui ne peuvent être effacés par un peu de timidité. — Je voudrais , Rachel , que vous pussiez apprécier parfaitement mon frère, vous découvririez en lui des qualités précieuses qui feront un jour le bonheur de celle qui sera unie à son sort. — Heureuse la jeune fille , dit Rachel, dont le cœur encore libre pourra confier sa destinée et son bonheur aux soins et à l'amour du frère de Manassé ! « Ces dernières paroles furent accompagnées d'un profond soupir qui justifia les craintes de Manassé, et Rachel qui désirait éviter une plus longue conversation sur un sujet aussi délicat tourna les cœurs et les pensées sur Elia qui devint l'objet aimable et ravissant de leur conversation.

V.

A la chaleur du jour avait succédé un air
frais et pur ; les belettes sortaient de leurs
terriers et se dispersaient sur les monts couverts de serpolet et de fleurs sauvages. L'oiseau de nuit perché sur la cime des arbres ,
se préparait à entonner son chant lugubre ;
les brebis se pressaient dans les vallées pour
brouter l'herbe fraîche des prairies , et les
petits agneaux bondissaient de joie et de plaisir auprès de leurs mères. Judith, aidée par
des serviteurs, veillait sur ses nombreux troupeaux qui paissaient dans la belle vallée de
Jezphül ; elle contemplait la jeune Elia qui,
semblable au petit agneau avec lequel elle
jouait , charmait ses yeux et son cœur. De
temps en temps ses regards se tournaient du
côté de Béthulie dans l'espérance de voir
Rachel qui devait venir la joindre avec son
troupeau. Après une heure d'attente , elle
aperçut sa jeune cousine qui descendait légèrement les montagnes pour venir à elle :
— « Qu'il me tardait de te revoir , dit Ra-

chel à son amie, j'en voulais à ma mère et
à Nachor qui me retenaient auprès d'eux ;
ils voulaient obtenir de ma bouche un consentement que je n'ai pas le courage de donner. Chère Judith, aide-moi de tes conseils ;
crois-tu que je puisse être heureuse avec
Nachor? — Je ne connais pas assez ce jeune
homme, dit Judith, pour former un jugement sur lui. On dit qu'il a de belles manières ; mais souvent sous ces dehors séduisants se cachent des défauts qu'on ne reconnaît, hélas ! que trop tard. Je crois qu'il
serait plus prudent de ne s'attacher qu'aux
vertus solides et au vrai mérite. Tu trouve-
rais dans Adhrès tout ce qu'une jeune personne raisonnable peut désirer pour son
bonheur. Mais je crains bien, chère Rachel,
que ton cœur n'ait déjà plus la liberté de
faire un choix avantageux. — Hélas ! tu ne
dis que trop vrai ! Nachor a déjà su me
plaire : trop souvent je suis importunée par
son souvenir ; mais cependant je ne puis me
résoudre à prononcer ce oui qui va décider
de mon sort... Ah! chère amie! je redoute
malgré moi une union que ma mère désire
avec ardeur. Je voudrais avoir la force de
vaincre cette inclination, et j'accepterais de

suite pour époux le vertueux Adhrès que
j'estime, mais pour lequel je ne sens aucune affection et dont l'extérieur ne me
charme guère. — Rachel ! Rachel ! lui dit
Judith, ta légèreté pourrait te devenir funeste : tu estimes trop les futiles avantages,
et tu n'apprécies pas assez les qualités d'un
bon époux ; je te l'ai déjà dit, je ne connais
pas assez Nachor pour le juger indigne de
ton choix ; mais ton bonheur serait plus
assuré avec Adhrès qui, semblable à Manassé,
rend mes jours si heureux ! — Je reconnais
la vérité de tes paroles, répondit Rachel,
et la justesse de tes conseils, mais je ne puis
penser sans chagrin à prendre un autre
époux que Nachor ; lui seul peut me faire
vaincre mes répugnances et enchaîner ma
liberté. Nachor plaît beaucoup à ma mère ;
elle serait inconsolable si je le refusais pour
époux. — Ta mère aura compris que Nachor
avait su te charmer, et elle ne sait aimer
autre chose que ce que tu aimes ; sa volonté
est la tienne : si tu lui montrais de la préférence pour Adhrès, ce serait Adhrès qui lui
plairait. — Chère Judith, je voudrais sincèrement pouvoir aimer le frère de Manassé;
mais je ne puis me faire à son sérieux, à ses

manières méthodiques : chacune de ses paroles semble comptée par avance, et Nachor
est gai, vif et aimable, il réjouit toute la
maison de ma mère. — Pauvre Rachel! que
tu es aveuglée ! tu n'as pas pensé à me dire
encore s'il avait la crainte et l'amour du Seigneur, et c'est là le seul garant de la félicité
que tu désires : si tu ne cherches que des
avantages frivoles, si les vertus réelles de
l'âme et un solide jugement ne suffisent pas
sans les agréments extérieurs, pour attacher
ton cœur, je te plains, et tes jours sont
menacés de bien d'orages ; tu reconnaîtras
plus tard la vérité de mes paroles et tu gé-
miras de ne pas avoir suivi mes conseils. —
Chère cousine, tes paroles troublent mon
cœur : sois ma force et mon soutien, dis-
moi ce que je puis faire? — Arme-toi de
courage, Rachel, retourne auprès de ta mère,
et dis-lui qu'après avoir réfléchi sérieuse-
ment, tu ne connais pas assez Nachor pour
oser lui confier ta destinée ; que tu crains
qu'il n'ait pas les qualités nécessaires à ton
bonheur ; qu'il ne te paraît pas un fidèle et
religieux adorateur du Dieu d'Israël; que tu ne
peux donc te décider à unir ton sort au sien ;
que tu trouves dans Adhrès tout ce qui peut

rassurer ton cœur sur les craintes que Nachor
t'inspire, et que la sagesse te le montre
comme l'époux que le ciel t'a choisi. Ta
mère comprendra la justesse de tes paroles
et ne voudra pas contrarier tes désirs ; elle
renoncera sans peine à son projet et à Nachor. — Allons, je vais me munir de force,
dit Rachel, et le pauvre malheureux rece-
vra bientôt son arrêt de condamnation. »
Après cet entretien, les deux amies entonnèrent un cantique au Dieu d'Israël ; leurs
voix semblables à celle des anges faisaient
retentir l'air de sons mélodieux que répétaient au loin les échos. La jeune Elia même
avait suspendu ses jeux enfantins pour écouter sa mère ; son petit cœur déjà accoutumé
à louer l'Éternel, savait que ces beaux
chants étaient un hommage qu'on lui rendait ; elle entendait sans cesse exalter le nom
du Seigneur, elle n'avait que trois ans à
peine, mais douée d'une intelligence rare,
il n'était pas étonnant que la fille de Judith
comprît déjà parfaitement les grandeurs du
Dieu d'Israël. Aussitôt que le cantique fut fini,
Elia se jeta dans les bras de sa mère qui la
couvrit de ses tendres caresses en lui parlant des bienfaits de son Dieu : c'est le Sei-

gneur, Elia, lui dit-elle, qui t'a si bien
vêtue et qui a fait croître les plantes qui pro-
duisent le lin de ta tunique ; c'est lui qui
fait grandir ces petits agneaux qui te donnent ensuite leur laine et te nourrissent de
leur chair et de leur lait ; c'est lui qui fait
croître les plantes et les arbres qui portent
des fruits et des grains, et les fleurs qui
charment tes yeux et qui embaument l'air
que tu respires. C'est encore lui qui fait lever
chaque jour ce beau soleil qui réjouit toute
la nature, lui qui remplit la mer de poissons et
l'air des petits oiseaux que tu aimes tant. Il
faut, ma fille, remercier chaque jour le Seigneur de ses bienfaits et n'en jamais perdre
le souvenir. C'est ainsi que Judith ne laissait
échapper aucune occasion d'instruire sa fille
et de répandre dans son âme les semences de
toutes les vertus. Mais s'apercevant que la
douce lueur de la lune commençait à éclairer
les monts et la vallée de Jesphaël, Judith dit
à Rachel qu'il était temps de retourner à leurs
demeures et d'aller dans leurs familles partager le repas du soir. Les troupeaux se rendirent avec peine à leur appel et quittèrent
à regret les fontaines limpides et les gras
pâturages. Les deux amies, arrivées au pied

de la montagne, se séparèrent en se donnant
le baiser d'amitié.

VI.

La nuit couvrait de ses ombres les plus
belles demeures de Béthulie comme les plus
humbles chaumières. Un silence solennel
remplaçait l'agitation et le bruit du jour ;
les habitants, presque tous livrés au sommeil, se reposaient des fatigues de leurs travaux. Judith, sa petite fille près d'elle, goûtait les charmes d'un repos paisible. Mais
Rachel, Rachel qui devait briser le lendemain une affection déjà si forte, qui avait
nourri son imagination de tant de douces
illusions, ne put fermer les yeux, ni goûter
un instant de repos. Son cœur était agité
comme un navire au milieu d'une mer orageuse. Non, non, pensait-elle, jamais je
n'aurai la force de vaincre cette affection...
Adhrès est bien estimable, ce sera un bon
époux ; mais je m'ennuierai avec lui : une
vie triste et monotone sera mon partage
pour toujours. Je frémis à cette pensée et je

sens mon courage m'abandonner. Ah! Nachor!
je savais à peine si je vous aimais, mais
à présent qu'il me faut vous dire un éternel
adieu, mon cœur se sent atteint d'une agonie mortelle... Mais, pensait-elle ensuite,
qui me force à un sacrifice aussi douloureux ? le seul désir de mon bonheur qui serait plus assuré avec Adhrès. Pourrai-je en
goûter de bonheur sans Nachor ? et la pensée seule d'avoir trompé les espérances de
ce jeune homme, ne suffira-t-elle pas pour
répandre sur mon existence de vives amertumes ? Non, je ne puis consentir à un procédé aussi injuste. La conduite de Nachor
ne justifie pas nos craintes à son égard ; je
n'ai rien à lui reprocher, il s'est toujours
montré modeste et respectueux ; il n'a peut-
être pas autant de crainte et d'amour du
Seigneur qu'Adhrès ; mais ces sentiments
religieux croîtront peu à peu dans son âme.
Ainsi parlait Rachel, et ainsi se passèrent
dans ces combats et ces agitations les heures
de la nuit. Accablée de sommeil et de fatigue, Rachel s'assoupit vers l'heure où chaque matin elle se préparait à quitter sa couche. Sérami, étonnée de ne pas la voir sortir
de son appartement, vint frapper doucement

à la porte. Rachel s'éveilla et alla ouvrir à sa
mère : Comment, ma fille, tu sors seulement
de ta couche, et le soleil depuis longtemps
perce de ses rayons les rideaux de ta chambre, et Nachor, plus matinal que toi, est déjà
venu dans le désir de t'aider dans le soin de
tes troupeaux? Il a tressé pour toi une couronne de fleurs et il m'a dit : Voyez, mère,
comme cette couronne ira bien sur la tête
de Rachel; elle donnera plus d'éclat à sa
beauté, et son regard en sera plus doux. Allons, allons, ma fille, tresse vite tes cheveux et revêts-toi de ta tunique; il est temps,
j'espère, de réjouir le cœur de Nachor en l'ac-
ceptant pour époux. Et Sérami, sans attendre de réponse, laissa sa fille plus troublée
que jamais et en proie à un combat encore
plus violent; incertaine sur ce qu'elle devait
faire, tourmentée par diverses pensées, après
un moment d'agitation inexprimable son
cœur l'entraîne vers la salle où se trouvaient
sa mère et Nachor. Celui-ci l'attendait avec
ardeur, et dès qu'il l'aperçoit, les yeux brillants d'espérance, il court au-devant d'elle,
et avec un regard suppliant et plein d'amour,
il la presse de le combler de bonheur par le
doux consentement auquel il soupirait de-

puis si longtemps. Rachel hésitait encore ;
mais ses yeux rencontrent ceux de Nachor ,
ils étaient si doux! et ils exprimaient tant
de tendresse qu'un trouble indéfini saisit
son cœur et lui enlève tout son courage ;
elle oublie les conseils de Judith , et émue
et tremblante elle finit par prononcer ce oui
si désiré qui chasse aussitôt toutes les craintes de Nachor et le rend doublement heureux parce qu'il vient de découvrir tous les
sentiments de Rachel. Sérami se réjouissait
en pensant à cette union désirée qui allait
lui donner un fils dont les soins et la vigilance la soulageraient dans ses travaux et
dans la surveillance de ses affaires. — Allons,
mes enfants, dit-elle, allez respirer l'air des
monts et hâtez-vous de mener paître les
troupeaux qui languissent dans la métairie,
et pendant ce temps je donnerai des ordres
afin que rien ne manque à la solennité de
vos noces. — Le respect, la modestie et le
tendre amour de Nachor dissipèrent entièrement les craintes de Rachel, et son cœur
ne lui montra plus que les charmes et les
douceurs d'une union fortunée.

6*

VII.

Tout était en mouvement dans la demeure
de Sérami. On voyait courir çà et là les esclaves, dont l'agitation et l'empressement se
manifestaient de toutes parts. La voix aigre
de Sérami se mêlait au bruit confus qui ré-
sultait de tous ces préparatifs faits avec confusion et sans ordre. Rachel, qui n'écoutait
plus que son cœur, partageait la joie de sa
mère et se disposait à aller voir sa cousine
pour lui avouer sa faiblesse et le consentement qu'elle avait donné à son union avec
Nachor. Elle prévint sa mère de la visite
qu'elle allait faire, lui promit de revenir
bientôt pour l'aider dans les préparatifs de
ses noces et vola à la demeure de sa tendre
amie. Judith était assise sur la terrasse de sa
maison, elle tenait un livre à la main et
montrait à lire à la jeune Elia qui devait recevoir pour récompense de son application
un baiser de sa mère; elle lui montrait aussi
quelques ouvrages de son sexe, et lorsque
ses petits devoirs étaient remplis, le récit

d'une histoire du peuple de Dieu accompagnée de réflexions, était sa grande récompense. Rachel, avec un air un peu troublé,
vint interrompre un instant les leçons de la
tendre mère, et se disposa, non sans un peu
de timidité, à avouer à son amie qu'elle n'a-
vait pas eu la force de suivre ses conseils.
Judith ne lui fit aucun reproche; elle chercha au contraire à la consoler en lui disant:
— Il est possible, chère Rachel, que tu sois
heureuse avec Nachor; mais je ne le connais
pas aussi parfaitement qu'Adhrès dont la
bonté du cœur m'est connue. Cependant
Nachor peut avoir les qualités d'un bon
époux, et puisque ton cœur et ta mère l'ont
choisi, ne pense plus qu'à prier le Seigneur
de bénir et de protéger ton union. — Les
deux amies s'entretinrent encore quelques
instants d'un sujet aussi important; les avis
et les conseils de Judith furent écoutés par
Rachel avec beaucoup d'attention ; et elle
ne la quitta qu'avec peine pour aller aider
sa mère dans ses pressants travaux. Judith,
après le départ de son amie, pria avec ardeur pour son bonheur et reprit les leçons
qu'elle donnait à sa fille. Elle l'instruisait
en l'amusant; la reprenait avec douceur de

ses petits défauts, et lui représentait l'a-
mabilité de la sagesse, les doux plaisirs
qu'elle procure et tout ce que les défauts ont
de hideux et de repoussant. Elia comprenait et goûtait les paroles de sa mère; mais
son ardeur et sa vivacité lui faisaient commettre de légères fautes qui lui étaient re-
prochées et qu'un prompt repentir effaçait à
l'instant même. Judith était heureuse en
contemplant sa fille chérie, et en pressentant
tout le bonheur qu'elle lui promettait. Le
bruit des pas de Manassé se fit entendre.
Elia courut au-devant de son père et em-
brassa ses genoux, en le pressant avec ses
petits bras, et ce tendre époux, cet heureux
père, dans les douces heures qu'il passait
avec son épouse et son enfant, oubliait
toutes les peines du travail et goûtait la
joie la plus pure. Ses yeux ne se reposaient que sur des objets consolants pour lui;
le bon ordre de sa maison, les tendres soins
de Judith à préparer tout ce qui pouvait lui
être agréable, son visage toujours riant, l'a-
mabilité d'Elia, ses grâces enfantines, tout
charmait et réjouissait le cœur de l'heureux
Manassé. L'affliction seule de son frère
Adhrès vint ce jour-là troubler un peu la sé-

rénité de ses beaux jours. Il s'entretint avec
Judith de l'hymen prochain de Rachel avec
Nachor, et les deux époux étaient loin d'ê-
tre rassurés sur le bonheur de leur chère
cousine. Après le repas de la dixième heure
du jour, Manassé retourna aux champs donner l'exemple du travail à ses esclaves. Judith, avec la jeune Elia, allèrent se promener
sous les ombrages touffus des jardins et puis
dirigèrent les troupeaux dans les fraîches
vallées et les bons pâturages. Elia commençait déjà à consacrer sa voix au Dieu d'Israël, et cette voix enfantine s'unissant à celle
de sa mère exaltait sa gloire et sa grandeur.

VIII.

Le patriarche Oreb, accablé d'infirmités
et de douleurs, et plein de confiance et d'a-
mour pour le Seigneur, voyait approcher
sans aucune crainte sa dernière heure. Le
seul regret de son cœur était de laisser son
cher Éliézer sans compagne, sans consolation
sur la terre. « Mon fils, lui dit-il un jour,
mes forces s'affaiblissent, les soins que tu

me prodigues prolongeront peut-être ma
vie de quelques années, mais elle ne peut
être bien longue encore. Avant de mourir,
il me serait doux de te voir uni à une femme
vertueuse ; choisis parmi les filles de Béthulie celle qui te plaira le plus, et je te pro-
mets qu'elle ne te sera pas refusée. La joie
que tu procures à ton père, ton amour pour
le Dieu d'Israël et ta bonne conduite te font
désirer par beaucoup de mères. — Jamais !
jamais ! répondit Éliézer, mon sort ne sera
uni à celui d'une épouse. Non, mon père !
j'ai fait le sacrifice de celle qui avait obtenu
mon amour, et mon cœur la chérit encore,
il ne pourra jamais en aimer d'autre. Le
Dieu d'Abraham et d'Isaac sera désormais
le seul objet de mon amour, je veux me
consacrer tout entier à sa gloire. — Mais,
lui dit Oreb, lorsque la mort m'aura séparé de toi, tes jours vont être bien tristes
et solitaires, et ta vieillesse, sans appui,
sans enfant, sera aussi sans douceur et sans
joie. — Comme Josué, mon Père, je me
consolerai dans mon exil en faisant du bien
à mes semblables, en consolant les affligés,
en secourant les malades et en répandant des
bienfaits sur tous les malheureux. Mais le

Seigneur , ajouta-t-il , pour consoler mon
cœur me laissera encore longtemps mon
père, je soignerai ses jours , je le distrairai
de ses ennuis, je tâcherai de lui faire oublier
mes fautes passées. — Ah ! mon fils ! s'écria
le vieillard en le pressant dans ses bras , tu
combles de joie ma vieillesse , tu adoucis
toutes mes peines. » Il disait encore ces paroles lorsque Josué parut au milieu d'eux ; il
fut pressé avec transport dans les bras du
vieillard et de son fils ; mais après avoir répondu à leur tendresse, il s'empressa de leur
dire qu'un malheur venait d'arriver non loin
de Béthulie , dans une chaumière située sur
le penchant d'une colline. Un pauvre homme,
père de trois enfants, renversé par un tau-
reau , avait été entraîné avec la charrue ; il
est grièvement blessé , ajouta Josué, on est
venu me chercher à ma demeure ; viens , mon
fils avec moi, nous irons le secourir. Éliézer , dont le seul bonheur désormais était
de visiter les malheureux et de les soulager,
s'empressa de se vêtir de sa tunique et suivit
Josué qui le conduisit à la chaumière. En
s'en approchant, les gémissements prolongés
du malheureux émurent leurs cœurs de compassion. Ils s'avancèrent doucement du lieu

d'où partaient ces cris de douleur; un spectacle touchant frappa leurs yeux : Judith
était à genoux auprès de la couche du malade et pansait avec une attention pieuse ses
blessures; des larmes de pitié tombaient de
temps en temps sur ses mains délicates ;
un peu plus loin se trouvait l'épouse infortunée qui , tantôt levant les yeux au
ciel , tantôt serrant ses deux mains qu'elle
pressait sur son front , présentait le tableau
le plus déchirant d'une douleur profonde.
Dans un coin de la métairie , on voyait à
genoux trois petits enfants qui prononçaient
à haute voix des prières ardentes pour la guérison de leur père ; quelques parents et amis
se parlaient à demi-voix en branlant la tête
d'un air de crainte et d'alarme. Josué, à ce
spectacle, se retourna du côté d'Eliézer, il le
vit pâle, immobile, le saisit par la main,
le fit sortir de la métairie et lui fit respirer
un flacon qu'il portait toujours dans sa calebasse. A ce saisissement involontaire à la
vue de Judith, succédèrent d'abondantes
larmes d'attendrissement qui soulagèrent
son cœur. Il implora le secours du Très-Haut
et sentant son cœur fortifié, il suivit Josué
qui rentra dans la chaumière, s'approcha

du blessé, contempla avec ravissement l'arrangement des bandes et l'ordre des appareils ; il apprit avec autant de surprise que de joie la vertu des plantes que Judith venait d'employer ; il fut ravi de sa science comme il l'était de sa charité, et il espéra qu'avec le remède souverain dont elle s'était servie, l'infortuné blessé ne tarderait pas à ressentir du soulagement dans ses maux, et à voir naître l'espérance de sa guérison. Judith, par sa douce voix et ses consolantes paroles, ranimait le courage du pauvre homme lorsque la douleur lui arrachait des cris. Elle excitait sa confiance dans le Seigneur en lui rappelant toutes les preuves de sa bonté et de sa protection envers ceux qui s'abandonnent à lui et qui bénissent son nom. Le bon vieillard Josué était si ravi en voyant l'air céleste de cette jeune femme, sa beauté extraordinaire, en entendant les paroles divines qui sortaient de sa bouche, qu'il ne pouvait se lasser de la contempler. Il comprenait tout ce qu'avait dû coûter de larmes, de regrets, de douleur, la perte d'un tel trésor ; il plaignait le malheureux Eliézer et s'intéressait encore plus vivement à lui. Judith, ayant terminé son œuvre de

charité, se disposa à quitter le blessé en lui
promettant de revenir dans la soirée ; elle
s'approcha avec bonté de l'épouse désolée ,
ranima son espérance et adoucit l'amertume
de son âme. Ensuite, saluant toutes les personnes qui étaient présentes, elle se retira. Le
vieillard Josué, après son départ, fit avec chaleur l'éloge de Judith et de sa charité, que
toutes les voix répétèrent avec enthousiasme. Le patient lui-même semblait ne plus
sentir ses maux, pour parler de sa bienfai-
trice. Eliézer qui avait constamment gardé
le silence s'approcha du malade, et lui dit
avec une certaine exaltation : — Ne craignez
rien, mais espérez, car un ange bien puissant prie pour vous, et il sera exaucé. — Le
vieillard Josué, voyant qu'il n'avait plus rien
à faire auprès du souffrant, grâces à l'habi-
leté et aux soins de Judith, prit congé de
lui et de ses parents et sortit de la chaumière
avec Eliézer. Pendant la route, ils ne s'entretinrent que de la scène touchante dont ils
avaient été témoins. Ah! dit Josué, que la
beauté augmente de prix, lorsqu'elle est em-
bellie par la vertu ! Si les jeunes filles savaient
l'estime qu'elles inspirent lorsque la modestie, la douceur et les autres qualités du

cœur sont leur partage, elles feraient moins
de cas de ces agréments extérieurs dont elles
sont idolâtres, et qui, sans les vertus de
leur sexe, n'inspirent que du mépris. Eliézer écoutait son vieil ami sans cependant
sortir de sa douce rêverie. Il entraîna malgré
sa résistance Josué à sa demeure où ils allèrent réjouir le bon vieillard Oreb, par le récit de leur touchante excursion, et ils par-
tagèrent avec lui le premier repas du jour.

IX.

Le dixième mois allait ramener dans la
Judée la fête des expiations qui se célébrait
le septième jour avec une triste et religieuse
solennité. Le son de la trompette vint retentir
dans Béthulie pendant que ses habitants
étaient encore livrés au sommeil, et leur annonça que tout plaisir devait cesser et que l'époque était arrivée où ils devaient se mettre en
voyage pour aller à Jérusalem implorer la miséricorde du Seigneur. Manassé et Judith
quittèrent les charmes de leur vie paisible

et la douceur de leurs travaux ; ils se séparèrent avec douleur d'Elia qu'ils confièrent à
une personne sûre, et arrivés à Jérusalem ,
ils se revêtirent d'un cilice et se rendirent le
septième jour sur la place publique , où tous
les Israélites de divers pays étaient assemblés. Les vieillards les plus anciens lurent
à haute voix des passages de la loi, et puis
prononcèrent des discours éloquents pour
exhorter les Israélites à faire pénitence de
leurs péchés et à apaiser la justice du Dieu
vengeur. A cet instant, tous les pénitents,
pénétrés de douleur et de repentir, se frappèrent la poitrine et invoquèrent la miséricorde du Dieu trois fois saint par leurs sanglots et leurs prières. Après cette cérémonie,
le peuple se dispersa et alla se livrer pendant
plusieurs jours à des jeûnes et des austérités
rigouréuses. Manassé et son épouse, dont les
vies étaient si pures, ne laissèrent pas que de
s'imposer des pénitences et des jeûnes pour
satisfaire à la justice de leur Dieu. En retournant à Béthulie , ils prolongèrent leur route
de quelques heures pour se procurer la consolation de revoir un de leurs parents qui de-
meurait au delà du torrent de Cison ; ils
côtoyèrent la montagne du Thabor , traver-

sèrent les eaux du torrent, et se trouvèrent
surpris par la nuit avant d'avoir pu arriver à
la demeure d'Achasias. Non loin d'eux ils
aperçurent une lueur qui leur fit espérer
qu'ils trouveraient une habitation et un gîte
pour la nuit; cette lueur les conduisit sur la
pente d'une colline, et une pauvre habitation
s'offrit à leurs regards. Ils frappèrent à la
porte: un homme d'un âge mûr se présente
à eux. Pour tout vêtement, un sac couvrait
ses membres et une corde ceignait ses reins ;
sa longue chevelure tombait sur ses épaules ,
et la maigreur de son visage annonçait l'abs-
tinence et les jeûnes qu'il pratiquait. — Béni
soit le Seigneur , dit-il d'une voix rauque et
languissante , puis-je vous être utile en quelque chose ? — Nous vous supplions, répondit
Manassé , de nous donner l'hospitalité pour
cette nuit. — Vous serez peu commodément
dans ma cabane , dit le Nazaréen , (car c'é-
tait un des religieux de cet ordre qui faisaient vœu de ne point boire de vin ni d'aucune liqueur enivrante), et je regrette de
n'avoir pas non plus d'autres mets à vous
offrir pour soulager vos fatigues , que quelques gâteaux d'orge, quelques fruits du grenadier et de l'eau du torrent. — Merci , di-

gne serviteur du Seigneur , répondit Manassé, c'est déjà trop , dans un temps de
pénitence, pour des Israélites qui doivent expier leurs péchés. — Le Nazaréen s'empressa
alors de poser sur une table de jonc quelques
gâteaux et de ces beaux fruits aux graines
rouges et transparentes. Les deux époux
firent honneur à ce repas frugal , et remer-
cièrent beaucoup le saint religieux qui ne
put leur donner pour toute couche que la
simple paille couverte d'un tapis. Dès l'aube
du matin les deux époux se préparèrent à
quitter la cabane du Nazaréen, après lui avoir
témoigné toute leur reconnaissance. Mais le
religieux, saisi tout à coup de l'esprit de Dieu,
s'écria d'une voix solennelle : « Ecoutez le
Seigneur votre Dieu : je serai avec vous jusqu'à la fin , car vos cœurs aiment la justice
et me sont agréables ; mais de même que
l'or se purifie dans le creuset, ainsi les vôtres s'épureront encore dans le creuset des
vives douleurs ; mais ne craignez rien , le
Seigneur votre Dieu vous soutiendra de sa
force, et il se servira de la faiblesse pour ma-
nifester sa puissance ! — Après ces paroles
d'inspiration, le Nazaréen garda un profond
silence , et elles produisirent une émotion

profonde sur les cœurs des deux époux qui,
n'en perdirent jamais le souvenir. Après
avoir cheminé quelques heures, ils aperçurent de loin la belle métairie de leur parent
et ils doublèrent le pas, tout joyeux de cette
découverte. Achasias était dehors, à vingt pas
de sa demeure, et se réchauffait aux rayons
du soleil, la vieillesse privant peu à peu ses
membres de la chaleur vitale. Il ne reconnut les deux époux que lorsqu'ils furent bien
près de lui ; mais ce moment fut ravissant
pour le vieillard : il se releva promptement
de son escabelle en jetant des cris de joie,
et s'avançant tout tremblant, les bras ouverts pour les recevoir. Manassé et Judith
le pressèrent avec bonheur contre leur poitrine en le félicitant d'avoir vieilli dans la
justice et l'amour du Seigneur. — Soyez mille
fois bénis, mes enfants, et béni soit le Dieu
d'Israël qui a conduit vos pas vers ma
demeure pour réjouir mon cœur et ma vieillesse ! dit le vertueux Achasias : venez, venez
voir mes fils, mes filles et les fils de mes
fils qui sont la couronne et l'appui de mes
derniers jours. — En disant ces mots, il les fit
entrer dans sa métairie, et ils furent aussi-

tôt entourés d'hommes, de filles, d'enfants
dont aucun n'était étranger à la famille. Après
les témoignages d'une affection sincère,
Achasias ordonna à son fils aîné d'aller tuer
un veau gras, et à ses filles de préparer
divers gâteaux et pâtisseries pour le festin
joyeux qui allait réjouir toute sa maison.
En attendant, il fit conduire les deux voyageurs dans deux petites salles de bains où
se trouvaient divers parfums exquis sans en
excepter même le baume de Jéricho. Cette
attention du vieillard plut beaucoup aux
deux époux, car ils étaient privés des
bains depuis leur départ de Béthulie, et l'habitude leur faisait regarder ce soulagement
comme nécessaire, (les Israélites ne s'en
privant jamais que dans les temps de pénitence et de deuil.) Après le festin, qui fut
somptueux et accompagné d'une allégresse
vive et sincère, Achasias fit visiter à Manassé
et à Judith ses vastes étables remplies de troupeaux, ses champs dont la culture soignée
et les plantations des arbres les plus rares de
la Judée faisaient l'éloge de ses fils; il leur fit
remarquer le nombre prodigieux de ses ru-
ches à miel; les beaux métiers sur lesquels
ses filles fabriquaient des vêtements de bysse,

de lin et de pourpre pour toute la famille ;
il les conduisit ensuite sur la haute terrasse
de sa demeure, et le paysage le plus pitto-
resque et le plus ravissant s'offrit à leurs regards : l'œil découvrait au loin d'épaisses
forêts, couronnées par des rochers, de jo-
lis coteaux, des torrents qui tombaient en
cascade et se frayaient en écumant un passage à travers les roches, le beau lac de
Génésareth et la superbe vallée de Jezraël.
Judith, si sensible à toutes les beautés de la
nature, contemplait avec délices ce beau
site, et elle sut gré à Achasias de la jouissance qu'il venait de lui faire éprouver. Le
bon vieillard voulait leur procurer quelques
autres plaisirs et les retenir plusieurs jours
auprès de lui, leur faisant les instances les
plus vives pour obtenir d'eux cette consolation. Ils ne purent accepter son offre obli-
geante, la jeune Elia réclamant leur prompt
retour à Béthulie ; mais ils firent au vieillard la promesse de revenir dans sa demeure
avec leur chère enfant à l'époque prochaine
de la solennité de Pâques. Après des adieux
touchants et d'une franche cordialité, les
deux époux quittèrent le séjour paisible et
heureux d'Achasias. Ses fils et ses filles vou-

lurent accompagner pendant quelque temps
Manassé et Judith, et ne les quittèrent que
dans la plaine qui n'était plus arrosée par
les eaux du torrent de Cison.

Elia passait une partie de la journée sur
la terrasse de la demeure de son père avec la
personne aux soins de laquelle elle était confiée. Elle cherchait à découvrir l'arrivée des
objets de sa tendresse, mais chaque jour elle
en descendait tristement en disant : « Peut-
être viendront-ils demain? Et tous les jours
la même espérance et la même tristesse agi-
taient le cœur de cette pauvre enfant. Enfin,
le dixième jour après le départ de Manassé,
elle était, selon son habitude sur la terrasse,
et ses beaux yeux regardaient avec inquiétude
s'ils n'apercevaient pas parmi les personnes
qu'elle voyait de loin ses parents chéris !...
Tout à coup elle laissa échapper un cri de
joie en s'élançant du siége où elle était assise,
et descendit avec vitesse dans l'intérieur de
la maison, et de là se précipita hors de la
demeure ne s'arrêtant plus que lorsqu'elle se
trouva dans les bras de son père et de sa mère. Ce fut pendant cet instant de bonheur et
d'ivresse maternelle que les paroles du Nazaréen se présentèrent à Judith et vinrent

troubler la joie de son cœur. Le temps de pénitence étant passé, le retour de Manassé et
de Judith fit renaître dans leur demeure la
gaieté et les plaisirs innocents.

X.

Plusieurs mois s'étaient écoulés depuis le
jour solennel où Nachor avait reçu la foi et
la main de Rachel. Son amour pour son
épouse était extrême ; mais c'était un amour
tyrannique et jaloux, qui s'exhalait souvent
en pénibles emportements et en soupçons in-
jurieux. La malheureuse Rachel, dont la
conscience pure ne se reprochait rien, voulait,
dans son indignation, secouer un joug aussi
injuste et ne faisait que le rendre plus pe-
sant et plus douloureux. Accablée de chagrin, elle ne trouvait d'adoucissement à ses
peines qu'en allant les répandre dans le sein
de son amie. Judith la consolait et la forti-
fiait. « Il ne faut pas, lui disait-elle, t'exagérer tes souffrances, et, en te livrant à une
imagination désespérée, voir plus de maux

6.

que tu n'en as réellement. Nachor a des qualités que ton inquiétude t'empêche d'apercevoir, et n'eût-il que les défauts qui t'affligent, il faudrait encore avec calme te soumettre à ton sort, et tâcher, par ta patience et ta douceur, de gagner son estime et de mériter sa confiance. Ne te laisse jamais aller à l'aigreur que te causent une jalousie injuste et les emportements qui en sont nécessairement les suites. Ma bonne Rachel, je voudrais prendre un peu de tes peines et alléger ton chagrin ; mais sois bien sûre que si tu te montres constamment tendre et douce envers Nachor, malgré sa conduite tyrannique, il ne pourra manquer de reconnaître ta sagesse et d'être touché de ta vertu. Sa jalousie se dissipera comme les brouillards du matin, et le plus beau jour succédera à tous ces orages menaçants. — Non, s'écria Rachel, jamais, jamais mon existence ne sera désormais heureuse ! Le seul regret d'avoir refusé Adhrès si vertueux et si bon suffira pour remplir d'amertume tous mes instants. — Ne pense plus à Adhrès, dit Judith à son amie ; ton devoir, à présent, te défend ce souvenir ; tu ne dois t'occuper que de Nachor, et chercher les moyens de le ren-

dre meilleur et de calmer sa jalousie. — Le
rendre meilleur? c'est impossible ! Il n'a ni
crainte ni amour du Seigneur ; il viole sans
remords tous ses commandements, il blasphème son nom adorable ; il me traite avec
indignité lorsque je lui reproche la violence
de son caractère, et que je résiste à sa volonté. — Je t'en supplie, Rachel, dit Judith,
en appliquant ses lèvres sur la joue colorée
de son amie, par la tendresse que tu me
portes, traite avec beaucoup d'égards celui
qui est devenu ton seigneur et ton maitre.
Loin d'espérer un changement heureux dans
ton époux par tes reproches et ton impatience, tu ne fais que l'irriter de plus en plus
contre toi ; il est ton époux, tu es obligée
de l'aimer, de le supporter, de le rendre
heureux. Invoque avec ardeur le secours du
ciel ; le Dieu d'Israël entendra tes prières et
exaucera tes désirs. Ma bonne cousine, du
courage : la vertu n'est jamais plus belle que
lorsqu'elle croît parmi les épines. — Hélas!
je voudrais bien avoir la force de me vaincre dans des moments si pénibles au cœur ;
mais je ne puis renfermer mon indignation
lorsque je vois soupçonner ma vertu, et Nachor agité par des craintes aussi injurieuses !

De ma bouche alors sortent les plus vifs
reproches, et de mes yeux coulent d'abondantes larmes. Ma mère arrive souvent pour
être le triste témoin de ces scènes déchiran-
tes. Ah! chère Judith! comment te peindre
nos transports de colère envers Nachor, et les
emportements de mon mari!... — Rachel,
je t'en supplie, écoute ton amie dont l'affection est sincère et ne méprise pas ses conseils. Que Dieu soit le seul témoin de tes
peines; mais cache avec soin à ta mère toutes les angoisses de ton âme; cache à tous
les yeux tes discussions conjugales; évite
tout ce qui pourrait donner du bruit et de
l'expansion à tes chagrins, qui ne doivent
être connus que de toi et du Seigneur. Un
jour, je l'espère, ta vertu et ta douceur ra-
mèneront ton époux; il te tiendra compte
des soins que tu auras pris à cacher ses
fautes; il t'en estimera, t'en aimera davantage, et l'empire que tu auras sur son cœur
t'assurera une douce félicité, d'autant plus
réelle que tu l'auras acquise par de pénibles combats et de continuelles vertus. » Rachel avait l'esprit juste et le cœur droit : elle
comprenait et goûtait les paroles de Judith,
et en sa présence elle forma la résolution

de modérer sa vivacité et de renfermer en
elle-même toutes ses peines, n'espérant du
secours que de Dieu seul. Elle se promit,
autant qu'il lui serait possible, de satisfaire
même la volonté bizarre de son époux, de
n'opposer à ses violences et à ses emportements que la douceur et le calme d'une raison supérieure et d'une conscience au-dessus
de tout soupçon. Ainsi finit l'entretien des
deux amies. Avant de se quitter, elles adorè-
rent ensemble le Dieu de leurs cœurs, implorèrent avec ardeur sa protection et se
dirent un adieu touchant.

XI.

Les feux du couchant s'éteignaient par
degrés. Les jeunes filles et les jeunes hommes
descendaient les montagnes avec leurs troupeaux et allaient chercher les gras pâturages
et les eaux claires des ruisseaux. On entendait de temps en temps mêlés au gazouille-
ment des oiseaux, le son agréable d'une flûte
et le chant d'une voix mélodieuse. Judith
gardait ses troupeaux dans sa vallée chérie

et méditait dans son cœur la loi du Seigneur et la grandeur de sa destinée ; son esprit s'abîmait dans la contemplation du bonheur éternel et de la possession d'un Dieu. La fragilité de son existence, une vie courte et incertaine dont les maux et les plaisirs durent si peu, faisaient une impression forte et salutaire sur son cœur et le remplissaient de nobles et pieux sentiments. Pendant qu'elle se livrait à ces consolantes pensées, au soin d'Elia et de son troupeau, les heures s'enfuyaient avec une extrême rapidité. Déjà, des millions de brillantes étoiles embellissaient le firmament, et la douce lune, par sa présence, se préparait à consoler les mortels de la fuite du jour. Judith quitta les riants pâturages et dirigea ses troupeaux vers la bergerie. Elle vit venir à elle deux étrangers dont la démarche pénible et la poussière qui couvrait leurs vêtements annonçaient qu'ils venaient de faire un long voyage. Le plus âgé des deux s'approcha respectueusement de Judith et lui demanda l'hospitalité pour lui et son compagnon. Le voile qu'elle avait jeté sur son visage à l'approche des voyageurs les empêcha de remarquer sa beauté.

— Je ne puis vous satisfaire entièrement,

leur répondit-elle ; mon seigneur n'est pas
avec moi ; mais venez à ma demeure et
vous vous présenterez à lui, j'espère qu'il ne
refusera pas votre demande. » Les étrangers
suivirent Judith, et dès qu'ils furent arrivés
en la présence de Manassé, ils se prosternèrent devant lui et le prièrent de les accueil-
lir dans sa demeure jusqu'au lendemain. Manassé leur répondit : « Notre loi nous défend
de recevoir chez nous des étrangers d'une
autre nation et d'une autre religion que la
nôtre. Mais la loi de l'hospitalité si agréable
à notre Dieu me permet dans cette circonstance de satisfaire les désirs de mon cœur
et de vous admettre au milieu de nous. » Aussitôt il appela des serviteurs, leur ordonna
de laver les pieds des voyageurs. Il recom-
manda à Judith de faire préparer de suite un
bon repas et de bons lits pour ses hôtes. Les
voyageurs, après avoir secoué la poussière de
leurs vêtements, furent conduits par Manassé
dans une belle salle tapissée de riches étoffes
tissées et brodées par Judith ; ils admiraient
un si beau travail lorsque l'épouse de Manassé parut au milieu d'eux suivie d'une
esclave qui l'aidait à transporter les divers
mets servis avec goût et propreté sur une

7

table destinée aux deux étrangers. Pendant
le repas ils laissèrent échapper quelques paroles sur les malheurs dont ils venaient d'être
témoins et qui excitèrent la curiosité de Manassé ; mais craignant de fatiguer ses hôtes,
il ne leur fit aucune question. Il les conduisit
à leur appartement, se réservant le lendemain
pour satisfaire sa curiosité et pour demander aux étrangers des détails sur leurs infortunes. Dès qu'il se retrouva seul avec
Judith, il lui témoigna l'intérêt que les voyageurs lui inspiraient. « Ce ne sont pas de nos
frères, lui dit-il, je crois qu'ils viennent de
la Médie et qu'ils ont souffert de grands
maux. Nous apprendrons d'eux, je pense,
beaucoup de choses. »

XII.

Le sommeil des voyageurs avait été profond et paisible ; sur leurs couches molles
et douces ils avaient trouvé du repos à leurs
fatigues et l'oubli de leurs peines. En s'éveil-
lant ils bénirent la main hospitalière qui les
avait si bien accueillis et qui avait adouci

leurs souffrances. Un esclave vint frapper à la porte de leur appartement et leur présenta de belles tuniques, des coupes remplies d'une boisson fortifiante et divers parfums exquis. Les étrangers acceptèrent ces dons avec reconnaissance et ils ne pouvaient se lasser d'admirer l'ordre et les richesses de cette demeure et la bienveillance de ses habitants. Ils descendirent dans la salle magnifique où Manassé les avait reçus la veille : les deux époux s'y trouvaient et les saluèrent avec beaucoup de cordialité. Les voyageurs ne savaient comment exprimer tous les sentiments de leur vive reconnaissance. « Nous serions heureux, dit Manassé aux étrangers, si nous pouvions vous faire oublier un instant les malheurs qui semblent avoir agité vos jours. — Oui, répondit le plus âgé des deux, nos vies ont été menacées de grands dangers, et nos yeux ont vu d'affreux événements. Ce sera une consolation pour nous de vous en faire le récit s'il peut vous intéresser. » Manassé et Judith, ayant témoigné le vif désir de connaître leurs infortunes, l'étranger leur parla ainsi : « La belle et forte ville d'Ecbatane nous donna naissance ; mon père avait été un guerrier chéri du roi de

Médie nommé Déjoce. Il s'était dévoué, après sa mort à son fils Arphaxad, et me laissa, en mourant, héritier de son attachement pour son roi. Je suivis Arphaxad dans toutes ses expéditions belliqueuses. Je le vis avec bonheur subjuguer la Perse, l'Arménie et se rendre maître de presque toute la Haute-Asie. Ainsi couvert de gloire, il rentrait triomphant à Ecbatane parmi les acclamations et les cris de joie de son peuple; mais ses victoires lui furent funestes; il se crut invincible et voulut porter ses armes jusque dans l'Assyrie. Il déclara la guerre à Nabuchodonosor et la bataille se donna dans la plaine de Ragan vers les sources du Tigre et de l'Euphrate. Les deux armées étaient puissantes; le bruit des armes et de la cavalerie, le roulement des chariots, le hennissement des chevaux, semblable au sifflement des terribles aquilons, qui annoncent à la nature les désastres d'une tempête, retentissaient dans les airs et présageaient tous les malheurs d'une grande guerre. Arphaxad, les yeux brillants de fierté et de valeur, revêtu de ses armes qui avaient tranché les jours de tant de héros, fit ranger tous ses soldats, excita leur courage et leur audace, adressa un discours

plein de feu et d'éloquence aux principaux de
l'armée, puis se tournant vers moi, il me
dit : Allons, cher Néotchir, nous couvrir
encore de gloire et de lauriers !... Il dit, et
s'élançant avec son coursier vers les ennemis, il fut suivi de tous les guerriers. Les
lances menaçantes étincelaient aux rayons
du soleil, mais elles furent cachées par un
tourbillon de poussière qui nous environnait
alors, semblable aux nuages menaçants qui
laissent tout à coup tomber sur la terre un
déluge de grêle dévastatrice. Ainsi l'armée
d'Arphaxad surprit l'armée ennemie et répandit de tous côtés le carnage et la terreur.
Mais, hélas ! ce triomphe fut bientôt suivi
d'affreux revers. Les Assyriens, que la surprise avait pendant un instant saisis d'épouvante, se rassurèrent à la voix de Nabuchodonosor qui se précipita dans tous les rangs,
et, par ses discours et son exemple, ranima
le courage et l'énergie de ses soldats. Le
combat fut violent. Plusieurs fois je vis les
jours d'Arphaxad menacés ; mais lorsqu'une
main cruelle était prête à le percer, je me
jetais au-devant de lui, je détournais le coup,
et je frappais de mort le téméraire qui avait
osé le menacer. Pendant longtemps, il y

eut de part et d'autres des succès et des dé-
faites ; pendant longtemps la victoire fut
incertaine : tantôt des cris de joie se faisaient
entendre dans notre armée et tantôt dans
celle des ennemis ; mais les dieux voulaient
sûrement notre perte; ils répandirent dans les
cœurs de nos soldats le découragement et l'effroi. Mes yeux virent alors en frémissant les
exploits de Nabuchodonosor; ils virent renversés autour de moi, nageant dans leur sang ,
nos héros les plus illustres, notre armée fuir
devant les lances et les épées des Assyriens
et couvrir de honte notre patrie, les fuyards
poursuivis et égorgés par nos ennemis, et un
carnage affreux dont le souvenir me glace
d'horreur !... O désolation sans égale ! ô
jour trois fois affreux ! notre armée fut dé-
faite , Nabuchodonosor remporta une victoire éclatante, et augmenta ses triomphes
en se rendant maître de toutes les villes, et
en poussant ses conquêtes jusqu'à Ecbatane,
dont il emporta d'assaut les tours et les
murailles. Il livra ensuite la ville au pillage
des soldats, et la dépouilla de tous ses ornements. O belle ville d'Ecbatane ! nous ne verrons plus tes murs et tes superbes édifices!...
les cris de joie et de triomphe ne retenti-

ront plus dans ton enceinte !... O glorieux
Mèdes ! dans quel abaissement êtes-vous
tombés ! Infortunée patrie ! ta gloire s'est
dissipée comme les vapeurs qui s'évanouissent à l'approche du soleil! On ne voit plus
que des débris de ton ancienne splendeur !
tes enfants sont errants, dispersés et malheureux!... tes ennemis se repaissent de tes
douleurs!... » Ici, le Mède, oppressé par ses
larmes et son émotion, fut obligé de s'arrêter,
et le silence le plus solennel succéda à ces
paroles, qui avaient produit un saisissement
dans tous les cœurs. L'étranger, ayant repris
un peu de calme, poursuivit ainsi son récit :
«Mon malheureux roi se réfugia dans les montagnes de Ragan ; ses serviteurs les plus fidèles et les plus dévoués le suivirent dans sa
fuite. Pour moi, je ne m'en séparai jamais et
j'aurais été heureux, si j'avais pu sauver sa
vie par le sacrifice de la mienne ; mais le
cruel Nabuchodonosor découvrit le lieu de
sa retraite, fit saisir mon auguste roi et tous
ceux qui étaient attachés à sa suite et voulut
repaître ses yeux féroces de la joie barbare
de le voir mourir par ses ordres à coups de
javelot. O jour affreux ! que le dieu Mithra
n'aurait pas dû éclairer, et qui fit couler de

mes yeux des torrents de larmes !... jour qui
me fit trouver la vie importune et regretter
amèrement de ne pas l'avoir perdue dans les
combats !... O Arphaxad, cher et malheureux
roi ! si j'eusse pu parer de mon corps les
javelots qui t'ont percé, ou tomber moi-
même percé des coups qui t'étaient destinés!... Mais le cruel Nabuchodonosor, en me
jetant dans une tour où j'étais prisonnier,
m'avait séparé de toi pour toujours ! Et par
un raffinement de barbarie, il m'avait placé
dans un lieu où je pouvais être spectateur de
sa cruauté et de sa vengeance. Couvert du
sang des Mèdes et enrichi de nos dépouilles,
l'orgueilleux Nabuchodonosor retourna à
Ninive, chargé de butin et d'un grand nombre de prisonniers. Son arrivée fut triomphante, et il se livra à des réjouissances, à des
festins et à des plaisirs continuels. » Ici Manassé interrompit le Mède pour prier ses
hôtes d'accepter un léger repas que les serviteurs venaient de préparer dans la salle
voisine. Ils trouvèrent une table servie avec
goût et propreté ; on y voyait de grandes
coupes en or remplies du lait délicieux des
génisses, et d'un miel doux et transparent,
et diverses corbeilles de fruits dont la beauté
charmait les yeux.

XIII.

Le repas du matin venait d'être terminé; Manassé conduisit ses hôtes sous l'ombrage touffu des jardins, et il pria Néotchir de continuer son récit qui les intéressait vivement. L'étranger reprit ainsi : » Nous fûmes conduits à Ninive et jetés dans un immense souterrain : le malheur dans ce lieu d'infortune m'unit à Tharxad, ce jeune homme valeureux qui est en votre présence et dont les yeux pleuraient un père qu'il avait perdu dans les combats. Je l'aimais comme mon fils, et nos cœurs se soulageaient ensemble en répandant dans le sein l'un de l'autre nos inquiétudes et nos douleurs. Il avait laissé dans sa patrie une sœur qui lui était chère, et moi une épouse qui devait pleurer ma mort. Mais nos maux devaient s'accroître. On vint nous annoncer qu'un sacrifice devait être offert en reconnaissance au dieu Ormazd pour la victoire que Nabuchodonosor avait remportée, et que les victimes seraient prises au sort parmi les prisonniers. Une pâleur et

une consternation profonde se répandirent sur
tous les visages de nos compagnons et sur
les nôtres ; chacun craignait que le sort ne
le désignât pour victime ou ne marquât une
tête qui lui fût chère. C'est ainsi que je
craignais autant pour Tharxad que pour
moi-même, et que j'implorais les dieux afin
que sa jeunesse fût épargnée. Mais le destin
cruel permit que nos noms sortissent tous
les deux de l'urne fatale, et nos fronts furent
empreints de la marque des victimes. Nos
yeux se rencontrèrent avec une douloureuse
expression , et peu d'instants après , nos
cœurs exhalaient ensemble des plaintes amères. Fallait-il échapper à la mort glorieuse
des combats , disions-nous , pour venir être
sacrifiés à Ninive sous les yeux d'un roi inhumain dont les dieux semblent protéger la barbarie ? Une tristesse profonde accablait nos
âmes, et l'espérance même s'était envolée
loin de nous. Notre sommeil était agité, nos
bouches se refusaient à recevoir des aliments,
et une triste langueur s'emparait de tous nos
membres. Tout à coup la porte du souterrain s'ouvre , nous frémissons... Un jeune
guerrier se présente ; il paraît chercher quel-
qu'un des yeux avec inquiétude. Dès qu'il

m'aperçoit, la joie éclate sur sa physionomie ; il s'approche, me prend à part et me
parle ainsi : Noble héros ! je te dois le sang
qui coule dans mes veines, je te dois la vie
que j'aurais perdue sans les secours de ton
humanité. Te rappelles-tu le jour où, conduit prisonnier à Ninive , tu traversais la
plaine de Ragan jonchée de cadavres rougis
par le sang ? J'étais au milieu de ces cadavres, me débattant avec la mort qui était
prête à faire une nouvelle victime ; tes pieds
pressèrent mes mains déjà froides et glacées;
alors un faible soupir s'échappa de mon sein,
tu te baissas vers moi , tu me regardas ,
ému de compassion en voyant mes yeux
mourants qui te demandaient des secours ;
tu sortis de tes vêtements un flacon renfermant une liqueur précieuse dont tu versas
quelques gouttes dans ma bouche... elles
me rendirent la vie ! Alors , te retournant
vers ceux qui te conduisaient, tu leur par-
las de moi avec tant d'intérêt et de pitié
qu'ils consentirent à t'aider pour me
transporter à Ninive où les soins qu'on me
donna fermèrent mes plaies et me rendirent
à la santé. — Généreux Mède, tant de
compassion et d'humanité pour un ennemi

ne resteront pas sans récompense ; je suis
heureux de pouvoir aujourd'hui te témoigner ma reconnaissance en sauvant ta vie,
comme tu as sauvé la mienne. Je sais qu'on
doit dans deux jours t'immoler au Dieu
Ormazd; mais j'ai gagné le geôlier par mes
largesses et mes présents. Cette nuit, je serai
ici près de toi avec un habit semblable au
mien , et je te ferai sortir de ces lieux où
une mort cruelle t'attend. — Vertueux Assyrien , lui répondis-je, ton bienfait ranime
mon cœur abattu , comme la rosée redonne
la vigueur à la plante desséchée et flétrie par
la chaleur du jour ; mais ici, dans la prison,
se trouve un jeune homme vertueux comme
toi , désigné aussi pour victime , que j'aime
et dont la mort seule pourra me séparer ;
ne pourrais-tu pas le sauver aussi ? » Le
guerrier réfléchit un instant et puis il répondit : « Je vais offrir au geôlier de nouveaux
présents ; il consentira peut-être à sauver
les jours de ton ami. » Après ces paroles, ce
généreux guerrier nous quitta et nous laissa
dans de vives agitations et de douces espérances. Une heure après, nous le vîmes repa-
raître , mais ses yeux étaient tristes et pen-
sifs. « Hélas ! nous dit-il , plus d'espérance,

le geôlier est resté inflexible ; il ne veut consentir qu'à l'évasion d'un seul prisonnier.
Peut-être si j'avais de grandes richesses à lui
offrir, tenteraient-elles sa cupidité ! mais j'ai
donné tout ce que je possédais, je ne puis
plus disposer de rien. — O Dieu ! m'écriai-
je, que notre joie a été courte et notre espérance trompeuse ! Tharxad, mon cher
Tharxad ! non, je ne te quitterai pas ; la vie
me serait à charge si la tienne t'est ravie !...
nous mourrons ensemble, le même feu nous
consumera, le même instant finira notre
existence. » Tharxad se jeta dans mes bras,
me suppliant, autant par ses paroles que
par ses larmes, de le laisser dans le souterrain ;
de recevoir la vie que les dieux m'offraient :
il me représenta qu'en partageant son affreux destin je ne l'adoucirais pas ; que je
le priverais au contraire de la consolation
de savoir ma vie hors de danger. Le généreux officier était attendri et touché de ce
combat de l'amitié ; il regrettait amèrement
de n'avoir pas assez de richesses pour nous
sauver tous les deux, mais il voulait absolument conserver ma vie. J'avais sur moi un
camée précieux environné de beaux diamants, représentant Arphaxad monté sur

un coursier et couronné par la main des
dieux. Mon malheureux roi , en me quit-
tant pour toujours, m'avait laissé ce gage
de son affection avec ces paroles : « Mon
cher Néotchir, tes jours ont sans cesse été
liés aux miens , ton dévouement a toujours
été sans bornes , rien n'a pu te séparer de
moi... il n'y aura que la mort !... qu'il en
soit ainsi de ce gage de mon affection , de
cette image de ton roi ; ne l'abandonne jamais !... elle te rappellera les infortunes et
l'amitié du malheureux Arphaxad. » J'avais
juré qu'on m'arracherait plutôt la vie que
ce précieux trésor. Cependant mon affection pour Tharxad et le désir de sauver
ses jours triomphèrent de ma répugnance
à violer mon serment et de ma douleur
à me séparer de l'image de mon malheureux roi. Je détachai le précieux camée
que je portais sur mon sein , et dont la
beauté et la richesse étaient dignes du souverain qui me l'avait donné. « Tenez, dis-
je au guerrier , en le lui remettant , et laissant tomber des larmes de regret , voilà
un objet dont la valeur attendrira , j'espère , le cœur de roche du geôlier. Aussitôt ce généreux Assyrien , transporté de

joie, courut vers lui en grande hâte, et
revint peu d'instants après, le bonheur et l'es-
rance sur les lèvres. Le camée est accepté,
dit-il; cette nuit vous serez libres tous deux,
une heureuse fuite sauvera vos jours. » Et
en disant ces mots, il nous pressait tour à
tour dans ses bras ; il ne nous quitta que
pour aller préparer tout ce qui était nécessaire à notre évasion. Combien les heures du
jour semblèrent longues à notre attente !
et avec quelle inexprimable émotion vîmes-
nous les ombres de la nuit couvrir toute la
terre ! Lorsque le sommeil eut répandu sur
les mortels heureux et malheureux ses consolantes douceurs, le jeune guerrier parut
silencieusement au milieu de nous; il était
muni de deux vêtements semblables au sien;
nous quittâmes promptement les nôtres, et
transformés ainsi en Assyriens, nous suivî-
mes notre guide. Après être sortis de la ville,
il nous fit prendre la route de la Galilée et
nous parla ainsi : Je ne vous quitterai que
lorsque l'éloignement où vous serez de Ninive
vous mettra à l'abri du danger d'être reconnus. Si l'on vous surprenait à présent, je
prendrais seul la parole, et votre langage ne
vous trahirait pas. On fera peut-être des re-

cherches, on vous poursuivra, il faut aller
vous cacher dans la Judée, vous y serez plus
tranquilles et plus en sûreté que partout ailleurs ; mais les projets ambitieux de Nabuchodonosor ne laisseront pas longtemps encore ces nations en paix ; il veut conquérir
tous les royaumes et se faire adorer comme
une divinité. Ses projets sont d'aller porter
la guerre d'abord dans la Cilicie, sur le
Mont Liban, chez tous les peuples du Car-
mel en Cédar, dans la Galilée, dans la
grande campagne d'Esdrelon, dans la Samarie, et même au delà du fleuve du Jourdain jusqu'à Jérusalem, et dans toute la
terre de Jessé jusqu'aux confins de l'Ethio-
pie. Nabuchodonosor, ajouta-t-il, a été méprisé par toutes ces nations qui ont maltraité
ses ambassadeurs, et il a juré par son trône
qu'il les exterminerait toutes ; mais dans la
Judée vous pourrez jouir plus longtemps de
la paix, car ce sera la dernière nation vers
laquelle il dirigera ses attaques. Après plusieurs entretiens de ce genre, le généreux
guerrier jugeant que nous n'avions plus rien
à craindre, nous laissa vingt sicles d'argent
et quelques provisions de bouche dont il
avait eu soin de se munir : nous refusions

de les accepter, pensant bien qu'il se dépouillait de tout pour nous, mais il fit de si
vives instances qu'il nous fût impossible de
ne pas recevoir les secours qu'il nous offrait,
sans blesser sa délicatesse. La séparation fut
déchirante : déjà la reconnaissance et la
sympathie avaient uni nos cœurs et formé
en nous des liens d'une indissoluble affection.
Nos regrets furent touchants et sincères, et
lorsque ce vertueux Assyrien s'éloigna de
nous, il nous sembla que nos âmes se bri-
saient de douleur. Ah ! s'il nous était possible
de lui rendre un jour tout le bien qu'il nous
a fait ! Puissent les dieux nous favoriser de
cette consolation ! puissent-ils combler de
bonheur son existence et protéger sa jeunesse ! » Le Mède prononça ces paroles avec
une émotion saisissante et continua ainsi :
« Nous poursuivîmes notre route jusqu'à la
sixième heure du jour sans nous reposer un
instant ; puis, accablés de fatigue et de faiblesse, nous nous assîmes sur le gazon qui
couvrait les pieds d'un grand chêne, et nous
approchâmes de nos lèvres les aliments que
nous avions reçus de notre bienfaiteur. Le
sommeil, qui avait pendant plusieurs jours
fui loin de nous, revint appesantir peu à

peu nos paupières, et un doux repos succéda
aux vives inquiétudes et aux pénibles agitations. Notre réveil fut consolant et heureux ;
nos yeux, en s'ouvrant, ne virent plus ce noir
souterrain, et se reposèrent avec délices sur
les beaux paysages qui nous environnaient.
Nous nous remîmes en route, et après plusieurs jours de marche, nous traversâmes le
fleuve du Jourdain, et les dieux dirigèrent
nos pas du côté de Béthulie où l'hospitalité
et l'accueil le plus bienveillant nous attendaient. » Manassé, alarmé du récit des Mèdes
et des projets de Nabuchodonosor, leur fit
plusieurs questions afin de chercher à pré-
voir tous les malheurs qui menaçaient la
Judée. Il pensait qu'il serait utile d'en prévenir le roi et le grand prêtre Éliacim. Les
deux étrangers s'offrirent à leur porter toutes les nouvelles dont il voulait les informer,
en leur faisant part en même temps des événements dont ils avaient été témoins. Cette
pensée plut beaucoup à Manassé, et fut ac-
cueillie avec plaisir par Judith. Leurs hôtes,
heureux de pouvoir faire quelque chose qui
leur fût agréable, prirent la détermination
d'aller sans retard à Jérusalem. Manassé,
après avoir fait servir un beau festin, leur pré-

senta cent sicles pour leur voyage. Judith
plaignait les étrangers dont les vertus et le
cœur noble lui semblaient mériter la connaissance du vrai Dieu ; elle déplorait leur
aveuglement, et elle aurait voulu les désabu-
ser de leurs erreurs. « Notre Dieu , leur dit-
elle , n'est pas semblable aux vôtres ; il ne
veut pas qu'on immole des hommes en sacrifice sur ses autels ; il punit la cruauté , il
protége l'innocence ; c'est lui qui a créé le
ciel et la terre et tous les êtres que vous
adorez. — Le plus puissant des dieux, répondit Néotchir, c'est le soleil que nous
adorons sous le nom de Mithra ; peut-il y
en avoir de plus grand que lui ? C'est sa
puissance qui nous prodigue tant de bienfaits ; il vivifie toute la nature, il fait croître
par sa chaleur les arbres et les plantes ; il
éclaire tous les mortels ; il est le maître de
tout l'univers. — Mais ce soleil que vous
adorez ne s'est pas fait lui-même ; c'est
un ouvrage du Créateur , tel que la lune
et les étoiles qui brillent au firmament.
Celui qui a créé tout ce que nos yeux admi-
rent est le seul Dieu qu'on doive adorer , et
tout autre culte l'offense ; toute autre ado-
ration est une idolâtrie coupable qu'il punira

8.

dans l'éternité. » Les Mèdes, surpris d'un langage qu'ils n'avaient jamais entendu, paraissaient réfléchir sur les paroles de Judith. —
« Nos dieux, dit Néotchir, ont été reconnus
dans tous les temps et par tous les peuples ;
nos sages ont approuvé ces cultes. Est-ce que
vous croyez que la Judée a plus de sagesse
que tous les autres royaumes ensemble ? —
Oui, répondit Manassé : notre sagesse, c'est
la sagesse de Dieu même qui instruit son
peuple et lui donne ses commandements.
L'orgueil et la méchanceté des hommes les
ont éloignés de la vérité, et ils ont méconnu
le seul Dieu qui règne dans l'univers ; alors
ils se sont fait eux-mêmes des dieux à leur
manière, ou ils ont érigé leurs héros en
divinités. C'est ainsi qu'en abandonnant la
religion de Noé et de nos pères, ils se
sont éloignés de la vérité, et ils ont livré
leurs cœurs à des superstitions coupables
et cruelles qui sont la source de beaucoup de crimes. La connaissance du vrai
Dieu et de sa loi sainte s'est conservée parmi
les Israélites, qu'il a protégés d'une manière particulière ; mais il leur a fait souvent
sentir son bras vengeur et les a livrés à leurs
ennemis chaque fois qu'ils ont été rebelles à

sa voix et qu'ils ont violé ses commandements. » Les Mèdes écoutaient avec intérêt et
respect toutes les paroles qui sortaient de la
bouche de ceux dont les vertus faisaient leur
admiration. On s'entretint ensuite un instant sur la route que devaient tenir les étrangers pour se rendre à Jérusalem, et, après
toutes les indications nécessaires à leur
marche, ils quittèrent leurs hôtes bienveil-
lants en leur exprimant toute leur reconnaissance.

XIV.

Manassé et son épouse, inquiets de tout
ce qu'ils venaient d'apprendre, s'entretinrent
assez longtemps d'un sujet qui les intéressait vivement. Ils redoutaient l'ambition du
terrible Nabuchodonosor, qui, affamé de
combats, voulait porter le fer et le feu chez
toutes les nations. Ils s'alarmaient de tous
les malheurs qu'il préparait à la Judée, et ils
n'avaient d'espérance que dans la protection
du Seigneur. Ils firent en secret des jeûnes
et des pénitences pour le salut de leur nation.

Pendant que leurs cœurs adressaient au Dieu d'Israël d'ardentes prières, on vint leur annoncer qu'une pauvre femme venait de perdre sa fille unique, et qu'en proie au désespoir le plus affreux, ses jours mêmes étaient en danger. Judith, émue de compassion, quitta de suite sa demeure pour aller adoucir son malheur. Elle arriva dans le lieu où venait d'expirer la jeune fille et trouva la pauvre mère dans un état des plus alarmants. Plusieurs personnes l'entouraient et lui donnaient leurs soins ; elle avait des défaillances continuelles et lorsqu'elle revenait à la vie, ses cris et ses plaintes blasphémaient le ciel en l'accusant de cruauté et d'injustice, et lui demandaient avec des cris déchirants sa fille que la mort venait de frapper. Judith frémit à la vue de ce spectacle ; elle déplorait le sort de cette malheureuse qui, par son peu de soumission à la volonté divine, se préparait des peines plus grandes encore et se privait des secours et des consolations de Dieu. Elle pria le Seigneur d'avoir pitié de cette âme égarée qui méconnaissait ses bienfaits et l'amour qu'elle lui devait. Puis, s'approchant de cette mère désolée avec un air de bonté touchante, elle

lui montra le ciel où sa fille s'était envolée :
« Voilà, lui dit-elle, le lieu où finiront toutes vos peines et où le Dieu d'Israël vous récompensera des épreuves que vous aurez
supportées sur la terre. Mère affligée! qui
pourra comprendre mieux que moi l'excès
de votre douleur et y compatir ! Comme
vous, je n'ai qu'une fille unique que je chéris, et je sens toute la douleur qui m'acca-
blerait si je la perdais. Mais le Dieu d'Israël
est avant nous le père de nos enfants, et il
est le maître de nous ôter ce que nous avons
reçu de sa bonté : rien ne doit nous faire
oublier la soumission et l'amour que nous
devons avoir pour lui ; ne cessons de le bénir, car, même en nous frappant, il ne cesse
pas d'être miséricordieux. » Judith, en disant
ces paroles, pressait les mains de l'infortunée, les mouillait de ses larmes, la regardait
avec tendresse, et lui exprimait tant d'intérêt que les sanglots suffoquèrent la pauvre
mère et soulagèrent son cœur. Des larmes
mouillèrent les yeux de tous les assistants.
Bientôt les réflexions et les douces paroles
de Judith changèrent le désespoir affreux en
une douleur vive, mais accompagnée de
soumission au Seigneur.

Heureuse d'avoir pu adoucir un peu les
maux de la pauvre mère, Judith retourna auprès de Manassé, le cœur plein de paix et de
joie, doux fruits de sa charité. Elle trouva dans
sa demeure la triste Rachel qui était venue
pour déposer dans ce cœur aimant le récit de
ses peines toujours renaissantes. Sa douceur,
sa patience étaient sans succès ; elle dévorait
sa douleur et supportait en silence les emportements les plus injustes ; elle s'efforçait de
montrer un visage calme et riant à des yeux
toujours en courroux ; ses peines, ses efforts
n'avaient produit encore aucun fruit. Judith ranima son courage, et l'assura qu'elle
finirait par triompher de ce caractère bizarre et injuste : « Rien ne peut résister,
lui dit-elle, à l'ascendant de la vertu et de
la douceur. Nachor eût-il un cœur féroce,
il finira toujours par t'admirer et te rendre
justice. — Je voudrais bien, chère Judith,
partager tes espérances ; mais mon cœur est
découragé ; non, tu ne connais pas Nachor
comme moi ; dominé par une aveugle jalousie, et livré à tous les emportements de
son mauvais caractère, il ne s'aperçoit pas de
mes efforts, et il paraît insensible à toutes
les marques de mon affection. Jamais, ja-

mais, il ne changera !... » En disant ces
mots, la malheureuse Rachel versa un torrent de larmes. Judith pleura avec elle et
chercha encore à la consoler. « Rachel, lui
dit-elle, le Seigneur ne t'abandonnera pas ;
ce ne sera pas en vain que tu mettras ta
confiance en lui ; crois-tu qu'il soit impossible à sa puissance de changer le cœur de ton
époux ? Plus tu espèreras en lui et plus il
sera généreux à ton égard. — Mais, répond
Rachel, je crains que le Dieu d'Israël ne me
punisse d'avoir préféré ce qui me paraissait
aimable à ce qui était vraiment vertueux. —
Si tu as déplu à Dieu par cette préférence,
ton repentir a déjà effacé ta faute. Chère
cousine, sois confiante, sois patiente et courageuse, et tu verras bientôt finir toutes tes
peines, et la joie la plus douce remplacer
la plus vive douleur. » En finissant ces paroles, Judith pressa dans ses bras l'infortunée
Rachel, et les douceurs de l'amitié, comme
un baume souverain, rendirent à son cœur le
courage et la force. C'est ainsi que Judith
répandait sur tous ceux qui l'approchaient
de douces joies et de suaves consolations.
Elia arriva tout essoufflée auprès de sa mère ; elle venait de courir après son petit

agneau qui venait de s'échapper et, plus
légère que le charmant animal, elle l'avait
saisi à la course, et l'avait ramené triomphante dans la bergerie. Les grâces enfantines d'Elia réjouissaient les deux amies qui
la conduisirent sur la terrasse pour lui faire
respirer un air plus pur, et pour dévoiler à
ses yeux, avec des explications à la portée
de son âge, les beautés de la nature et la
grandeur du Tout-Puissant; mais la joie des
deux amies fut troublée par l'arrivée de Sérami qui vint tout émue et toute triste dire
à sa fille que Nachor était dans une colère
affreuse parce qu'il n'avait pas trouvé Rachel
en arrivant. Aussitôt une expression de douleur se peignit sur le visage des deux amies.
Judith, profondément affligée, chercha néanmoins à ranimer l'espérance de sa cousine,
et elle lui dit en déposant un baiser d'amitié sur son front : « Dieu te protégera, sois
sans inquiétude ; bientôt il te rendra le
bonheur. »

XV.

Judith, heureuse épouse et tendre mère, goûtait de plus en plus tous les charmes et le bonheur de l'amour maternel. Elia, sensible et aimante, causait à ses parents d'ineffables joies. Manassé et Judith admiraient les heureuses inclinations de cette enfant chérie et fondaient sur elle les plus douces espérances. Une soirée du printemps, lorsque la nature commençait à revêtir de nouveau les arbres de leur feuillage et les prairies de leur verdure, après un cantique qu'Elia venait de chanter avec sa mère pour glorifier le Seigneur, elle fit entendre des plaintes : elle souffrait de la tête et des jambes. Judith prépare à sa fille un breuvage pour la soulager et la fait reposer sur sa couche ; mais Elia gémit de plus en plus, et vers la douzième heure de la nuit, ses plaintes sont continuelles. L'inquiétude de Judith et de Manassé ne peut s'exprimer ; ils passent toute la nuit et le jour suivant au chevet de son lit, cherchant à calmer ses dou-

leurs par tous les secours de l'art ; mais le
mal progressant de moment en moment, il
devint si violent qu'à la fin du deuxième
jour Elia était dans le délire, et son corps
délicat couvert de taches rouges. Sa tendre
mère était désolée : les yeux levés au ciel ,
elle le suppliait d'avoir pitié de son enfant ,
de guérir ses maux et de consoler son cœur.
Elle se penchait ensuite sur le visage d'Elia ;
ses larmes mouillaient les joues enflammées
de sa fille , elle écoutait le battement de son
pouls , sa figure pâlissait en voyant son agitation ; un tressaillement s'emparait de tous
ses membres, et elle se laissait tomber de
faiblesse sur un fauteuil, puis se relevant
presque aussitôt : « Elia, disait-elle, ma fille
chérie ! ne reconnais-tu plus ta mère ? n'as-
tu plus de baisers à lui donner et des paroles pour réjouir son cœur? Non, tu ne me
réponds pas, tu ne me connais plus, je te
vois consumée sous mes yeux par le feu dé-
vorant de la fièvre... Dieu bon! Dieu d'Israël! exauce mes prières , écoute les cris de
mon cœur ! Donne-moi les maux de mon
enfant et délivre-la de ses souffrances ! » Manassé était debout auprès du chevet de sa
fille ; il la considérait avec l'expression d'un

chagrin profond, mais il renfermait sa douleur pour ne pas augmenter celle de Judith.
Les yeux d'Elia fixes et égarés ne présageaient
aucune amélioration ; cependant, vers la
douzième heure du quatrième jour, la fièvre
se calma, le délire cessa. Elia reconnut sa
mère, et elle vit des larmes de joie, couler en
abondance de ses yeux : « Ma mère, ne pleure
pas, lui dit-elle, je ne souffre plus, mais
mes lèvres sont brûlantes et ma bouche est en
feu. » Judith s'empresse de lui offrir une coupe
remplie d'une boisson adoucissante qu'Elia
but avec avidité; puis, en souriant, elle regarda sa mère qui la pressa contre son cœur en
levant les yeux au ciel pour le remercier de
ses bienfaits. L'espérance et la joie ranimè-
rent les cœurs désolés de Manassé et de Judith ; mais cette lueur consolante, semblable au dernier reflet que jette une flamme
qui va s'éteindre, fut trompeuse et suivie de
la douleur la plus vive. Elia ne tarda pas à
se plaindre encore : « Ma mère, je me sens
bien mal », lui dit-elle, et puis s'apercevant
de sa consternation, elle ajoutait : « Console-
toi, ne t'afflige pas; c'est le Dieu d'Israël
qui m'envoie mes souffrances ; il faut aimer
sa volonté, tu me l'as dit si souvent, tu me

disais toujours qu'il fallait bénir tout ce qui venait de sa main adorable ; ainsi ne te chagrine pas. Ah ! ma mère ! quelles douleurs me déchirent !... je crains de n'être pas assez résignée, prie pour moi... » Et les sanglots suffoquaient la pauvre mère et l'infortuné Manassé. Les traits d'Elia se décomposaient peu à peu ; sa voix devenait plus faible, elle prononça avec peine ces quelques paroles : « Le Dieu d'Israël veut peut-être me faire mourir, je le crains, ma mère ! tu me disais que lorsqu'on était vertueuse on ne redoutait pas la mort ; moi je ne voudrais pas mourir, je suis triste de te quitter, je ne suis donc pas vertueuse ? » Il fallut à Judith toute sa force d'âme pour étouffer ses sanglots et répondre quelques mots à sa fille mourante : « Chère enfant, si le Dieu d'Israël veut te ravir à ma tendresse et d'un ange de la terre faire de toi un ange du ciel, il faut se soumettre à sa volonté et adorer ses desseins toujours miséricordieux pour nous ; mais ce Dieu bon ne s'irrite pas de nos larmes ; il compatit à notre douleur et tu ne dois pas t'étonner de craindre la mort et plus encore la séparation d'un père et d'une mère qui te chérissent. Non, cette

crainte, ma fille, n'est pas celle qui existe
dans le cœur de ceux qui n'aiment pas le
Seigneur et qui ont violé ses commandements. » L'effort que venait de faire Judith
sur elle-même pour pouvoir prononcer ces
paroles, avait épuisé toutes ses forces et son
courage, et tout à coup la douleur saisit son
âme, sa voix fut étouffée par ses larmes, et
ses mains cherchèrent avec inquiétude celles
d'Elia. La fièvre était violente et menaçait
d'un nouveau délire : avec une expression
déchirante elle regarda Manassé, et leurs
yeux s'exprimèrent tout l'effroi qui glaçait
leurs cœurs. Tous les secours de l'art de la
médecine et de la science des simples furent
prodigués pour la guérison d'Elia et tout fut
inutile ; l'arrêt de sa mort avait été prononcé
dans le ciel. ; ses yeux languissants regardaient sa mère et semblaient lui exprimer
un cruel adieu. Judith, immobile de douleur et comprenant enfin le grand sacrifice
que Dieu demandait d'elle, faisait tous ses
efforts pour rendre au Créateur avec soumission ce qu'elle en avait reçu de plus cher.
Le délire reprit Elia quelques heures avant
sa mort ; elle n'entendit plus les gémisse-

ments de son père , elle ne vit plus couler
les larmes brûlantes de sa mère. Elle rendit
le dernier soupir , la tête appuyée sur le
sein qui lui avait donné la vie. Il est des
douleurs qu'aucune langue humaine ne peut
rendre ; telle fut celle qu'éprouva Judith au
moment où l'âme d'Élia , s'envolant au ciel,
elle n'eut plus dans ses bras que le corps
glacé de sa fille. Immobile de douleur , elle
resta quelque temps sans sentiment et sans
parole ; à la voir , on eût cru que son âme
avait suivi celle de sa fille ; puis, par moments, elle s'écriait : « Elia, fille chérie ! tu
n'existes donc plus pour moi ! toi, la douceur de ma vie , je suis donc condamnée à
ne plus te voir !... douce image des anges des
cieux , je ne pourrai plus contempler la sé-
rénité de ton visage, ta douce voix ne réjouira plus mon cœur !... ton sourire ne me
remplira plus d'espérance !... Élia, ô le plus
cher objet de ma tendresse, la tombe te
ravira bientôt à mes regards . et la mort
seule pourra me réunir à toi !... Élia, Élia ,
tu ne m'entends plus , je n'ai plus que ton
corps sans vie dans mes bras !... mes jours
seront désormais sans douceur et sans con-

solations !... ils seront tristes d'une inexprimable tristesse !... Seigneur ! s'écriait-elle ensuite, pardonne aux angoisses de mon cœur !
me voici, je suis ta victime, frappe ! n'é-
coute ni mes cris ni mes larmes, je suis prête
à m'immoler à ta volonté : heureuse si ma
soumission et mes souffrances peuvent me
rendre agréable à tes yeux ! » Toute la maison de Manassé fut dans un instant couverte
de signes de deuil ; les esclaves et les serviteurs furent comme leur maître revêtus d'un
cilice, la tête rasée et couverte de cendre ;
nuit et jour une musique triste et plaintive
semblait exprimer les regrets et les gémissements de tous les cœurs. Judith ne quitta
pas l'appartement de sa fille dont elle contemplait avec d'amers soupirs les restes chéris. Ce ne fut qu'après le soleil couché
qu'elle consentit, pour désaltérer ses lèvres
brûlantes, à prendre un léger breuvage.
Manassé était auprès d'elle et cherchait à
lui donner les consolations dont il avait besoin lui-même. Il redoutait le moment où l'on
enlèverait à Judith les dépouilles d'Élia.
Bientôt le son des instruments et le bruit
du cortége se firent entendre ; toutes les
jeunes filles de Béthulie, couvertes d'habits

de deuil , portant les unes des palmes , les
autres des couronnes et des corbeilles de
fleurs, entourèrent le cercueil, et exprimèrent leurs regrets à la malheureuse mère qui
les remercia par un signe affectueux, n'ayant
pas la force de proférer une parole. Couverte
d'un voile , baignée de ses pleurs , appuyée
sur Manassé, l'héroïque Judith suivit le cercueil de sa fille, qui était couvert d'une dra-
perie blanche et bleue ornée de broderies en
or. Semblable à une jeune fleur que le moissonneur a coupée lorsqu'elle ne faisait que
d'éclore, et qui, en perdant son éclat, laisse
voir aux yeux charmés toutes les couleurs
qui la rendaient belle ; ainsi Élia sur son cercueil , vêtue de blanc , une couronne sur la
tête, n'avait perdu que l'éclat de sa beauté
et laissait voir aux yeux étonnés des traits
encore pleins de charmes et de douceur. Les
jeunes filles jetaient continuellement des
fleurs sur la dépouille mortelle de leur compagne, en mêlant des chants mélancoliques
au son des intruments. Le cortége arrivé
près du tombeau de Manassé, tous les assistants s'arrêtèrent, et on déposa avec respect
le cercueil, sur lequel vint gémir encore la
malheureuse mère ; mais au moment où le

corps de la jeune Élia fut descendu pour
toujours dans la tombe, un cri involontaire
s'échappa du sein de Judith et la pâleur de
la mort couvrit tous ses traits. Manassé, dans
la désolation la plus profonde, cherchait à
consoler son épouse et à ranimer son courage ; mais ce moment de faiblesse passé,
Judith, forte de sa soumission au Seigneur, s'inclina sur la tombe d'Élia, invoqua le secours du Très-Haut, et munie
d'une force surnaturelle, elle quitta ce lieu
qui désormais allait lui devenir si cher ;
elle suivit le cortége, qui les accompagna
à leur demeure où les deux infortunés
époux se renfermèrent pendant quarante
jours, livrés à toute les rigueurs du plus
grand deuil.

Les années s'écouleront désormais pour
Judith sans joies et sans plaisirs ; elle verra
avec indifférence les plus beaux paysages de
Béthulie. Les musiques les plus mélodieuses
et les chants les plus doux résonneront à ses
oreille sans la charmer ; le lait des génisses
sera sans douceur pour ses lèvres ; la blancheur de ses brebis ne la réjouira plus ; elle
verra avec indifférence les plus beaux fruits
de son jardin et les ombrages touffus des

berceaux, rien ne pourra plus réjouir son
cœur ; la seule consolation qu'elle cherchera
à se procurer sera celle de soulager les malheureux, de les consoler et de s'immoler pour
le Dieu qu'elle aime. Oui ! au milieu de ses
angoisses, son cœur pur et résigné goûtera
encore la paix qu'aucune affliction ne peut
ravir à l'âme fidèle.

XVI.

Manassé cherchait à adoucir par sa tendresse les chagrins de Judith, et Judith par
un égal retour tâchait de le distraire de sa
douleur. Toutes les affections de son cœur
reposaient désormais sur cet époux bien-
aimé que le Seigneur lui avait donné et qui
était si digne de son amour. Tous deux, malgré l'amertume qui remplissait leurs âmes,
voyaient encore luire pour eux quelques
jours de consolation. Ils allaient ensemble
visiter les affligés, sécher leurs larmes, adoucir leurs misères, soigner leurs maladies, et
ils rencontraient de temps en temps Eliézer

qui goûtait comme eux la joie de faire du
bien. Un jour, pendant que le soleil brillait
de tout son éclat et que ses rayons de feu
hâtaient la maturité des riches moissons,
les deux époux gravissaient péniblement une
colline du Mont Thabor sur laquelle se trouvait une chaumière habitée par une famille
malheureuse que l'infirmité du père et la
mort de la mère avaient réduite à une extrême misère. Les enfants infortunés, dans
cet état de détresse, se voyaient forcés de se
mettre en esclavage pour secourir leur père
et pourvoir à leurs propres besoins. Manassé
et Judith firent renaître l'espérance dans
leurs cœurs, en les assurant qu'ils vien-
draient à leur secours et en leur procurant
des moyens d'existence ; ils leur laissèrent
en attendant vingt-cinq sicles qu'ils avaient
sur eux ; cette pauvre famille qui, un instant auparavant était dans la désolation, ne
pouvait contenir les transports de sa joie et
de sa reconnaissance. Prosternée aux pieds
de ceux qui venaient les sauver de l'ignomi-
nie de l'esclavage et des maux qui les attendaient, ils baisaient avec respect les pieds
de leurs bienfaiteurs en implorant les bénédictions de Dieu sur eux. Émus jusqu'aux

larmes, les deux époux achevèrent de consoler les infortunés par les témoignages touchants d'une charité céleste. Ils quittèrent la malheureuse famille en l'assurant qu'avant peu elle les verrait revenir pour améliorer leur position. Ils descendirent la colline doucement agités par de suaves émotions et ils traversèrent des champs brûlants sans faire attention à la sueur qui mouillait leurs vêtements ; ils n'étaient occupés que des maux cruels de la pauvre famille et des moyens de pourvoir à l'acquisition d'un champ qui pût leur assurer une existence heureuse. En arrivant à leur demeure ils y trouvèrent Rachel qui les attendait, et qui, rayonnante de bonheur, s'élança dans les bras de Judith en s'écriant : « C'est à toi, ma chère amie, que je dois l'heureux changement de Nachor et la joie qui inonde mon âme. Ah ! viens , viens partager ma félicité et être témoin de ton ouvrage !... » En disant ces paroles, elle la pressait sur son cœur et la couvrait de baisers. — « Qu'est-il donc arrivé ? lui dit Judith, tout étonnée et tout heureuse de la joie de son amie. » — « Nachor n'est plus le même, répond Rachel, il est bon et religieux ; un prodige s'est opéré dans son âme.

Depuis quelques jours je le voyais triste et
pensif ; il me regardait quelquefois avec
une expression que je ne pouvais m'expli-
quer, puis il laissait échapper de grands soupirs. Hier il me fixa avec un regard que je
ne puis rendre, et s'approchant de moi très-
ému : « Rachel, me dit-il, me pardonnes-tu ?
je t'ai bien fait souffrir ! ta douceur et tes
vertus ont enfin triomphé de mes mauvais penchants et de mon injuste jalousie ;
j'ai conçu pour toi une estime qui a rendu
le calme à la mer orageuse de mon cœur et
qui a fait naître dans mon âme des sentiments religieux qui m'étaient inconnus. Rachel, pardonne-moi les larmes que je t'ai
fait verser, l'excès de ma douleur doit me
faire trouver grâce devant toi. Epouse chérie,
aime-moi toujours ! je ne puis vivre sans ta
tendresse ! » Juge de mon étonnement et
de mon bonheur, chère Judith, en entendant ces paroles. Je ne répondis à Nachor
qu'en me jetant dans ses bras que j'arrosai
de mes larmes, et en lui exprimant ma joie,
je lui fis assez comprendre que mon cœur
lui pardonnait. Ce sont tes conseils, chère
amie, ajouta Rachel, qui ont changé mes
jours d'amertume en jours d'espérance et de

consolation. Qu'il m'est doux, Judith, de
te devoir encore toute la félicité qui va embellir mon existence. Ma mère que le chagrin consumait peu à peu, était hier dans
une ivresse de bonheur inexprimable ! Re-
mercions ensemble, chère Judith, le Seigneur de ses bienfaits et prions-le de nous
bénir et d'achever son ouvrage. » Judith
pressa dans ses bras sa tendre cousine,
et après lui avoir donné quelques conseils
sur sa position actuelle, elles se séparèrent
pour aller chacune de leur côté se livrer à
l'accomplissement de leurs importants devoirs.

XVII.

Des hauteurs du zénith, le soleil répandait sur toute la terre ses rayons de feu, et
la terre triste et languissante laissait mourir
tout ce qu'elle avait vu naître. Les zéphirs
rafraîchissants ne faisaient plus frémir le
feuillage des arbres et ne modéraient plus
l'air étouffant du jour. On voyait les trou-

peaux fatigués et sans force se traîner avec
peine et brouter sans plaisir l'herbe brûlante
des champs et des prairies. Les fontaines
semblaient vouloir refuser leurs eaux aux
collines et aux vallons ; les moissonneurs
abandonnaient les champs et laissaient les
épis se dépouiller de leurs richesses. Les habitants de Béthulie cherchaient en vain des
lieux où ils pussént respirer un air plus
frais ; déjà plusieurs succombaient aux dangereuses influences de l'air, semblables à ces
arbustes que les eaux n'arrosent plus et qui,
brûlés et desséchés par le soleil, laissent
tomber sans vie leurs tiges pendantes et
flétries. La cruelle mort, étendant ses ailes
noires, portait la douleur et le deuil dans
presque toutes les demeures. L'infatigable
Manassé, toujours à la tête de ses serviteurs,
leur donnait l'exemple du courage et du travail ; ses champs très-fertiles produisaient
d'abondantes récoltes d'orge et de froment,
et les fiers épis tombaient de toutes parts
sous les mains des moissonneurs. Il rentrait
cependant chaque soir dans sa demeure très-
fatigué. Judith voulait le retenir près d'elle,
et l'empêcher de se livrer à des travaux que
tant d'autres ne pouvaient soutenir ; mais

9

Manassé, plein d'énergie et de force, et ha-
bitué à braver les incommodités des saisons,
résistait aux paroles pressantes de son épouse,
qui le priait de se reposer et de ne pas exposer une vie qui lui était si chère. Un jour,
plus accablé que d'habitude, Manassé en
rentrant chez lui se plaignit de la tête, ne
put prendre aucun aliment, et montra le désir de se reposer sur sa couche. Judith chercha par tous les secours possibles à soulager
Manassé, et de vives inquiétudes commencèrent à l'agiter. Elle passa la nuit près de
son chevet, lui prodiguant ses soins et priant
le Seigneur pour cet unique et cher objet de
son amour. La tête de Manassé était brûlante ; une fièvre très-forte s'était déclarée ;
les feux du soleil avaient atteint les organes
délicats du cerveau ; les souffrances devinrent
cruelles et les symptômes les plus alarmants
affligèrent le cœur de Judith en proie aux
émotions les plus vives. Les paroles du Nazaréen se présentèrent à son esprit troublé,
et lui arrachèrent un douloureux soupir ;
elle frémit à la pensée de tout ce qu'elle aurait de sacrifices à faire encore, et elle n'eut
pas la force d'envisager la perte douloureuse
que Dieu lui préparait peut-être. Elle éleva

ses mains vers le Seigneur pour le prier de
ne pas lui ravir le soutien de son existence ,
le seul appui de sa faiblesse et le dernier objet de son affection. Cette prière était accompagnée d'abondantes larmes et de gémissements profonds. La maladie de Manassé fut
longue et cruelle ; ce tendre époux voyait
avec peine Judith se consumer de soins et
de douleur pour lui ; il essayait inutilement
de lui persuader de prendre un peu de repos. Elle ne voulait confier à personne le
soin d'un époux si cher ; nuit et jour, près
de sa couche , elle étudiait ses moindres désirs , elle veillait à ses moindres besoins.
Manassé, dont le cœur était triste et affligé,
cherchait cependant à montrer un visage
riant pour diminuer la douleur de Judith ;
il frémissait à la pensée de se séparer de sa
douce compagne, et de la laisser seule sans
protecteur, sans consolation sur la terre. Judith, pâle et pouvant se soutenir à peine ,
épuisée de fatigues et d'inquiétudes , voulait
aussi essayer de sourire près du chevet de
son époux , mais ses lèvres se refusaient à
ses efforts , et ses yeux laissaient tomber de
larmes qui la trahissaient. Sa chère cousine
essayait de la soulager en cherchant à dimi-

nuer ses fatigues. Elle voulait du moins
soutenir ses forces défaillantes par des aliments qu'elle lui préparait elle-même. Toute
la demeure de Manassé respirait la douleur
et l'affliction ; tous les visages étaient empreints d'inquiétude. Les esclaves et les serviteurs tremblaient dans la crainte de perdre leur bon maître ; aussi n'entendait-on que
des gémissements, ne voyait-on que des yeux
baignés de larmes.

XVIII.

Sérami, impatiente en attendant Rachel,
ouvrait de temps en temps la porte de sa
demeure et penchait la tête pour voir si elle
n'apercevrait pas sa fille chérie ; mais toujours trompée dans son attente, elle entrait
chez elle, murmurant à demi voix : « Bientôt
Rachel passera les journées entières dans la
demeure de Manassé ; que pensera Nachor
s'il arrive ici avant elle ? Que ferai-je moi-
même en le voyant triste et ennuyé et me
demandant sans cesse où est sa Rachel bien-
aimée ? Aussi est-il vrai que ma Rachel est

la plus aimable femme de Béthulie. Que ma demeure serait triste sans elle ! que je suis heureuse d'être sa mère ! Mais j'entends Nachor qui arrive. Combien je l'aime depuis son changement ! Ce n'est plus le même homme ! d'un loup, il est devenu un agneau, et d'un tyran jaloux, un tendre et confiant époux. » Elle murmurait encore ces dernières paroles lorsqu'elle vit entrer Nachor qui paraissait accablé de lassitude : « Ah ! mère, qu'il fait chaud ! dit-il en se jetant sur un fauteuil, on ne peut plus respirer ! » Et puis regardant autour de lui : Où est Rachel, la douceur de ma vie, où est-elle ? — Elle est depuis la septième heure du jour chez sa cousine, répond Sérami : Manassé doit être bien mal aujourd'hui !... Il faut qu'il arrive quelque chose d'étrange pour qu'elle s'oublie ainsi. Pauvre Judith ! quel sera son désespoir si la mort frappe encore une tête si chère !... Cette perte surpassera bien celles qu'elle a déjà faites... son père... sa fille... à présent son époux... oh ! ce serait trop fort ! Son cœur ne résisterait pas à des douleurs aussi violentes... Mais Dieu aura pitié d'elle, j'espère, il lui conservera ce dernier objet de sa tendresse. Mais en vérité, Nachor,

Rachel tarde trop à venir, il est arrivé quelque événement malheureux, et Rachel, qui chérit si fort sa cousine, tombera sûrement malade de chagrin. — Venez, bonne mère, venez avec moi, allons à la demeure de Manassé et nous saurons tout ce qui s'y passe. » En disant ces mots, Nachor prit Sérami sous le bras, et s'achemina du côté où était sa chère Rachel. — « Nachor, dit Sérami, je ne me sens plus aucun courage, tous mes membres sont agités, et mon cœur palpite, je ne puis presque plus me soutenir. Infortunée Judith ! que d'épreuves le Seigneur lui envoie !... C'est vraiment un ange que cette créature ! toujours soumise et résignée à la volonté de Dieu, elle reçoit les maux avec autant de reconnaissance que les bienfaits ; son amour pour le Dieu d'Israël semble s'accroître au milieu des afflictions ; aussi elle inspire à tous les cœurs je ne sais quelle vénération mêlée d'intérêt qui la rend bien chère ! » En disant ces paroles, Sérami s'aperçut qu'elle touchait au seuil de la porte de Manassé ; elle entra en tremblant, accompagnée de Nachor, et traversa les vastes corridors sans que le plus léger bruit troublât le silence lugubre qui y régnait.

Des serviteurs les introduisirent dans une
grande salle, et ils apprirent d'eux que Manassé avait passé une journée dans de cruelles souffrances et des gémissements déchirants; ils ajoutèrent que Judith aurait sûrement succombé à sa douleur sans les soins
et les secours de Rachel. — « Rachel est-elle
encore nécessaire à votre maîtresse? demanda Nachor aux serviteurs. — Elle ne
peut manquer de l'être, répondirent-ils,
c'est la seule personne qu'elle veuille voir;
on pourrait même ajouter qu'elle lui est in-
dispensable. » Nachor et Sérami comprirent
qu'il serait peu délicat, pour ne pas dire
inhumain, de demander Rachel, et ils retournèrent silencieux et tristes à leur demeure. Ils passèrent une nuit pénible, car Rachel ne revint pas le soir. Sérami surtout
était très-inquiète sur sa fille; elle craignait
que son affection pour sa cousine ne lui fît
partager trop vivement ses peines. Il lui tardait de voir paraître l'aube du jour, de revoir sa Rachel. Dans l'agitation où elle était,
elle quitta sa couche avant même que la
nuit eût fini son cours; elle ne savait ce
qu'elle voulait faire, ni où elle voulait aller;
elle descendit dans la bergerie, regarda avec

indifférence tous ses troupeaux, prépara machinalement les coupes qui devaient recevoir le lait, appela quelques-unes de ses esclaves, leur donna du travail, et vit avec joie les flambeaux devenir inutiles par la lumière du jour. Elle se disposait à sortir de sa demeure pour aller à celle de Manassé, lorsqu'elle vit tout à coup paraître Rachel oppressée par ses larmes et ses sanglots et ne pouvant proférer aucune parole. Sérami la prit dans ses bras, la pressa contre son cœur en cherchant à la calmer. Après quelques moments de douleur muette : « Ma mère, ma mère ! s'écria Rachel, Manassé n'est plus !... Cette nuit il a expiré au moment où il nous donnait quelques lueurs d'espérance, car il paraissait moins souffrant. Ah! qu'il a fait couler nos larmes ! Les yeux levés au ciel, il bénissait la main du Seigneur qui le frappait; il le suppliait d'avoir compassion de celle qu'il allait laisser sans soutien et sans appui; il regardait Judith avec un air à la fois triste et tendre, en lui disant : « Chère épouse, je te quitte avec peine, et je vois arriver avec douleur la mort qui va me séparer de toi. Cependant mon âme est résignée à la volonté du Seigneur. J'adore ses

desseins qui sont impénétrables, je me sou-
mets à l'arrêt qu'il a prononcé et qui va briser ma faible existence... Chère Judith, les
jours de l'homme passent bien vite, et la
plus longue vie est bien courte!... Remer-
cions le Dieu d'Israël lorsque sa grâce, sou-
tenant notre faiblesse, nous avons eu le
bonheur de pratiquer la vertu, d'éviter le
mal et de conserver la paix de notre âme.
Oui, malgré tout ce que le passage de la vie
à la mort a de pénible et de repoussant à la
nature, l'homme qui ne peut se reprocher
que des fautes légères et souvent involontaires, meurt sans trouble et sans effroi avec
une résignation et un calme plein d'espérance. Console-toi, épouse chère et bien-aimée;
c'est le moment cruel où nos âmes *se puri-
fient,* comme *l'or dans le creuset* ; mais la
protection de Dieu nous environne ; il veil-
lera sur ta jeunesse et il te soutiendra jusqu'à ton dernier jour, sans t'abandonner
dans l'amertume de tes afflictions. » Après
avoir dit ces paroles, il regarda avec tendresse ma malheureuse cousine qui était
inondée de larmes et qui se jeta dans ses
bras. Quelques minutes après, il nous témoigna le désir de prendre un peu de repos,

9*

les émotions de son âme l'ayant un peu fatigué. Nous nous retirâmes silencieusement dans l'appartement voisin, et nous espérions que le sommeil le soulagerait et produirait un changement heureux dans la maladie. Judith ne put rester longtemps séparée de Manassé ; elle vola bientôt auprès de lui, et voyant qu'il dormait, elle n'osa lui parler. Mais bientôt après, saisie par une inquiétude et un noir pressentiment, elle s'approcha plus près de Manassé, écouta avec attention le mouvement de sa respiration, n'entendit rien... Alors elle lui parla, chercha à l'éveiller, il fut insensible et ne répondit pas.., Elle toucha son pouls, il ne battait plus. Un grand cri s'échappa de sa poitrine et elle tomba sans connaissance dans mes bras. Ah ! ma mère ! quel moment d'effroi et de douleur !... Tous les esclaves accoururent en foule en déchirant leurs vêtements, en jetant des cris et des sanglots et se roulant dans la cendre. Nous portâmes Judith sur sa couche, et nos soins la firent revenir à la vie. Pendant longtemps elle ne proféra aucune parole ; de profonds gémissements s'échappaient de son cœur ; ses yeux mêmes ne pouvaient verser aucune larme ; ils se le-

vaient au ciel avec une expression déchirante de résignation et de douleur. Je l'ai
quittée un instant, ma mère, pour venir vous
porter cette triste nouvelle, et prier Nachor
de me laisser passer encore une journée auprès de ma pauvre cousine qui a besoin de
soins et de consolations... » Nachor entra
dans ce moment ; il partagea toute la tristesse de Rachel et consentit à se priver d'elle
un jour de plus pour le soulagement de l'infortunée Judith.

FIN DU LIVRE DEUXIÈME.

L'HÉROÏNE D'ISRAËL

OU

LES MOEURS PATRIARCALES

DES HÉBREUX.

———

LIVRE TROISIÈME.

I.

Les dépouilles de Manassé furent portées
solennellement dans le sépulcre de ses aïeux ;
Judith, soutenue par plusieurs femmes, faisait tous ses efforts pour pouvoir les accompagner ; mais, malgré l'énergie de son âme,
la faiblesse de son corps jointe à l'excès
de sa douleur, lui causa un évanouisse-

ment qui alarma toutes les femmes qui
l'entouraient, et les obligea à s'arrêter dans
une demeure où mille secours lui furent prodigués et semblèrent longtemps inutiles.
On eût dit que ses yeux ne voulaient plus
s'ouvrir à la lumière et que son cœur se refusait à palpiter, privé désormais des objets
de son affection. Rappelée enfin à la vie,
elle jeta un regard languissant et presque
éteint sur tout ce qui l'environnait ; puis, par
ses gémissements, elle témoigna une vive
douleur de ne pouvoir accompagner les restes chéris de son époux. On la transporta
dans sa demeure ; la tendre Rachel ne la
quitta pas, et lui donna tous les soins de l'a-
mitié la plus vive. L'infortunée Judith fut
plusieurs jours si fatiguée qu'elle ne put
quitter sa couche si souvent baignée de ses
larmes ; sa bouche refusait tout aliment et
ne consentait à recevoir que quelques douces boissons que sa cousine lui préparait.
Appuyée sur sa tendre amie, elle lui disait
d'une voix faible et triste : « O Rachel ! avec
quelle vitesse se sont écoulés mes jours heureux... J'ai connu tous les charmes et tout le
bonheur de l'amour conjugal ; j'étais chérie
du plus parfait des époux, je l'aimais, et

cette tendresse pure et mutuelle nous faisait goûter des délices ineffables. Jamais le
moindre nuage n'avait troublé la félicité de
nos cœurs ; j'ai connu aussi pendant longtemps les joies les plus suaves de la mater-
nité, et à présent ces biens, les plus réels,
les plus précieux de la vie, me sont enlevés
pour toujours !... Ah! Rachel! peux-tu comprendre toutes les souffrances de mon
âme?... Sans une force divine et les secours
du Seigneur, la mort me joindrait bientôt
aux objets de ma tendresse. Cher Manassé,
ajoutait-elle, époux chéri que le ciel m'a-
vait donné, qui pourra me consoler de ta
perte?... qui pourra adoucir mes regrets?...
Ton amour et tes soins, lorsque la mort
frappa Elia, m'aidaient à supporter ma douleur ; mais, à présent, rien ne pourra alléger
le poids accablant de mes angoisses? Désormais ta Judith sera morte au milieu de la
vie ; privée de ton soutien et de ta protection, elle ne veut plus d'autre appui que
Dieu seul ; elle cachera sa beauté sous le cilice, et, loin des regards des hommes, elle
consacrera à Dieu seul tous les instants de
sa vie. » « Mon Dieu, mon Dieu! ajoutait-
elle ensuite avec une expression douloureu-

se, elles se sont cruellement accomplies les
paroles du Nazaréen ! Mon âme passe par le
creuset des plus vives douleurs !... Mais vous
avez promis de soutenir ma faiblesse, venez
à mon secours, ô mon Dieu ! et donnez-
moi la force d'accomplir et d'aimer votre volonté. » Épuisée par ces paroles, l'infortunée
Judith laissait tomber sa tête fatiguée sur le
sein de son amie qui ne lui répondait que par
des témoignages d'affection ; car il était
donné à Rachel seule de pouvoir comprendre toutes les souffrances de cette âme ardente et résignée. Elle seule conserva toujours le privilége de voir Judith qui se ca-
chait à tous les autres yeux de Béthulie.
Lorsque le temps eut rendu un peu 'de
force à son corps épuisé, elle se traîna péniblement dans son jardin, et alla se reposer
sous un palmier qui ombrageait une fontaine. A la vue d'un lieu où si souvent Manassé
s'était reposé avec elle, ses larmes coulèrent
en abondance. « Cher époux, s'écria-t-elle,
toi que la mort m'a ravi pour toujours, je
ne te verrai donc plus dans ces beaux jardins et sous ces ombrages !... Ta présence
n'embellira plus une demeure qui m'était si
chère et qui s'est changée pour moi en un

triste désert ! O mon époux ! ô ma fille ! ô
mon père !... seule désormais sur la terre ,
ma triste vie va s'écouler dans la solitude et
la douleur. » L'infortunée Judith s'arrachant
d'un lieu passait dans un autre, et autant que
ses forces pouvaient le lui permettre , elle
parcourait tour à tour ce qui lui rappelait de
chers et de déchirants souvenirs. Elle ne
trouva que dans son amour pour le Seigneur des consolations à ses peines. Aussi
dit-elle pour toujours un adieu éternel au
monde ; elle se renferma dans une profonde
retraite, se couvrit d'un cilice et consacra à
la pénitence une vie qui lui promettait encore tant de jours de plaisirs. Elle avait ren-
fermé toutes ses belles tuniques de bysse, de
pourpre, de lin , toutes ses magnifiques
chaussures, toutes ses parures en diamants,
les couronnes et les mitres qui ornaient sa
tête dans les jours de son bonheur. « Manassé, cher époux, disait-elle (en renfermant
dans un lieu caché tous ces beaux ornements); tu n'existes plus pour moi... ils
n'existeront plus pour Judith... je ne m'en
parais que pour te plaire ; qu'ils restent désormais ensevelis et inutiles... Jamais un
autre homme ne m'appellera du nom d'é-

pouse, j'en fais le serment aux pieds de mon Dieu ! Oui, mon cœur sera fidèle à Manassé, même au delà de la mort ; aucun autre objet ne possèdera plus ma tendresse ; c'est à Dieu seul que je consacre tout mon cœur ! » Ainsi Judith, se nourrissant de sa douleur, restait avec quelques-unes de ses servantes dans une petite cellule qu'elle avait fait construire dans le haut de sa demeure, s'occupant avec ses filles à faire des vêtements pour les familles pauvres et malheureuses de Béthulie. Sa fortune pouvait alimenter son cœur généreux ; Manassé lui avait laissé un grand héritage, de nombreux troupeaux de bétail et un grand nombre d'esclaves soumis et vigilants. Toutes ces richesses augmentaient, s'il était possible, la tristesse de Judith : car tous ces biens si chers aux hommes ne pouvaient tarir une seule de ses larmes, ni lui procurer un seul jour de son ancien bonheur Elle ne quittait sa cellule que pour aller adorer le Seigneur dans son temple, ou porter des secours aux malheureux.

II

« Mon fils, dit le patriarche Oreb à Eliézer, la lune a déjà fait douze fois son cours
depuis que les yeux de Judith pleurent Manassé ; il est temps que Dieu essuie ses larmes par le choix d'un digne époux qui la
console de son veuvage, et lui donne la joie
de devenir encore une fois mère d'un enfant qui puisse réjouir sa vieillesse. Judith
appartient de droit à Adhrès ; mais il est
possible que le frère de Manassé renonce à
son privilège et t'en laisse tous les avantages. On prétend qu'il aimait Rachel et
qu'il a déclaré ne vouloir d'autre épouse.
Va le trouver, mon fils, ne lui cache aucun
de tes sentiments et de tes désirs ; j'ai la confiance qu'il te cèdera ses droits et que tu pourras goûter des jours heureux avec celle que
tu aimes depuis si longtemps. » — « Mon
père, répond Eliézer, puisse le Dieu d'Israël
entendre vos paroles et les rendre véritables ! L'espérance seule d'un bonheur si
grand cause de doux transports à mon âme ;

mais, mon père, je crains bien que Judith ne soit inconsolable de la mort de Manassé, et qu'elle ne veuille plus accepter d'époux. Elle se tient renfermée dans sa demeure; elle s'est dépouillée de ses ornements et de ses parures, elle se cache aux yeux des hommes; on dirait que loin de vouloir faire cesser son veuvage, elle veut le rendre éternel. Cependant, mon père, la lueur d'espérance que vous me donnez fait palpiter mon cœur et il n'est rien que je ne tente pour posséder un tel trésor. Je vais trouver Adhrès, et le vertueux frère de Manassé me connaît assez pour favoriser ma demande, s'il renonce à sés droits sur Judith. » En finissant ces paroles, Eliézer pressa sur ses lèvres la main chérie de son père, et se sépara de lui en s'acheminant, tout agité de crainte et d'espérance, vers la demeure d'Adhrès. Le frère de Manassé se promenait dans une belle allée de chênes dont le feuillage épais le préservait de la chaleur du soleil. Eliézer s'approcha de lui et lui exprima en peu de mots le motif de sa visite. — «Ah! mon pauvre Eliézer! répondit le vertueux Adhrès, jamais Judith ne sera plus unie à aucun homme. Comme veuve de mon frère mort

sans enfant, je devais lui offrir mon cœur
et ma main ; je me serais trouvé heureux de
pouvoir adoucir ses peines et protéger son
existence : « Adhrès, me répondit cette sœur
angélique, en mêlant des larmes à ses paroles, si mon cœur eût désiré un autre époux,
je n'en aurais trouvé aucun qui eût mérité
ma tendresse et mon estime comme le frère
de Manassé, que ce titre me rend si cher !
Mais le Seigneur est à présent l'unique époux
que mon cœur désire ; il possédera désormais
toutes mes affections et je n'aurai plus que
pour lui seul des pensées et des désirs. Toujours occupée à lui plaire par de continuelles pénitences et l'offrande de tout mon être,
je chercherai à apaiser sa justice et à attirer
ses miséricordes et sa protection sur la Judée menacée de tant de malheurs. » Ainsi me
parla Judith : je vis que sa résolution était
inébranlable, je renonçai au bonheur d'être
son époux. Comme moi, mon cher Eliézer,
fais avec courage le sacrifice d'un trésor que
Dieu s'est réservé pour lui seul, et imitons
tous deux les vertus et la charité de cette âme
incomparable. » Eliézer, pour la seconde fois,
trompé dans ses plus douces espérances,
immobile devant Adhrès, paraissait n'avoir

plus ni paroles ni sentiment. Mais son cœur
aimant, accoutumé depuis longtemps aux
sacrifices, avait acquis par l'exercice des
vertus, un courage et une résignation pleins
d'amour pour le Dieu d'Israël. Il adora
les desseins de Dieu, et fit dès ce moment
un vœu qui plut au Seigneur. Le bon vieillard Oreb attendait avec inquiétude Eliézer :
un pénible pressentiment lui faisait craindre
que son fils, trompé dans ses désirs, ne fût
encore plongé dans la douleur. L'air triste
avec lequel Eliézer s'approcha de lui confir-
ma ses craintes. — « Parle, mon fils, dit le
vieillard, répands tes chagrins dans le cœur
de ton père. La main de Judith est-elle déjà
promise ? Perds-tu encore une fois l'espérance de la posséder ? » — « Hélas ! oui, mon
père, pour toujours m'est ravie la dernière
espérance qui avait fait palpiter mon cœur.
Judith ne veut plus être qu'à Dieu seul ; elle
renonce à l'amour des hommes. Si elle eût
désiré un époux, son choix se serait fixé
sur Adhrès comme frère de Manassé. Dans
l'affliction qui presse mon âme, je bénis la
volonté du Seigneur, et sans désespoir, je
renonce à jamais à la seule joie que j'aurais
désirée sur la terre. » Eliézer fut serré avec

tendresse dans les bras de son vieux père
qui considérait avec admiration les progrès
que son fils avait faits dans la sagesse : il aurait voulu pouvoir acheter par le peu de vie
qui lui restait encore le bonheur qu'Eliézer
désirait ; mais tous ses désirs impuissants se
changeaient en soumission, et allaient s'immoler et se consumer dans la volonté de
l'Éternel.

III.

La nuit avait étendu son voile sombre sur
Béthulie et chaque demeure était éclairée
par des lampes en métal ou en argent, selon
la richesse des habitants de cette ville. Une
des plus modestes éclairait d'une lueur faible une salle dans le fond de laquelle se
parlaient deux hommes avec beaucoup d'intérêt et de vivacité : « Voilà déjà trois ans,
dit le plus âgé des deux, que nous fûmes
accueillis avec tant de bonté par Manassé et
son épouse. Les réflexions pleines de sagesse
qu'ils nous firent, sont toujours présentes
à mon esprit ; je crois encore les entendre,

et en vérité je ne serais pas éloigné d'embrasser la religion d'un Dieu aussi grand
que le Dieu d'Israël. Les malheurs ont rendu
plus éclatantes les vertus de Judith ; la perte
de tous les objets de sa tendresse n'a pu
ébranler cette âme forte et généreuse ni
affaiblir son amour pour son Dieu : ne sens-
tu pas comme moi, cher Tharxad, le besoin d'une religion si consolante et si sublime ? » — « Je combattais ce désir, cher Néotchir, et je n'osais te l'avouer ; il me pour-
suivait depuis l'instant où nous fûmes
séparés de ces dignes époux, et depuis, le
soleil n'a pas éclairé un seul jour la terre,
que mon cœur n'ait désiré embrasser la religion d'Israël. Pourquoi ne cèderions-nous
pas à la conviction de nos cœurs? Adorons
ensemble le Dieu trois fois saint, si supérieur
en puissance à tous les dieux des autres
nations. — Oui, dit Néotchir, en embrassant son ami, la vérité se montre à nous,
ne tardons pas à la suivre; les dieux de la
Médie, de l'Assyrie et des autres royaumes
sont des dieux faits par la main des hommes, et qui ne méritent que nos mépris.
Abjurons pour toujours une religion si indigne, et devenons de fidèles adorateurs du

vrai Dieu. Mais sais-tu, cher Tharxad, la nouvelle que des étrangers ont apportée hier de Béthulie? Il paraît que le cruel Nabuchodonosor commence déjà à réaliser ses projets de vengeance contre les nations qui l'avaient méprisé. Il a déjà envoyé, dit-on, pour les combattre un célèbre général avec une armée formidable, lequel, après avoir parcouru les grandes montagnes d'Angé ; a pénétré même dans tous les châteaux, où il a porté l'épouvante, et s'est emparé de toutes les places fortes : il dirige dans ce moment sa marche du côté de la célèbre ville de Mallotes qu'il veut assiéger. Hélas ! tout ce qui nous avait été annoncé par notre libérateur commence à s'accomplir, et si le Dieu d'Israël n'arrête les projets ambitieux de l'orgueilleux Nabuchodonosor, il se rendra maître de toute la terre, il forcera tous les peuples à l'adorer et les asservira à sa puissance comme de vils esclaves. Ah ! Tharxad ! je frémis au seul souvenir de Nabuchodonosor, de ce roi impie et barbare ! Si son audace ose venir jusqu'ici attaquer le peuple de Dieu, toute l'ardeur de ma jeunesse agitera encore mes membres, et mon bras vengeur lui fera con-

naître tout ce que sa cruauté a mis de courage et de haine dans mon cœur contre lui.

— Oui, répondit Tharxad, une mort glorieuse dans les combats est le plus beau sort
que nous puissions envier ; car, après tous
les malheurs de notre patrie, et les angoisses qui ont abreuvé notre existence, la vie
est sans douceur pour nous, et empoisonnée
d'amers souvenirs. Puisse le Dieu d'Israël,
que nous voulons adorer, permettre qu'en
défendant son peuple nous puissions trouver la récompense de notre courage et de
notre dévouement! » Ainsi parlaient les deux
amis lorsqu'ils furent interrompus par l'arrivée d'Eliézer qui leur dit avec inquiétude :
« Obligeants étrangers, venez me rendre un
service : la vie si chère de mon vieux père
va s'éteindre, je suis seul à le soigner,
et je redoute l'instant qui me le ravira pour
toujours. En l'absence de mes parents, j'ai
cru devoir implorer votre secours ; n'ai-je pas
reconnu en vous des cœurs bons et compa-
tissants ? — Vertueux jeune homme, répondit Néotchir, c'est nous rendre heureux que
de nous offrir l'occasion de te faire du bien.
Viens, conduis-nous vers ton père, et nous
ne te quitterons plus que ton cœur ne soit

consolé et ton âme paisible. » Ils suivirent
Eliézer et se trouvèrent bientôt en la présence du bon vieillard qui avait une agonie
douce et paisible ; ils furent témoins de ses
derniers moments, remplis de paix et de consolation, récompense de l'âme fidèle et pré-
sage du bonheur qui l'attend. Ils cherchèrent à consoler le triste Eliézer de la perte
qu'il venait de faire et ne le quittèrent que
lorsque le bon vieillard Josué, averti de l'affliction d'Eliézer, fut arrivé pour venir adoucir sa douleur. Eliézer témoigna toute son
affection et sa reconnaissance aux étrangers,
avant de se séparer d'eux. Josué pressa
dans ses bras son cher Eliézer en le nom-
mant son fils, son cher fils! « Le Seigneur,
lui dit-il, a voulu te ravir l'auteur de tes
jours, mais il te donne en moi un second
père ; il m'en a donné toute la tendresse.
Viens dans ma demeure, viens, Eliézer, réjouir ma vieillesse ; je ferai tout ce qui dé-
pendra de moi pour te consoler et te rendre
heureux. — Cher et généreux ami, dit Eliézer, jamais vos bontés ne s'effaceront de
mon cœur ; mais il ne m'est plus possible
de vous suivre ; j'ai fait vœu au Dieu d'Israël qu'après la mort de mon père, je m'

consacrerai à lui seul, dans la solitude, par
le vœu des Nazaréens. — Mon fils, mon cher
fils! dit Josué en serrant les mains d'Eliézer
et les arrosant de ses larmes, tu me ravis
une consolation qui m'était bien douce! J'espérais que ta couche serait près de la mienne, que nous reposerions ensemble sous
l'ombre du même chêne, et que tu partage-
rais mon simple repas; mais, non, tu veux
fuir la vue des hommes et les commodités de
la vie; tu veux que tes membres, revêtus
d'un cilice, affaiblis par les jeûnes, souffrent
sans cesse pour les péchés du peuple. O
vertueux Eliézer! digne modèle de la plus
pure des créatures, je t'admire! et malgré
ma douleur, je n'ai pas la force de t'arrêter
dans la sublime résolution que tu as prise;
mais en fuyant la société des hommes, j'espère que tu ne fuiras pas Josué, et qu'il me
sera permis de grimper sur la montagne,
d'aller mêler mes prières aux tiennes et
contempler avec toi la puissance et la
bonté de l'Éternel. » Eliézer pencha sa tête
sur le sein de Josué; des larmes d'attendrissement tombèrent de ses yeux et mouillèrent la poitrine du vieillard, qui fut saisi
d'une douleur et d'une tendresse inexprima-

bles. Il pressa fortement contre son cœur
celui qu'il aimait comme son fils, et il parvint
à obtenir d'Eliézer qu'avant d'accomplir son
vœu, et de fuir pour toujours le commerce
des hommes, il irait dans sa demeure consacrer quelques jours à l'amitié.

IV.

La trompette retentissait encore une fois
dans Béthulie, et annonçait à ses habitants
que l'époque d'une grande solennité approchait. Le cœur des jeunes filles, comme le
cœur des vieillards, palpitait de plaisir dans
l'attente de ces beaux jours de fête. Ici on
voyait des femmes se hâter de mettre leurs
demeures en ordre; là des filles préparer
leurs plus beaux habits, et se tresser des
guirlandes pour mettre sur leurs têtes. Plus
loin on découvrait des jeunes gens accordant
leurs chalumeaux, leurs flûtes et tous leurs
instruments de musique, s'exerçant entre eux
à produire des accords mélodieux. La joie la
plus franche et la plus vive animait tous les
habitants de Béthulie, et les fêtes de Pen-

tecôte résonnaient dans toutes les bouches.
Judith était dans sa cellule, entourée de ses
femmes, et se préparait à la quitter aussi
pour aller adorer le Dieu trois fois saint dans
son temple. Les seules solennités du Dieu
d'Israël pouvaient la décider à abandonner
sa retraite et à se montrer aux regards des
hommes : elle se dépouillait alors du cilice
qu'elle remplaçait par un modeste vêtement,
et se mêlait à un groupe de saintes et
pieuses femmes. Mais, ni le soin qu'elle prenait de se cacher, ni la simplicité de sa parure ne pouvaient empêcher que sa présence
ne causât un mouvement de surprise et d'admiration : car Judith était toujours belle, et
sous le cilice, sa beauté frappait tous les yeux.
L'heure du départ pour Jérusalem étant arrivée, tout le peuple se mit en marche ; on
voyait arriver de tous côtés des groupes
d'hommes, de femmes, d'enfants qui mê-
laient leurs voix pour chanter les louanges
du Seigneur et pour sanctifier ainsi le temps
consacré à leur voyage. C'était un spectacle
touchant d'apercevoir dans tous les chemins
de bons et fervents Israélites arrivant de tous
les pays, les uns sur des chariots, les autres
sur des ânesses, et le plus grand nombre, à

pied, faisant tous retentir les airs de leurs chants et de leur musique. Néotchir et Tharxad s'étaient unis à des Israélites de Béthulie et arrivèrent à Jérusalem en partageant la joie et la piété générales. Mais de quelle admiration ne furent-ils pas saisis à la vue de la magnificence du temple et de la majesté des cérémonies! Jamais leurs yeux n'avaient rien contemplé de pareil; ils parcoururent avec étonnement toutes ces immenses cours environnées de galeries et de vastes salles pour les différents offices des prêtres et des lévites; puis ils s'approchèrent de l'enceinte du temple, et un respectueux enthousiasme ravit leurs cœurs lorsqu'ils purent en contempler la richesse; il était recouvert de lames d'or, et orné de sculptures admirables. Devant le temple, dans une grande cour, on voyait s'élever l'autel des holocaustes : c'était une plate-forme carrée d'environ 3o pieds de hauteur et entourée d'une rampe sans degrés par laquelle montaient les sacrificateurs; dans la même cour, dix grands bassins d'airain étaient posés sur des bases roulantes et douze bœufs monstrueux portaient un immense bassin appelé la mer d'airain. C'est dans ce lieu que nos

Mèdes virent arriver les sacrificateurs qui
s'avancèrent en ordre et se placèrent silencieusement entre l'autel et le vestibule, suivis
par un nombre prodigieux de lévites musiciens, qui, placés avec respect sur les degrés
du vestibule, vis-à-vis le temple, le firent
retentir de leurs voix mélodieuses et de
l'harmonie de leurs instruments. Les deux
Mèdes, sous l'impression vive et touchante
d'un spectacle si nouveau pour eux, étaient
immobiles de joie et de respect, lorsqu'une
main pressant doucement leurs bras, ils re-
connurent Eliézer qui leur dit avec bonté :
« Nobles amis, je ne vous vois point de
victime pour sacrifier, il vous est défendu
de rester dans ce lieu qui n'est destiné qu'aux
prêtres et à ceux qui viennent offrir des victimes. Suivez-moi dans la cour qui environne
celle-ci et dans laquelle se tient le peuple. »
Les Mèdes suivent Eliézer, et peu d'instants
après ils se trouvèrent réunis à la foule des
Israélites. « Passons à droite, ajoute Eliézer,
et laissons ce côté-là qui n'est destiné qu'aux
femmes. Les Gentils ne peuvent pénétrer
dans cette enceinte, mais devenus Israélites
comme nous, vous pouvez rester avec moi
dans ce lieu. — Eliézer, dit Néotchir, le

temple du Seigneur est magnifique : mais ,
dis-moi à quoi sont destinés tous ces beaux
édifices qui nous entourent ? — Ces grandes
salles que vous voyez à droite, dit Eliézer ,
servent à renfermer les vases sacrés d'or et
d'argent, et les habits des prêtres. Dans ces
magasins qui sont après, on tient les offrandes pour la subsistance des sacrificateurs
et des lévites, des veuves, des orphelins, et
les dépots des particuliers. Cet édifice qui
avance un peu sur la gauche contient des
chambres destinées, les unes, à y examiner
les lépreux ; les autres, à y raser les Nazaréens. Dans ces lieux-ci sont renfermés le
vin et l'huile pour les libations, le sel pour
assaisonner les offrandes, et les agneaux
choisis pour les sacrifices perpétuels du matin et du soir. En avançant vers la droite
vous voyez des cuisines dont une est destinée à faire les pains de propositions et les pâtisseries pour les sacrifices, et dans les autres on prépare la chair des victimes. La
salle qui est à côté est le lieu où mangent les
sacrificateurs. Ici se tiennent les lévites por-
tiers, là les lévites musiciens. Cette immense
salle qui est vis-à-vis nous, est le lieu où se
tient le conseil souverain des soixante-dix

sénateurs ; mais il serait trop long de dé-
tailler l'emploi de ces superbes bâtiments
bien indignes encore de la majesté et de la
grandeur de notre Dieu. »Comme il achevait
ces paroles , un mouvement de joie, suivi
d'un silence solennel, saisit toute l'assemblée. C'était le grand prêtre Eliacim qui entrait dans le temple suivi de 600 lévites revêtus de tuniques de lin , blanches comme
le lait pur d'une jeune génisse. Le grand
prêtre était aussi revêtu de ses habits sacer-
dotaux, et portait avec majesté l'Ephod, in-
signe de sa dignité. Sa présence consola et
réjouit les cœurs des bons Israélites accourus de tous les pays. Les lévites musiciens ,
à la vue du grand prêtre , firent retentir le
temple de leurs chants et du son harmonieux de leurs instruments. Les lévites qui
accompagnaient le grand prêtre rangés en
ordre encensaient le sanctuaire. Dans la cour
où étaient les bassins d'airain , se trouvaient
placés d'autres lévites, dont les uns s'avancèrent dans le temple pour allumer les lampes,
offrir les pains et les parfums, et pour aider
le grand prêtre dans toutes les cérémonies
de cette fête. D'autres montèrent à l'autel
des holocaustes et y arrangèrent le bois et

les victimes. Ensuite s'avancèrent les particuliers tenant leurs offrandes entre leurs
mains, et les égorgeant eux-mêmes en sacrifice au Dieu trois fois saint. Après tous
les sacrifices offerts par le peuple, un silence
auguste succéda aux sons harmonieux des
chants et de la musique. Le grand prêtre
Eliacim se prépara à entrer dans le sanctuaire pour offrir les prières du peuple et
écouter la voix du Seigneur. Le peuple pros-
terné s'unit au grand prêtre pour adorer
l'Éternel. Le silence devint encore plus solennel lorsque Eliacim sortit du sanctuaire;
sa figure était resplendissante de rayons di-
vins : il se présenta au peuple ayant à la main
la table de la loi, et il lut d'une voix forte
et sonore les commandements du Dieu d'Israël qui furent suivis d'un discours touchant
de sa part auquel le peuple répondit par de
vives acclamations. Après cette cérémonie,
le temple retentit de nouveau de chants et
de musique, et tous les cœurs furent émus
d'une sainte et vive joie.

Les deux Mèdes, accoutumés à des fêtes
superstitieuses qui ne laissaient aucune consolation dans l'âme, et ne leur avaient jamais
fait éprouver que quelques plaisirs charnels

et passagers, ne savaient comment exprimer
à Eliézer les émotions pures et suaves dont
ils étaient remplis, et leur admiration pour
les saintes et magnifiques cérémonies dont
ils étaient témoins. Si le spectacle d'une si
belle solennité avait ravi leurs cœurs, ils
furent agréablement réjouis ensuite par les
festins qui suivirent, où une joie religieuse
assaisonnait tous les mets. Les victimes offertes étaient préparées par les particuliers
dans l'enceinte qui environnait la grande
cour ; plusieurs familles se réunissaient et
goûtaient les charmes d'un plaisir pris dans
le Seigneur et que réglait une sage tempé-
rance. Eliézer fut heureux de réjouir les bons
Mèdes, le bon vieillard Josué et quelques
autres de ses anciens amis. Cette fête se re-
nouvela sept jours de suite, et chaque fois
elle semblait remplir les cœurs des plus profondes et des plus douces émotions.

V.

Vis-à-vis le temple, dans la cour où se
tient le peuple, était une femme profondé-

ment anéantie en la présence de Dieu.
Sa prière, était si fervente qu'elle ne s'était
pas aperçue de la fin des cérémonies ni de
la solitude où elle se trouvait, et il est à
présumer qu'elle serait restée longtemps encore dans un si saint recueillement, si un
lévite ne s'était approché d'elle respectueusement pour la saluer, et lui dire que le
grand prêtre désirait lui parler ; elle suivit le
lévite qui la conduisit dans la grande salle
du conseil. Le Pontife, entouré de quelques
lévites, y attendait Judith qui se prosterna
en sa présence. Eliacim la releva avec bonté, et lui offrit un siége à côté de lui ; il
fit ensuite un signe aux lévites qui se retirèrent à l'instant, et resté seul avec la bien-
aimée du Très-Haut : « Ma fille, lui dit-il
d'un ton solennel, j'ai de grands secrets à
vous révéler. Le Dieu trois fois saint a dai-
gné parler à son serviteur ; il lui a fait connaître ses desseins sur vous, et toute la
gloire qu'il réservait à votre sagesse et à
votre fidélité. Oui, fille chérie de l'Éternel,
votre ardente charité vous rendra digne d'ê-
tre choisie pour être la libératrice de votre
peuple ; mais il m'est défendu de vous en
dire davantage ; sachez seulement que le

Seigneur vous ordonne par ma bouche d'implorer par vos prières, vos jeûnes et vos pénitences, sa miséricorde pour son peuple ; car la Judée est menacée des plus grands malheurs.

L'orgueilleux Holoferne vient de prendre d'assaut la célèbre ville de Mallotes ; il a pillé tous les enfants de Tharsi et d'Ismaël, qui demeurent à la tête de Cellon ; il a passé l'Euphrate, il a pénétré dans la Mésopotamie; il a forcé toutes les grandes villes depuis le torrent de Mambré jusqu'à la mer. Non content de ces conquêtes, il a poussé ses armes dans la Cilicie jusqu'aux confins de Japhet, et s'est rendu maître de tous ces pays. Il a conduit avec lui tous les enfants de Madian, après avoir pillé toutes leurs richesses et après avoir passé au fil de l'épée tous ceux qui résistaient. Mais ce n'était pas assez de carnage pour ce cruel général : il est descendu dans les champs de Damas au temps de la moisson ; il a brûlé tous les blés, il a fait couper tous les arbres et toutes les vignes ; maintenant il continue sa marche triomphante vers les provinces de la Syrie Soba et de la Lybie. L'impie Nabuchodonosor lui a donné l'ordre, dit-on, de

soumettre toutes les nations, d'exterminer
tous leurs dieux afin qu'il fût reconnu et
adoré pour le seul dieu de l'univers. Vous
frémissez, ma fille, au récit de tant d'impié-
tés. Ah! votre indignation est juste et loua-
ble ! Puisse le Dieu d'Israël confondre et
punir tant de cruauté et de sacrilége !...
Mais, ma fille, en vous communiquant des
nouvelles aussi effrayantes, mon intention
n'est pas de vous affliger, mais de redoubler par là vos prières et votre énergique
ferveur, afin que Dieu vienne au secours
de son peuple, et le rende triomphant de ses
ennemis. Fille chérie de Dieu, le ciel ne refusera rien à vos demandes et les prodiges
les plus merveilleux ne coûteront rien à sa
puissance pour récompenser votre sagesse. »
Judith, les yeux baissés, semblable au lis
des champs qui, tout en s'élevant au-dessus
des autres fleurs, charme autant par sa modestie que par l'éclat de sa beauté, écoutait
avec attention toutes les paroles du grand
prêtre, et lorsqu'il eut cessé de parler, elle
s'exprima ainsi : « O grand Eliacim, ministre
du Dieu vivant ! qu'elle n'est donc pas la
bonté de votre cœur pour daigner parler à
une indigne créature comme moi et pour

lui communiquer d'aussi grands secrets et d'aussi importantes nouvelles! Mais, Souverain Pontife de notre sainte religion, vos désirs seront accomplis ; j'adresserai au ciel des prières continuelles et ferventes, je redoublerai mes jeûnes et mes pénitences ; j'offrirai même ma vie au Seigneur pour le salut de son peuple et pour la gloire de son nom, et je serai heureuse si je puis, en m'offrant pour victime, attirer sur Israël la protection du Dieu de Jacob. » — « Je ne m'attendais pas à un autre langage de vous, ô ma fille, dit Éliacim ; allez, Judith, allez dans votre solitude accomplir les desseins du Seigneur ; car l'Éternel l'a dit : la Judée vous devra son salut. » Ainsi parla le grand prêtre, et Judith, se prosternant encore devant lui, se retira humblement, et alla dans le temple s'offrir à Dieu comme une victime, et méditer dans le lieu saint toutes les paroles qui venaient de lui être dites !

Le dernier et le plus solennel des jours de Pentecôte étant arrivé, la joie et le bonheur semblèrent éclater encore davantage sur toutes les physionomies. Les émotions pieuses avaient produit dans les cœurs des bons Israélites une affection toute fraternelle : on

les voyait se communiquer leurs pensées et
leurs désirs avec cette franche cordialité qui
ne semblait faire d'eux qu'une seule famille.
Là, pendant ces jours de fête, de vieilles
connaissances se renouvelaient et de nouvelles amitiés prenaient naissance. Les Mèdes adoptés pour Israélites, furent accueillis
de tous avec bonté et reçurent des paroles
de félicitation du grand prêtre Eliacim. Eliézer les accompagnait et les initiait dans tout
ce qui était inconnu et mystérieux pour
eux ; mais bientôt arriva le moment où Eliézer fut obligé de se séparer de ses amis ; il
venait d'entendre le son de la trompette qui
annonçait l'heure où les Nazaréens allaient
être rasés, et vêtus de l'habit de pénitence. Ce
fut un instant douloureux pour Néotchir et
Tharxad, car ils savaient bien qu'après cette
cérémonie leur cher ami les quitterait pour
toujours, et irait se retirer dans un lieu caché,
loin des hommes ; mais la connaissance du
vrai Dieu, en éclairant leur esprit, leur faisait connaître qu'il n'est point de sacrifice
qu'on ne doive faire pour accomplir les desseins du Très-Haut. Ils pressèrent la main
d'Eliézer avec une affection touchante, et l'on
vit même des larmes mouiller les paupières

de ces guerriers. Eliézer, avant d'entrer dans
la chambre des Nazaréens, voulut adorer
Dieu dans son temple, pour lui demander les
vertus d'un saint solitaire ; il s'avança silencieusement, et à peine eut-il fait quelques pas
dans l'enceinte du temple, que la vue de
Judith prosternée et anéantie devant le
Saint des saints, le saisit d'un frémissement
involontaire. Il s'agenouilla loin d'elle, afin
de ne pas troubler les prières de cet ange de
la terre, et il demanda à Dieu de pouvoir
imiter ses vertus, afin de partager dans l'éternité sa gloire et son bonheur. Eliézer sortit
ensuite du temple, traversa les vastes cours,
et entra avec plusieurs autres Nazaréens
dans le lieu qui leur était destiné. Après
l'exécution de ce qui terminait leur vœu, ils
se dispersèrent sur des montagnes et se con-
sacrèrent à des pénitences qui furent agréables au Dieu d'Israël.

Les fêtes de la Pentecôte étant terminées,
tout le peuple, se livra à un sommeil doux et
paisible qui fut suivi d'un réveil plus doux
encore et qui fut le signal de chaque famille
pour rentrer dans ses foyers. Judith, se préparant aussi à retourner à Béthulie, se mêla
encore parmi un groupe de pieuses femmes ;

mais, semblable à la violette qui, en se cachant sous la feuille qui la protége, n'en est
pas moins reconnue par les parfums qu'elle
répand autour d'elle, ainsi Judith, cherchant
à se cacher, était toujours distinguée dans la
foule par les vertus qui la faisaient admirer.
Les chemins étaient remplis de saintes et
joyeuses troupes ; les bois retentissaient du
son des chants et des instruments, et les
oiseaux, ravis de ce concert, suspendaient
leur ramage. La chaleur du jour était très-
grande. Les troupes joyeuses cherchèrent un
peu de repos et de fraîcheur sous l'ombrage
des chênes et des palmiers, auprès de douces fontaines qui semblaient se disputer
l'honneur d'arroser ces fertiles lieux. Après
s'être délassés et avoir ranimé leurs forces ,
les voyageurs reprirent leur marche avec un
nouveau courage, et avant que les ombres
de la nuit ne couvrissent la terre, ils étaient
rentrés dans leurs demeures. Judith alla se
renfermer de nouveau dans sa cellule, se
revêtit de son cilice et se dévoua à une pénitence rigoureuse.

VI.

La souveraine des nuits réjouissait la terre par les reflets de sa majesté, et la brise du soir balançait mollement le feuillage des arbres. Pendant que Néotchir était seul assis sur la cime d'un rocher d'où il pouvait découvrir la grande plaine de Dothaïm, il paraissait très-inquiet et ses regards se promenaient sur tout ce qui l'environnait. Tout à coup des pas d'hommes se font entendre et un mouvement de joie éclate sur sa physionomie : il se lève, s'achemine du côté d'où venait le bruit ; son espérance n'est pas trompée : c'était son cher Tharxad qui revenait après huit jours d'absence. La joie des deux amis fut suave et expressive, et après quelques moments donnés à l'amitié, ils se parlèrent ainsi : « Quelles sont les nouvelles que tu m'apportes, cher Tharxad ? Hâte-toi de satisfaire mon impatience et de m'apprendre tout ce que tu as pu découvrir. — Hélas ! répond celui-ci, vous allez frémir d'indignation en entendant le récit que j'ai à vous

faire. Savez-vous quel est ce fameux général
des armées de Nabuchodonosor? c'est Holoferne!... — Holoferne? s'écria avec mépris
Néotchir; cet impie qui ne connaît ni dieux
ni lois, cet homme cruel et féroce dont la
forme humaine cache un cœur de tigre! ce
monstre de trahison et de noirceur qui a trahi
son roi,... découvert sa retraite pour l'immoler à la vengeance de Nabuchodonosor dont
il voulait se faire un protecteur! Holoferne!
cet indigne Mède, qui déshonore sa patrie
et qui fait rougir mon front du malheur
d'être de la même nation que lui! Ah! Tharxad! tu peux à présent me faire le récit des
nouvelles les plus affreuses; aucune ne m'é-
tonnera plus. Parle: qu'arrive-t-il dans les
terres que tu viens de parcourir? — La
terreur s'est emparée de toutes les nations,
répond Tharxad, les rois et les souverains
des royaumes de Syrie, de Mésopotamie, de
Lybie, de Célicie, ont envoyé leurs ambassadeurs pour implorer la clémence d'Holoferne, le suppliant de leur faire grâce puisqu'ils étaient prêts à se soumettre au grand
Nabuchodonosor. Épargnez nos vies, lui
ont-ils fait dire; dès ce moment, nous nous
avouons vaincus, et nous devenons ses su-

jets. En vain voudrions-nous lui résister, nous ne pourrions éviter la servitude qui menace nos peuples, nos villes, nos terres, nos montagnes, nos champs, nos chevaux, nos troupeaux, nos biens, nos femmes, nos enfants, nos familles ; tout vous appartient, usez-en selon votre volonté ; car nous nous reconnaissons tous pour vos esclaves ; mais ayez compassion de nous et montrez-vous un maître généreux et un vainqueur plein de clémence. Cette soumission et ces discours n'ont produit aucun effet sur le cœur inhumain et féroce d'Holoferne ; il a poursuivi sa marche, il est descendu des montagnes, il s'est emparé sans résistance de toutes les places, il a réduit les peuples en esclavage, il a choisi toute la jeunesse propre à porter les armes, il l'a contrainte à le suivre. Le nom d'Holoferne retentit avec tant d'effroi parmi les habitants de ces pays, qu'à l'annonce de son arrivée dans une ville, les princes et les puissants vont au-devant de lui ; on lui fait un accueil magnifique, on le reçoit au son des instruments de musique ; les grands sont couronnés de fleurs, et tiennent aux mains en signe de joie des flambeaux allumées. Toutes les villes sont illumi-

nées , et les acclamations les plus vives re-
tentissent de toutes parts. On croirait qu'ils
vont recevoir le meilleur de tous les maîtres ;
mais dès qu'Holoferne a pénétré dans la
ville, les coups les plus cruels, les traits les
plus infâmes font assez connaître qu'on n'a
reçu qu'un tyran ; rien n'est capable d'adoucir sa férocité. Les respects et les honneurs
qu'on lui rend sont récompensés par la destruction et le pillage ; il renverse et brûle les
temples, il brise les idoles, il anéantit les
bois consacrés par la religion des peuples.
Nabuchodonosor, dit-on, veut devenir le
seul dieu de la terre, et Holoferne a l'ordre
de déclarer la guerre à tous les dieux des
nations. Dès qu'il est vainqueur d'un royaume, il le force à n'adorer que Nabuchodonosor : c'est ainsi que de triomphes en triomphes, et de cruautés en cruautés, il est
parvenu jusqu'aux terres de Gabaa. Là , il
vient encore de se saisir de toutes les places,
et en a déclaré Nabuchodonosor souverain.
Il a soumis les Iduméens à un tribut, et il
vient dans ce lieu de donner rendez-vous à
tous les détachements de ses troupes qui ,
par son ordre, s'emparaient en même temps
de plusieurs villes , afin d'exécuter plus

promptement la destruction des nations. Il
se prépare à faire reposer et rafraîchir son
armée dans ce camp pendant trente soleils,
après lesquels il va redoubler de férocité et
de barbarie pour attaquer la Samarie et la
Judée, et pour déclarer une guerre cruelle au
Dieu d'Israël. — Partons, cher Tharxad,
dit Néotchir, allons à Jérusalem informer le
grand prêtre de tous ces événements, afin
qu'il mette une digue à l'orgueil de ce général impie, et qu'il prenne les mesures nécessaires pour se garantir de sa cruauté. » Les
deux amis passèrent une partie de la nuit
sur la montagne à se communiquer leurs
pensées et leurs émotions ; ensuite, après
quelques heures de repos , ils se mirent en
marche du côté de Jérusalem.

VII.

Le grand prêtre Eliacim, averti par Néotchir des dangers de la Judée et craignant
surtout la profanation du temple saint,
montra dans cette circonstance toute l'habi-
leté de l'homme de guerre et la prudence

du prêtre de Dieu. Il exhorta le peuple à la
pénitence et au repentir ; il engagea les
lévites à donner l'exemple d'une confiance
en Dieu et d'une ferveur admirables. Les lévites se revêtirent de cilices, et ils en revêtirent même l'autel du Seigneur. Le peuple
cria avec instance vers le Dieu d'Israël ; les
femmes, les enfants se prosternèrent devant
le temple du Seigneur et tous humilièrent
leurs âmes dans les jeûnes et les prières.
Puis, élevant leurs mains vers le ciel, ils
supplièrent le Seigneur de ne pas permettre que leurs villes fussent détruites, que
son saint temple fût profané et qu'ils devinssent l'opprobre de toutes les nations. Le
grand prêtre, consolé de la sainte confiance
où il voyait son peuple, quitta la ville sainte
pour parcourir les autres villes de la Judée,
et il eut le bonheur de voir que ses paroles
produisaient un pieux enthousiasme et une
heureuse ferveur. Il s'écriait d'une voix
majestueuse et touchante dans tous les
lieux où il passait : « Enfants chéris du Dieu
d'Israël, peuple précieux à mon cœur, per-
sévérez dans la prière, humiliez vos âmes
devant le Saint des saints, et espérez avec

11

confiance la miséricorde du Dieu de vos
pères, qui protégea d'une manière mi-
raculeuse Moïse, ce grand et saint serviteur de Dieu, qui vainquit Amalec, guerrier redoutable et puissant, devenu si
enflé de sa grandeur et de ses richesses qu'il
se croyait invulnérable. Il osa s'opposer aux
desseins de Moïse qui, par les seules armes
de la prière, dissipa la multitude de ses soldats et de ses chariots comme la poussière
d'un chemin. C'est ainsi que Dieu écrasera
de sa colère tous les ennemis d'Israël; il les
regardera dans son indignation, et il anéan-
tira avec eux tous leurs coupables desseins.
O peuple chéri! soyez fidèle au Seigneur,
implorez son secours par vos gémissements
et vos larmes, et comptez sur sa protection
et sur la victoire! » Les paroles d'Eliacim
étaient accueillies avec des transports de
joie. On partait en foule de toutes les villes
pour aller, à Jérusalem, offrir au Seigneur des
holocaustes; on se revêtait de cilices, on se
couvrait la tête de cendres et l'on conjurait
avec ardeur le Seigneur de venir au secours
de son peuple affligé. Le grand prêtre prit
en même temps des mesures de prudence
inspirées par sa sagesse. Il commanda qu'on

occupât toutes les hauteurs des montagnes
depuis la frontière de Samarie jusqu'à Jéricho ; qu'on élevât promptement des murs
pour environner les bourgs, et qu'on fit de
prodigieuses provisions d'orge et de froment
pour être en état de soutenir une longue
guerre. Il eut soin aussi d'avertir les Israélites
du pays d'Esdrelon, vis-à-vis la grande plaine
de Dothaïm, et manda à ceux qui étaient
sur le chemin par où l'on pensait qu'Holoferne ferait passer sa grande armée, de se hâter
de prendre position sur les montagnes, afin
que les ennemis ne pussent arriver à Jérusalem, et de choisir les jeunes gens les plus
valeureux pour les placer dans les défilés
afin d'en défendre l'entrée aux Assyriens et
arrêter, par l'avantage de leur position,
l'armée d'Holoferne. Tous les bons Israélites s'empressèrent d'obéir aux ordres du
grand prêtre, le cœur plein de confiance et
d'espérance dans le Seigneur. Judith reçut
un avis du grand prêtre qui lui communi-
quait les triomphes d'Holoferne, sa marche
vers la Judée, et le péril qui la menaçait sans
un secours extraordinaire de Dieu ; il l'ex-
hortait encore avec plus de force à deman-

der et à obtenir du ciel le salut d'Israël. Cette
sainte veuve passait une partie des nuits en
prières, se consacrant à des pénitences et à
des austérités très-rigoureuses.

VIII.

Holoferne, fier de ses victoires, se reposait
à Gabaa avec ses officiers et son armée; il
cherchait par les délassements et les plaisirs
qu'on peut se procurer dans un camp à oublier les soucis et les fatigues de la guerre.
Il se récréait avec quelques-uns des chefs
des actes de son impiété et de ses cruautés.
Le souvenir des cris d'une mère alarmée
lorsqu'on allait égorger son enfant; la fureur
d'un époux, lorsqu'on lui enlevait son épouse; la consternation des prêtres, lorsqu'on ren-
versait les autels et qu'on foulait aux pieds les
idoles; tous ces souvenirs, dis-je, excitaient
leurs railleries et servaient d'amusement à
ces cœurs féroces. Déjà le trentième soleil
éclairait le camp des Assyriens, et les soldats
s'empressaient de nettoyer avec soin leurs

armes pour se préparer à de nouveaux combats et à de nouvelles victoires. Holoferne
passa la revue de son armée, examina si tout
y était en ordre, et si aucun de ses soldats
ne méritait des châtiments. Puis, satisfait
de l'examen qu'il venait de faire, il entra
dans son pavillon pour se concerter avec ses
officiers. Un d'eux prit alors la parole et lui
dit : « Seigneur, les enfants d'Israël loin de
venir vous offrir leurs hommages, ont la témérité de vouloir vous résister. Ils occupent
toutes les hauteurs des montagnes qu'ils ont
environnées de soldats et de gardes. Seuls
entre toutes les nations, ils paraissent vous
mépriser et ne pas vous redouter. » Ces paroles traversèrent comme un trait le cœur
d'Holoferne, et la foudre, lorsqu'elle gronde
au milieu d'un orage affreux, n'est pas com-
parable encore à la colère qui le transporta
et qui glaça de terreur ceux qui l'entouraient : « Peuple audacieux ! s'écria-t-il, les
yeux enflammés de fureur, tu paieras cher
ta hardiesse et ton insolence... Je jure par
le roi Nabuchodonosor que tes dieux et
tes villes seront renversés ; que tes champs
seront arrosés du sang de tes femmes et de
tes enfants ;... qu'aucun de tes guerriers n'é-

chappera à ma vengeance ; que tes chefs
seuls et ton roi seront épargnés pour être
attelés à mon char et me conduire en triomphe, afin de servir d'exemple aux nations qui
pourraient avoir l'envie de t'imiter ! Mépri-
sable nation ! d'où peut te venir un orgueil
si grand ? Ignores-tu, seule sur la terre, la
renommée du roi Nabuchodonosor ? Le nom
d'Holoferne n'a-t-il pas retenti encore dans
tes montagnes, et n'a-t-il pas encore porté
l'épouvante dans tes villes ? Les échos sont-
ils restés muets dans tes contrées ? Et la
gloire de Nabuchodonosor, dont les dieux
mêmes sont jaloux, n'a-t-elle pu effrayer ta
stupidité ? » Puis, se tournant vers les chefs :
« Allons, dit-il, il est temps de quitter le
repos et d'aller subjuguer un peuple qui ose
se mesurer à nous. » Il dit, et donnant le
signal du départ, cette innombrable armée
descend dans les plaines de Belma et de
Chelmon, et semblable à un torrent menaçant, elle couvre toutes ces terres et s'étend
jusqu'aux environs d'Esdrelon. Mais Holoferne étant originaire de Médie et ne connaissant d'aucune manière le caractère de la
nation contre laquelle il allait diriger son
armée, commanda qu'on lui fît venir les

princes de Moab et les chefs des Ammonites. « On vient de m'apprendre, leur dit-il,
que le peuple d'Israël est assez audacieux
pour oser tenter de résister aux efforts de
mon armée. Apprenez-moi leur origine, les
forces sur lesquelles ils s'appuient, la forme
de leur gouvernement ; dites-moi s'ils ont
de puissants et de vaillants généraux à leur
tête, si leurs montagnes sont inaccessibles,
si leurs villes sont bien fortifiées, et d'où
peuvent venir enfin leur étonnante témérité
et cette audace incompréhensible qui les fait
oser seuls nous braver entre tous les peuples
et nous refuser leurs hommages. » Alors
Achior, chef de tous les enfants d'Ammon,
lui répondit : « Seigneur, je serai honoré et
heureux de vous satisfaire si vous voulez
avoir la bonté de m'écouter avec indulgence.
Je puis, sans crainte de me tromper, vous
instruire sur un peuple connu particulière-
ment de ma nation dont il a toujours été
l'ennemi. Ce peuple, Seigneur, tire son origine de Chaldée ; mais lorsqu'il vit une
multitude de divinités devenir l'objet du
culte public, et celui du Dieu qu'ils ado-
raient s'affaiblir chaque jour, ils résolurent
avec courage d'abandonner la terre de leurs

ancêtres plutôt que d'avoir la douleur de
ne pouvoir offrir librement leurs adorations
et de voir son culte oublié et méprisé.
Leur Dieu , satisfait de cette marque de
leur amour , leur ordonna d'aller s'éta-
blir à Charan ; mais, après une certaine suite
d'années , la famine étant survenue dans ce
pays, ils allèrent en Egypte où ils demeurè-
rent quatre cents ans en se multipliant à tel
point que leur nombre fut prodigieux. Le
roi d'Egypte, craignant que ce peuple ne
devint trop puissant, chercha à le détruire
en l'accablant de travaux et en l'employant
aux ouvrages les plus pénibles ; de jour en
jour leur malheur augmentait, et le roi d'E-
gypte se montrait de plus en plus inhumain.
Alors, dans le désespoir qui pressait leur âme,
ils élevèrent leurs mains suppliantes vers leur
Dieu qui écouta leurs gémissements. Il frappa l'Egypte de diverses plaies si douloureuses que le roi consentit à leur départ pour
voir cesser les maux qui affligeaient son
royaume ; mais il se repentit presque aussitôt de la permission qu'il avait donnée. Il
envoya promptement son armée à leur poursuite afin de les remettre sous son esclavage. Mais le Dieu du ciel protégea la fuite de

son peuple chéri ; il commanda aux eaux
de s'ouvrir sous leurs pas, de se séparer des
deux côtés afin que les Hébreux pussent sans
danger traverser la mer. Tous les Égyptiens
armés se précipitèrent après eux dans la
même route ; mais il ordonna aux eaux
de reprendre leur place et de se rejoindre,
et à l'instant les Égyptiens furent tous
engloutis dans la mer, et il ne s'en sauva
pas un seul. Les Hébreux, heureux d'avoir
pu échapper à leurs ennemis, arrivèrent
sans aucun danger dans les déserts de la
montagne de Sina : jamais, avant eux, aucune créature humaine n'avait pu habiter
ces lieux sauvages. Mais le Dieu qui les protégeait rendit douces les fontaines amères,
et chaque jour fit tomber du ciel la nourriture qui leur était nécessaire. Il les rendait
vainqueurs parce qu'il combattait avec eux,
et bien qu'ils n'eussent ni épées, ni flèches,
ni boucliers, dès qu'ils voulaient conquérir
un pays, ils en étaient aussitôt les maîtres à
la honte de leurs ennemis. Jamais aucune
nation n'a pu les vaincre, excepté lorsqu'ils devenaient infidèles à leur Dieu ; car
s'ils avaient le malheur d'abandonner son
service pour adorer une autre divinité, ils

11*

étaient aussitôt livrés à leurs ennemis, qui
les couvraient d'opprobres, d'humiliations,
et leur faisaient souffrir des maux cruels. A
peine l'infortune avait-elle fait naître le repentir dans leurs cœurs que leur Dieu se
laissait toucher, et, en redevenant fidèles, ils
devenaient encore invincibles. Aussi les a-t-
on vus conquérir les nations des Chananéens,
des Jébuséens, des Phéréséens, des Ethéens,
des Enéens, des Amorrhéens et de tous les
puissants rois d'Hésébon. Leur prospérité
suit leur fidélité à leur Dieu, et ils deviennent
malheureux dès qu'ils deviennent coupables ; car le Dieu qu'ils adorent a en horreur
l'iniquité. Les dernières afflictions qu'ils ont
éprouvées furent cruelles parce que leurs offenses avaient été grandes ; aussi furent-ils
menés captifs dans une terre étrangère. Mais
cet état déplorable les ayant fait retourner
à leur Dieu dont ils ont imploré le pardon,
par son secours, ils se sont réunis de nouveau, ils ont repris une partie de leurs villes,
et ils occupent à présent paisiblement ces
montagnes. Ils ont un temple commun dans
la ville de Jérusalem, où toutes leurs tribus
se rendent pour assister aux cérémonies de
leur religion et offrir des sacrifices à leur

Dieu. Tel est, seigneur, le peuple que vous
désirez connaître ; permettez que j'ajoute au
récit que je viens de faire, une réflexion qui
pourra vous être utile. Avant de combattre ce peuple, tâchez, seigneur, de découvrir avec soin s'il s'est rendu coupable envers son Dieu, et dans ce cas, vous pouvez
être sûr de la victoire, et ils ne pourront vous
résister. Mais s'ils lui sont restés fervents
et fidèles, gardez-vous de les attaquer, car
leur Dieu les protégerait, et en vain fon-
deriez-vous votre espérance sur votre armée formidable, sur la multitude de vos
chariots et de vos chameaux, sur la force de vos armes; ils seraient encore vainqueurs, et la honte serait votre partage. »
Achior ayant cessé de parler, tous les grands
du camp d'Holoferne furent émus de colère
contre lui et menaçaient de le tuer en se
disant l'un à l'autre : « Quel est ce téméraire
qui ose dire que les enfants d'Israël pourraient résister au grand roi Nabuchodonosor
et à toutes ses troupes, eux qui sont sans
armes et sans forces et qui ne connaissent
pas l'art de combattre ? Pour prouver à
Achior que ces paroles sont trompeuses,
courons promptement nous rendre maîtres

de ces montagnes, et, lorsque nous aurons
pris les plus forts d'entre eux, nous les écra-
serons avec lui comme des vers de terre,
afin que toutes les nations sachent qu'il n'y
a pas de plus grand général qu'Holoferne et
de plus puissant dieu que Nabuchodonosor. » Holoferne, pendant que les grands
parlaient, fixait ses regards furieux sur
Achior, et le mouvement de ses nerfs annonçait une explosion plus à craindre encore
que ne l'est à la tremblante nature un im-
pétueux ouragan. Le malheureux Achior,
les yeux baissés et la pâleur sur le visage,
était aussi mourant qu'un faible oiseau sous
les griffes d'un vautour. « C'est donc ainsi
que vous faites le prophète? s'écria d'une
voix de tonnerre Holoferne, et vous osez
dire en ma présence que le Dieu d'Israël
sera le défenseur de son peuple? Je vous
montrerai, guerrier insensé, la folie de vos
paroles et de vos prophéties, et vous connaî-
trez bientôt à vos dépens que Nabuchodonosor est le seul Dieu de la terre. Lorsque tous
les Israélites seront renversés par nos épées,
vous sentirez comme eux le poids de ma
vengeance; votre corps, percé de nos coups,
sera jeté sur leurs cadavres et arrosé de leur

sang, et pour vous prouver la vérité de mes
paroles, vous serez joint à ce peuple afin
que lorsque je leur ferai souffrir la juste
peine qu'ils méritent, vous soyez aussi vous-
même puni avec eux. Comment ? vous pâ-
lissez, grand prophète ? vous semblez épou-
vanté de mes menaces ?... Mais pourquoi
trembler si vous croyez vos prophéties véritables ? Est-ce que le Dieu du ciel que vous
exaltez ne vous préservera pas de mes coups
et de ma vengeance ? Allez, allez toujours en
attendant de subir le sort qui vous est destiné. » Alors Holoferne commanda à ses
gens de prendre Achior, de le conduire vers
Béthulie et de le mettre entre les mains des
enfants d'Israël. Les gardes d'Holoferne se
saisirent à l'instant du malheureux Achior,
le traînèrent le long de la plaine ; mais à
peine furent-ils arrivés près de la montagne,
qu'ils furent aperçus par les Israélites, et à
l'instant un détachement de frondeurs se mit
à leur poursuite ; ils se virent obligés de renoncer à leur projet et s'enfuirent promptement en côtoyant la montagne. Ne sachant
que faire d'Achior, ils délibèrent entre eux
s'il ne serait pas mieux de lui ôter la vie.

« — Vraiment, dit l'un d'eux, puisqu'il nous

est impossible d'exécuter les ordres de notre
général, il est mieux de se débarrasser de
cet homme que de le ramener sous ses yeux.
— Bien! dit un autre, je suis de cet avis,
nous n'aurons qu'à dire à notre général qu'il
faisait le revêche, et que d'un coup d'épée
nous avons abattu cette tête orgueilleuse.
— Soit! au plus vite, dit un autre, je vois
les frondeurs qui s'avancent, et si nous tardons trop, ils se saisiront de nous. » Achior
les suppliait de lui laisser la vie; mais ses
paroles étaient méprisées et il croyait toucher à son dernier instant, lorsqu'un d'entre eux ajoute : « Non, non, ne le tuons pas,
ce serait agir contre les ordres de notre général; attachons-le plutôt fortement à un
arbre de manière qu'il ne puisse pas se dé-
lier; les Israélites le verront et s'en saisiront; et la volonté de notre maître s'accomplira, ou bien il mourra attaché à cet arbre,
et ce ne seront pas nos mains qui l'auront fait
périr. » Cette proposition convint à tous ;
on prit Achior, on le lia avec des cordes par
les pieds et par les mains, on le serra avec
tant de force que les liens pénétraient dans
sa chair et lui causaient d'indicibles douleurs. Après que les gardes l'eurent ainsi lié,

ils cherchèrent à se sauver par la fuite ; car les frondeurs acharnés à les poursuivre étaient sur le point de les atteindre ; ils furent poursuivis pendant longtemps encore et n'arrivèrent qu'avec peine au camp, ayant été plusieurs fois en danger d'être pris par leurs ennemis.

IX.

Le malheureux Achior voyait les ombres de la nuit s'étendre sur la terre, et près d'en couvrir la surface sans qu'aucune main charitable fût venue rompre ses liens. Tourmenté déjà par la faim, par la soif, les pieds et les mains enflés par la pression des cordes, et ne pouvant procurer à son corps aucun mouvement qui pût soulager ses souffrances, des soupirs déchirants s'échappaient de son cœur et des larmes brûlantes coulaient de ses yeux. « Quel sort affreux m'est réservé ! se disait-il à lui-même ; je suis donc condamné à mourir d'une mort cruelle et ignominieuse !... N'ai-je donc échappé au fer des gardes que pour voir ma vie s'éteindre peu à peu par

une mort plus lente et plus douloureuse, et
pour que mon cadavre, sans sépulture, devienne la proie des animaux. Dieu du ciel !
s'écria-t-il avec un accent déchirant, ô le
Dieu grand d'Israël, toi qui n'abandonnes
jamais ton peuple et ceux qui espèrent en
toi, viens à mon secours et délivre-moi des
maux que tes ennemis m'ont faits ; les supplices que j'endure ne m'ont été causés que
parce que j'ai rendu témoignage à ta puissance. A présent, je l'implore cette puissance
pour rompre mes liens et me rendre la liberté. Seras-tu sourd à ma prière et à mes
gémissements ? Toi, qui opères des merveilles pour le peuple qui t'adore, sauve-moi,
et tous les jours de ma vie ma langue exal-
tera tes bienfaits ! » A peine achevait-il cette
prière ardente du cœur, qu'il aperçut un
jeune israélite de 10 à 12 ans, sur le sommet de la montagne avec son troupeau. Mais
aussitôt que ses yeux eurent vu Achior attaché à l'arbre, il eut peur et s'enfuit. En vain
les cris du malheureux le rappelaient, il
fuyait encore plus vite lorsque ses accents
plaintifs arrivaient jusqu'à lui. La lueur d'espérance qui était venue réjouir le cœur d'A-
chior fut suivie d'un amer désespoir au mo-

ment où l'enfant disparut et qu'il se retrouva
seul avec lui-même. Il jeta un regard triste
sur ses liens, et puis sur tout ce qui l'environnait. « C'est fini, dit-il, le ciel et les hommes m'abandonnent!... il ne me reste plus
qu'à mourir d'une mort cruelle et infâme. »
Puis laissant tomber sa tête sur sa poitrine,
il resta immobile de désespoir et de douleur.
Déjà les pensées les plus noires obscurcis-
saient son esprit, et la mort avec son lugubre cortége s'approchait à grands pas de lui,
lorsqu'un bruit confus de paroles et de pas
d'hommes se fit entendre sur la montagne,
et ces mots frappèrent ces oreilles: « Enfant,
où est donc cet Assyrien que tu as vu attaché à cet arbre? » Quelques minutes après
Achior n'était plus dans la solitude; une
troupe d'enfants d'Israël l'environnait, et l'un
d'eux se hâta de rompre les liens qui le
blessaient et de lui rendre la liberté. Aussitôt
qu'Achior fut détaché de l'arbre qui le soutenait. il se laissa tomber de faiblesse sur le
sol témoin de ses souffrances. Un Israélite,
en voyant son état déplorable, courut cueillir quelques fruits d'un grenadier sauvage
dont il pressa le jus que le malheureux Am-
monite but avidement ; puis ils firent un

brancard avec des branches de palmier sur
lequel ils le couchèrent pour le porter à Béthulie. Lorsqu'ils furent arrivés à la ville, ils
prirent un grand soin de lui et allèrent prévenir Ozias et Charmi (les deux chefs qui
commandaient la ville) de tout ce qui venait d'arriver. Bientôt de bouche en bouche
la nouvelle de cet événement se répandit
dans le pays, et on accourut en foule pour
voir Achior. Les vieillards et les chefs, entourés du peuple, lui demandèrent d'où
venait que les Assyriens l'avaient traité de
la sorte. Il satisfit leur curiosité et raconta
tout ce qu'il avait répondu à Holoferne lorsqu'il lui avait demandé des nouvelles du peuple d'Israël. Il peignit la colère des officiers
d'Holoferne qui voulaient le tuer et celle
du cruel général qui avait commandé qu'on
le mît entre les mains des Israélites, afin
qu'après qu'il aurait vaincu les enfants d'Israël, il pût lui faire souffrir comme à eux mille
supplices, pour le punir d'avoir osé dire que
le Dieu du ciel était leur défenseur. Après
qu'il eût fini le récit de tout ce qui s'était
passé dans le camp des Assyriens, tout le
peuple se prosterna, le visage contre terre en
adorant le Seigneur, et par des cris et des

larmes ils implorèrent le secours du Très-Haut, et puis tous, d'une seule voix, proférèrent cette ardente prière : « O Seigneur, Dieu du ciel et de la terre, jetez les yeux sur l'orgueil des Assyriens et punissez ce peuple qui méconnaît votre puissance ; montrez que vous n'abandonnez point ceux qui espèrent en votre bonté, et que vous humiliez ceux qui présument d'eux-mêmes, et qui se glorifient et se confient en leurs propres forces. » Puis après ces paroles, on entendit de toutes parts des pleurs et des sanglots. Le peuple resta en prière tout un jour, et les chefs et les anciens consolèrent Achior en lui disant : « Le Dieu de nos pères, dont vous avez exalté la puissance, vous récompensera et vous fera la grâce de voir vousmême la perte de ceux qui ont voulu vous faire périr, et lorsque le Seigneur notre Dieu aura puni ses ennemis et sauvé ses serviteurs, qu'il soit aussi votre Dieu au milieu de nous, afin que si cela vous est agréable, vous puissiez vivre dans Israël, vous et vos descendants. » L'assemblée étant finie, Ozias le reçut en sa maison, et lui donna un grand festin auquel il invita tous les anciens qui, ainsi que lui, avaient passé la journée

dans le jeûne et la prière. Tout le peuple
s'assembla ensuite dans le même lieu et tous,
grands et petits, passèrent la nuit en prières
pour demander au Dieu d'Israël qu'il dai-
gnât venir à leur secours.

XV.

Après le retour des gardes dans le camp,
Holoferne commanda que dès le lendemain
ses troupes se missent en marche contre Béthulie. Son armée était composée de 120,000
hommes de pied et 22,000 hommes à che-
val, sans compter ceux qu'il avait choisis et
amenés des provinces et des villes dont il s'é-
tait rendu maître. Ils se mirent tous en état
de combattre les Israélites, et ceux-ci effrayés
en voyant cette multitude innombrable et
ces armes menaçantes qui brillaient comme
des lames de feu, se prosternèrent encore le
visage contre terre, se couvrirent de nouveau la tête de cendres et implorèrent le
secours du Dieu d'Israël pour qu'il montrât
la puissance de son bras en protégeant son

peuple et en le préservant de la fureur des
impies qui blasphémaient son saint nom.
Pleins de confiance en la protection du Seigneur, ils prirent aussitôt leurs armes et se
saisirent de tous les petits sentiers et passages étroits qui pouvaient servir de chemin
pour venir à eux. Ils y firent la garde tout le
jour et toute la nuit, se relevant les uns les
autres. Holoferne, malgré son innombrable
armée, avait l'esprit très-inquiet de leur détermination. Il craignait de voir périr malheureusement une partie de son armée à
l'attaque de ces défilés, où quelques hommes suffisaient pour arrêter et exterminer
tous ses soldats. Mais il voyait aussi un vrai
déshonneur pour un général comme lui,
l'effroi de tout l'univers, de languir autour
d'une petite place pendant plusieurs mois
avec une grande armée, dans l'espoir que la
famine obligerait les habitants à se rendre,
ce qui serait peu glorieux pour lui. Dans ces
tristes pensées, il faisait avec attention le
tour de la montagne et il s'aperçut que la
fontaine qui donnait des eaux à toute la
ville avait du côté du midi un aqueduc qui
était en dehors des murailles. Cette découverte le transporta de joie : il commanda de

suite qu'on coupât l'aqueduc, et cette opéra-
tion poursuivie avec ardeur fut bientôt termi-
née. Quelle ne fut pas la consternation des
habitants de Béthulie à cette nouvelle ! Ils
poussèrent des cris lamentables, ils déchirè-
rent leurs vêtements, ils implorèrent par des
gémissements profonds le secours du Seigneur. Les petits enfants et les animaux mêmes furent obligés de prendre part aux jeûnes
et à la pénitence générale. Les malheureux as-
siégés souffraient déjà violemment de la soif
et n'allaient qu'en tremblant puiser un peu
d'eau aux fontaines de la vallée qui n'étaient
pas très-éloignées de la ville. Mais les Ammonites et les Moabites les aperçurent, lorsqu'à
la faveur de la nuit, ils venaient chercher fur-
tivement un peu d'eau qui suffisait à peine à
calmer l'ardeur de leur soif. Les Ammonites
étaient les ennemis les plus acharnés du peuple de Dieu, et ne laissaient échapper aucune
occasion de satisfaire leur vengeance. Ils allèrent donc trouver Holoferne et lui dirent :
« Seigneur, les ennemis que vous voulez
combattre paraissent ne pas vous craindre,
parce qu'ils pensent que leurs montagnes
inaccessibles, leurs collines escarpées, et
les précipices affreux qui les environnent les

préserveront de vos attaques bien plus encore que vos armes. Il vous est facile, seigneur, de les forcer à se soumettre sans tirer l'épée. Faites garder avec soin toutes les fontaines afin qu'ils ne puissent plus y puiser de l'eau, et vous les ferez périr sans avoir besoin de les combattre, ou bien la douleur de souffrir la soif les décidera à rendre leur ville qu'ils croient imprenable à cause de sa situation. » Ce conseil ne pouvait que convenir à Holoferne. Il commanda de suite qu'on mît cent hommes de garde auprès de chaque fontaine, et qu'on ne permît à aucun des enfants d'Israël d'en approcher. Satisfait de l'ordre qu'il venait de donner, un sourire féroce contracta ses lèvres et décela tout ce qu'il y avait de vengeance et de cruauté dans son cœur.

XI.

Au détour d'un défilé, sur le penchant d'une montagne, deux hommes descendaient silencieusement, ne se communiquant leurs pensées qu'à voix basse : « En

vérité, Nachor, dit le plus jeune à l'oreille
de son compagnon, le bruit qui résonne à
mes oreilles me fait craindre que notre petite excursion ne soit pas heureuse ; nous
aurions dù attendre que le crépuscule eùt
fait place aux ombres de la nuit. Notre
marche peut être découverte par ces vils
Ammonites continuellement occupés à nous
surprendre. — Il est vrai, répond Nachor ;
mais tu sais que Rachel a déjà beaucoup
souffert de la soif ; elle est languissante, et
dans l'état de grossesse où elle se trouve,
au risque de ma vie, je veux lui porter du
soulagement : un semblable motif t'a décidé
aussi à me suivre. Ruben, ta jeune sœur,
est-elle toujours consumée par la fièvre ? —
Hélas ! elle se meurt de jour en jour, la
soif qui la dévore ajoute à ses maux et aux
nôtres. Un peu d'eau, s'écrie-t-elle continuellement ; et nos larmes seules répondent
à ses prières. Aussi je ne compterai pour rien
ni le danger ni la fatigue, si je puis remplir
ce vase. Mais regarde, Nachor, ne vois-tu
pas des gens armés autour de la fontaine ?
O ciel ! dit celui-ci à voix basse, comment
en approcher ? Rachel ! ma Rachel ! je ne
pourrai donc pas soulager tes souffrances !...

Viens, Ruben, viens, dirigeons nos pas de ce côté ; la fontaine des chênes n'est pas très-éloignée d'ici, pressons-nous d'y arriver avant qu'une garde semblable ne l'environne. Et les deux Israélites se hâtèrent de traverser la montagne pour aller prendre un petit sentier du côté opposé ; mais quel ne fut pas leur désespoir en apercevant de loin des guerriers armés en grand nombre ! — « Nous sommes perdus, se dirent-ils l'un à l'autre ; toute espérance de salut nous est ôtée. O Judée ! ô infortunée ville de Béthulie, quel sort affreux t'est réservé ! O ma Rachel ! s'écria Nachor, tes souffrances vont augmenter de jour en jour, et moi, je mourrai près de toi du chagrin de ne pouvoir te soulager ! Mais non, cette multitude de guerriers ne m'effraiera pas ; si tu veux me suivre, Ruben, nous reviendrons dans quelque temps d'ici, lorsque le sommeil aura assoupi les yeux de ces cruels Assyriens ; si nous sommes surpris, nous avons des armes et nous vendrons chèrement notre vie. » Le jeune Ruben dont le courage semblait augmenter à la vue du danger, consentit à revenir avec Nachor pour tenter cette expédition périlleuse ; mais en attendant que la nuit eût étendu

son voile sombre sur toute la nature, ils allèrent porter cette affreuse nouvelle aux chefs
de la ville; elle se répandit bientôt parmi
tous les habitants, la consternation fut générale. On entendait de tous côtés des cris
et des sanglots de douleur. Nachor alla revoir
sa chère Rachel; elle était soignée par sa
mère et par Judith qui cherchaient à fortifier
son courage en lui donnant quelques gouttes
d'eau qui lui restaient. Rachel dépérissait;
elle refusait tous les aliments, le feu de la
soif la dévorait. Nachor la pressa dans ses
bras avec un regard déchirant; il recom-
manda à ceux qui l'entouraient de ne pas
laisser pénétrer jusqu'à elle l'affreuse nouvelle, et puis il sortit plein de résolution et
de courage pour aller chercher quelques vases d'eau au péril de sa vie. Ruben ne tarda
pas à le joindre; il lui montra avec un grand
contentement deux costumes assyriens. Sous
ces vêtements, Nachor, lui dit-il, nous ne
serons pas reconnus et nous pourrons sans
danger parvenir à la fontaine. Celui-ci lui
demanda avec la plus grande surprise comment il avait fait pour enlever aux ennemis
ces dépouilles? — « Je les tiens de deux Mèdes qui, sous ces vêtements, ont fui la colère

de Nabuchodonosor. Ces étrangers ont abandonné leur religion et adorent le même Dieu
que nous. Ils sont bons et bienfaisants, ils
m'ont offert avec générosité ces vêtements
sous lesquels nous pourrons avec sûreté
réussir dans notre entreprise. » Quelques instants après on aurait cru voir deux Assyriens
descendre la montagne et porter leurs pas
du côté de la fontaine des chênes. — « En-
tends-tu, Ruben, dit Nachor à son jeune
ami, la bruyante joie de ces guerriers ? Bientôt les vapeurs du vin auront paralysé leur
raison, et, dans un profond sommeil, ils ou-
blieront la garde qui leur est confiée. Effec-
tivement, dans moins d'une heure, on n'entendit plus aucun bruit, les feux ne jetèrent
plus qu'une lueur faible, et les deux Israélites s'avancèrent doucement, et parvinrent à
remplir leurs vases. Mais lorsqu'ils se préparaient à les emporter, ils entendirent le bruit
de la marche de plusieurs soldats qui s'approchaient ; ils cachèrent promptement leurs
vases dans le feuillage des bruyères et se
mêlèrent parmi les Assyriens paraissant dor-
mir comme eux. De terribles reproches furent adressés à ces gardes si peu vigilants ;
ils devaient recevoir la punition de leur

faute en présence de leur général. Les nouveaux soldats gardèrent la fontaine et les
autres furent conduits à la tente d'Holoferne.
Les deux Israélites comprirent en cet instant
le cruel sort qui leur serait réservé s'ils
étaient forcés de paraître en la présence du
tyran. Il fallait fuir: mais comment se soustraire à la vigilance de ceux qui les conduisaient ? Les pensées les plus tristes occupaient
leurs esprits et ils jetaient l'un sur l'autre
des regards décourageants. Ils firent tout
leur possible pour se placer des derniers afin
de pouvoir profiter du premier instant favorable pour leur évasion. L'occasion ne tarda
pas à se présenter : il fallait traverser un
bois très-épais, ce qui ne pouvait se faire
sans que les soldats fussent obligés de se séparer les uns des autres. Nachor et Ruben
saisirent ce moment de confusion pour se
cacher dans l'épaisseur du feuillage, et,
l'obscurité de la nuit favorisant leur retraite,
bientôt ils n'entendirent plus la marche lente
des soldats, et ils se hâtèrent de reprendre le
chemin de la fontaine. Mais leur embarras
était extrême; ils ne pouvaient passer, sans
être aperçus, auprès de la garde vigilante
qu'on venait d'y mettre. Nachor eut une heu

reuse pensée : il dit aux soldats en s'approchant d'eux avec assurance et hardiesse :
« Allez promptement au secours de la garde
de la fontaine des Près ; nous venons de découvrir les ennemis qui descendent de la
montagne et se dirigent de ce côté, allez les
secourir dans la terrible attaque qui se prépare ; quelques soldats suffiront ici avec
nous pour garder cette fontaine qui n'est
menacée d'aucune invasion. » Ces paroles
étaient accompagnées d'un air de vérité et
de franchise qui trompa les gardes ; ils demandèrent seulement à Nachor, s'ils avaient
été envoyés pour découvrir le mouvement
des Israélites, et sur la réponse affirmative
de Nachor, ils partirent de suite pour voler
au secours de leurs compatriotes. Nachor
s'applaudissait intérieurement du succès de
son stratagème ; mais il fallait se hâter de
fuir, ou s'exposer au sort le plus funeste.
« Paix, silence, s'écria-t-il tout à coup, j'entends un bruit de pas ; chercherait-on à nous
surprendre ? Nous allons nous diriger du
côté d'où part le bruit, et voir si l'on ne nous
tend pas quelque embûche. Vous, ayez soin
pendant ce temps, dit-il en se tournant du
côté des gardes, de veiller sur cette fontai-

ne. En disant ces mots, il s'avança avec
son compagnon du lieu où ils avaient laissé
leurs vases ; et dès qu'ils se furent emparés
de leur cher trésor, ils s'enfuirent avec vitesse. Les soldats, à cette vue, comprirent
qu'ils étaient trahis et poursuivirent avec
fureur les Israélites qui disparaissaient à
leurs regards ; ces derniers se réjouissaient
en se voyant bientôt à l'abri de leurs ennemis qui se trouvaient à une grande distance
d'eux. Les gardes arrivés à un petit sentier
qui leur était très-connu et qui allait aboutir
au même chemin que suivaient nos fugitifs,
mais qui abrégeait de beaucoup la route ,
suivent ce sentier et parviennent presque à
atteindre les deux Israélites qui ne voient
plus de salut pour eux qu'en se défendant
avec leurs armes ; ils déposent promptement
leurs vases précieux dans un lieu caché et
attendent avec courage leurs ennemis. Les
gardes transportés de colère se jettent imprudemment sur eux ; mais leurs lances
sont repoussées et brisées par celles de nos
héros qui se défendent avec une valeur surnaturelle jusqu'au moment où l'épée de Ruben dirigée sur un Assyrien , l'atteint et lui
traverse le cœur ; le malheureux tomba sur

les bruyères frappé du coup de la mort. Les autres soldats, saisis d'effroi, prirent la fuite ; car les regards étincelants et pleins de feu des deux Israélites, les avaient remplis d'épouvante. Nachor et Ruben, satisfaits de leur victoire, retournèrent à Béthulie ; ils avaient atteint le sommet de la montagne lorsqu'ils s'aperçurent qu'ils avaient oublié leurs vases précieux. Accablés de douleur, ils restèrent un moment dans l'hésitation de ce qu'ils devaient faire ; s'ils retournaient à la recherche de leurs vases, ils s'exposaient à une mort cruelle, et s'ils arrivaient à leur demeure sans eau, ils verraient leur épouse et leur sœur mourir de soif sous leurs yeux. Cette pensée fit frémir leurs cœurs, et à l'instant, mus par le même sentiment, ils retournèrent sur leurs pas et se dirigèrent du côté où ils avaient déposé leurs vases, décidés à affronter de nouveaux combats pour les posséder. Mais hélas ! leurs recherches furent inutiles, les vases avaient disparu ; Nachor et Ruben étaient inconsolables. Dans leur douleur ils ne pouvaient s'arracher de ces lieux et s'avançaient toujours du côté des ennemis dans l'espérance de les retrouver. Cette imprudence leur fut funeste : les gar-

des les aperçurent, et en jetant des cris de
fureur, ils s'élancèrent tous ensemble à leur
poursuite. Ils parvinrent à les atteindre. Les
deux amis se défendirent avec un courage
héroïque : déjà plusieurs Assyriens avaient
reçu de leurs mains le coup de la mort ; le
désespoir des deux Israélites leur donnait
une force surhumaine et leur faisait faire
des prodiges de valeur. La victoire était incertaine et semblait pencher tantôt du côté
des gardes, tantôt du côté de nos héros, lorsque la lance d'un assyrien, dirigée vers la
poitrine de Ruben, la lui traversa tout entière. Un douloureux gémissement s'échappa
du sein du jeune homme, et il tomba noyé
dans son sang aux pieds de Nachor. A ce
spectacle, son malheureux ami jette un cri
perçant ; il oublie dans sa douleur qu'il est
au milieu de ses ennemis, il ne pense plus
qu'à porter des secours à son cher Ruben.
La main d'un ennemi se levait déjà pour le
percer, et il allait partager le sort de celui
qu'il pleurait, lorsque le chef l'arrêta, en
commandant qu'il fût épargné parce qu'il
voulait le conduire prisonnier à Holoferne.

XII

Cependant la soif dévorait de plus en plus les habitants de Béthulie; l'eau des citernes et des réservoirs commençait à s'épuiser; on n'en distribuait à chaque famille qu'une petite mesure qui n'aurait pu suffire à désaltérer une seule personne. Les mères présentaient à leurs enfants des mamelles vides et brûlantes. On égorgeait les animaux, on cherchait à se désaltérer dans leur sang. Judith parcourait toutes les demeures de Béthulie; elle portait partout le courage et la résignation; en la voyant, les plus cruels maux semblaient s'adoucir, la confiance revenait dans les cœurs. Semblable à un ange de paix descendu de la sainte cité pour consoler les mortels, sa présence apaisait les murmures et faisait renaître l'espérance. Elle se privait du peu d'eau qu'elle recevait pour la porter aux malades, et pour rendre la vie à ceux qui l'auraient perdue sans ce secours. Elle entra dans une chaumière au moment où une pauvre mère, entourée de

12*

plusieurs enfants, allait expirer victime de
son amour maternel. Depuis plusieurs jours,
elle distribuait à sa famille la petite mesure
d'eau qu'on lui donnait et n'en gardait pas
la moindre goutte pour elle ; un feu brûlant
déchirait ses entrailles et la provoquait à des
vomissements de sang qui allaient finir sa
vie. Judith entra dans ce lieu de douleur,
et, émue jusqu'au fond de l'âme à ce spectacle, elle se félicita de s'être privée d'une
eau salutaire qui allait peut-être rendre la
vie à cette mère infortunée. Elle s'approcha
d'elle et posa sur ses lèvres le flacon qu'elle
avait apporté. Cette tendre mère refusait encore de boire et montrait ses enfants qui
étaient aussi altérés ; mais Judith, malgré elle,
la força à boire l'eau bienfaisante qui en cal-
mant le feu qui la consumait, arrtêa les vomissements et prolongea de quelques jours
une vie si précieuse. De cette chaumière,
elle alla à une autre et les angoisses les plus
cruelles se montraient de tous côtés à ses
regards. Ici, c'étaient des enfants qui se
mouraient sous les yeux de leurs parents qui,
ne pouvant les soulager, se livraient au désespoir le plus affreux ; là, c'était un homme emporté et colère qui blasphémait le ciel en s'irri-

tant contre tous ceux qui l'approchaient.
Ailleurs c'était un respectable patriarche qui,
en expirant, offrait sa vie pour apaiser la colère du Très-Haut, et recommandait à ses enfants une juste soumission parfaite aux justes
châtiments du Seigneur. Le cœur de Judith
était brisé de douleur à la vue de tant de
désastres ; mais le coup le plus déchirant et
l'affliction la plus vive l'attendait à la demeure de Sérami. Après avoir visité les
malheureux , elle vint avec empressement
auprès de sa chère cousine qu'elle croyait
soulagée de ses maux par l'eau que Nachor
était allé lui chercher ; mais à peine eut-elle
mis le pied sur le seuil de la porte qu'elle
entendit des gémissements aigus qui la firent
tressaillir. Elle courut précipitamment à la
chambre de Rachel , elle la trouva pâle et
mourante, et sa mère qui faisait retentir
l'appartement de ses sanglots et de ses cris.
Judith se pencha sur sa cousine , l'effroi
peint sur sa figure et des larmes tombant
de ses yeux : « Tu n'as pas d'eau, lui dit-
elle, et moi où pourrai-je en trouver pour
te désaltérer ? — Ah ! répondit Rachel d'une
voix faible et douloureuse , je meurs encore plus de chagrin que de soif. Nachor

ne revient plus, sa tendresse pour moi aura
causé sa mort, et moi, puis-je survivre à
cette douleur sans égale! » A ces mots, les
sanglots étouffèrent la voix de Rachel. Judith tâcha de la consoler en la rassurant sur
l'absence de Nachor, qui pouvait avoir des
motifs moins affligeants; tout fut inutile ;
car Rachel connaissait l'ardeur, l'amour,
l'empressement de son époux à la soulager,
et elle savait bien que la mort seule pouvait
l'empêcher de revenir près d'elle. Elle était
inconsolable, et le danger de son état augmentait de moment en moment. Sérami
était en proie à la douleur la plus violente ;
elle apprit à Judith qu'après avoir envoyé
à la recherche de Nachor, on avait trouvé,
le corps de Ruben mort et percé par la
main des ennemis, qu'on l'avait porté
à ses parents et qu'il avait été impossible
de découvrir aucune trace de Nachor, qui
était mort sans doute comme son ami dans
un autre lieu de la montagne ou tout près
de la fontaine où son courage l'aurait fait
aller. Cette mère désolée, au prix de sa vie,
voulait sauver sa fille et suppliait Judith de
lui trouver de l'eau pour la secourir. « Encore quelques moments, Sérami, et toute

l'eau qui m'est destinée sera pour elle. »
Mais l'absence de Nachor, bien plus que la
soif, consumait le peu de vie qui restait à
Rachel, et bientôt elle n'eut plus la force de
proférer aucune parole ; ses yeux se voilè-
rent, la pâleur de la mort couvrit peu à peu
son visage, et quelques heures après elle
n'était plus. Judith, à genoux près de sa couche, priait et versait d'abondantes larmes, et
Sérami faisait retentir toute sa demeure de
ses cris et de ses gémissements.

XIII.

Déjà le soleil avait éclairé vingt fois les
murs de Béthulie depuis que ses malheureux
habitants, privés de l'eau des fontaines, en-
duraient les tourments de la soif. Les citernes et les réservoirs étaient entièrement desséchés, et la mort la plus lente et la plus
cruelle semblait être leur partage. Le découragement et le désespoir s'emparaient de
tous les cœurs : les vieillards, les jeunes
gens, les femmes et les enfants allèrent tous
en foule trouver Ozias, leur commandant,

qui se trouvait en conseil avec les autres
chefs, et ils lui parlèrent ainsi : « Seigneur,
voyez l'état déplorable où nous sommes·ré-
duits ; c'est pour vous obéir que les souffrances les plus douloureuses nous affligent ;
vous nous avez commandé de résister à nos
ennemis : que Dieu soit à présent notre juge
et le vôtre ; car vous êtes la cause de tous
les maux qui nous accablent, en nous ayant
empêchés de nous soumettre aux Assyriens,
et en nous promettant les secours du ciel
que nous attendons en vain depuis longtemps. Nous voyons que Dieu nous abandonne à cause de notre orgueil et de la résistance que nous avons voulu faire à nos
ennemis, et à présent ils auront la joie de
nous voir mourir de soif sous leurs yeux.
Puisque Dieu ne daigne pas écouter nos
prières il est temps de songer à notre salut.
Il faut aujourd'hui assembler tout le peuple
et se déterminer à envoyer des ambassadeurs
à Holoferne pour lui dire que nous sommes
prêts à subir son joug ; car nous préférons
encore perdre la vie, et il sera plus consolant pour nous de bénir Dieu dans l'esclavage que de mériter par notre orgueil la
douleur de voir périr sous nos yeux nos

femmes et nos enfants. Nous prenons à témoins Abraham et Moïse, nos pères, et le Dieu
du ciel qui se venge de nos fautes, que nous
vous ordonnons de ne plus résister à Holoferne. N'essayez pas de nous dire qu'il n'y
a plus d'espérance pour nous et que nous
serons immolés comme des victimes à la
fureur de nos ennemis ; car nous ne balan-
çons pas à choisir plutôt la mort prompte
des armes que la mort lente causée par la
soif qui brûle nos entrailles. » Ozias et les
autres chefs, consternés, jetaient de temps
en temps sur le peuple des regards tristes et
douloureux, sans proférer une parole. Ils
laissaient seulement échapper de leurs poi-
trines oppressées de profonds soupirs, tant
leur extérieur annonçait les angoisses de leurs
âmes. Cette éloquence muette produisit sur
toute l'assemblée une émotion inexprimable ;
les pleurs et les gémissements retentirent de
tous côtés, on se frappa la poitrine, on se
prosterna le visage contre terre, et pendant
longtemps on invoqua le Dieu d'Israël, on
s'humilia en sa présence en lui disant : « Grâce, grâce, Seigneur, pardonnez à votre peuple
qui se reconnaît coupable devant vous et
dont les fautes égalent celles de leurs pères ;

mais n'êtes-vous pas un Dieu de clémence
et de miséricorde? Ayez compassion d'une
multitude de malheureux qui n'ont d'espérance qu'en vous. Dieu d'Israël, punissez-
nous comme nous le méritons; mais que les
coups ne partent que de votre main paternelle; ne livrez pas des enfants qui vous aiment à la rage d'une nation orgueilleuse qui
blasphème votre nom et qui méconnaît votre grandeur; ne permettez pas que nos ennemis nous méprisent et qu'ils puissent nous
demander, à la confusion de votre gloire:
Où est ce Dieu puissant qui devait vous
protéger ? »

Cette prière fut adressée plusieurs fois à
l'Éternel au milieu des sanglots et des gémissements de l'assemblée, et fut suivie d'un
silence profond et solennel. Alors Ozias, attendri et les yeux noyés de larmes, se leva
au milieu du peuple, et d'une voix forte et
touchante, il prononça ces paroles : « Enfants d'Israël! ranimez votre confiance et ne
vous laissez pas abattre par la douleur. Je
consens à ne pas prolonger trop longtemps
votre terrible épreuve, et j'espère que Dieu
n'exigera pas de vous plus que je ne vais vous
demander. Supportons pendant cinq jours

les tourments de la soif. Ce temps suffira
pour calmer la colère de Dieu envers nous
et pour nous attirer sa miséricorde ; nous le
verrons comme un bon père venir à notre
secours, confondre nos ennemis et faire éclat-
ter sa gloire par des prodiges et des merveilles. Si à la fin des cinq jours sa protection
ne se manifeste pas, je penserai comme vous
que le Seigneur est irrité de nos offenses et
qu'il se refuse à nos prières, et alors nous
adorerons le Seigneur dans sa justice et nous
nous soumettrons à nos ennemis.» Toute l'assemblée fut satisfaite des paroles d'Ozias, et
les infortunés Israélites se retirèrent en silence, résignés à supporter pendant cinq
jours encore les maux affreux qui les affligeaient, mais décidés après ce temps, si le
Seigneur ne venait à leur secours, de se livrer à leurs ennemis.

XIV.

Après la mort douloureuse de Rachel,
Judith suspendit pendant quelques jours ses
visites chez les malheureux : elle se renferma dans sa cellule, consacrant ses jours et

une partie des nuits à la prière et aux larmes. La perte d'une si tendre amie n'était
pas le seul sujet de sa douleur. Tous les
maux qui accablaient Béthulie étaient sentis vivement par cette âme charitable, et
mille fois elle avait fait au Seigneur le sacrifice de sa vie pour le salut du peuple d'Israël. De continuelles pénitences accablaient
son corps délicat ; et pendant qu'Ozias parlait à la multitude assemblée autour de lui,
Judith adressait à l'Éternel une sublime et
ardente prière : toute son âme paraissait
abîmée en la présence de la majesté suprême, et une confiance surnaturelle la remplissait tout entière. Tout à coup elle se voit
environnée de rayons de lumière, un doux
feu embrase son cœur, et un ange lui appa-
raît et lui adresse ces paroles : « Je suis l'envoyé du Seigneur, ô fille bien-aimée du Très-
Haut ! vous êtes destinée à être la figure de
celle qui écrasera la tête du serpent en délivrant les hommes de la tyrannie du démon
et qui sera nommée à jamais la reine du
ciel et des anges. Comme elle, heureuse servante du Seigneur, vous allez devenir le salut de votre peuple en abattant la tête de
l'impie Holoferne et vous serez proclamée la

libératrice d'Israël. » — « Ange du ciel, lui
dit Judith, je suis la servante du Seigneur
prête à faire sa volonté; mais ma main est
bien faible et mon cœur bien peu courageux
pour terrasser une tête si superbe? Il me
semble qu'un homme plein de force et de
courage remplirait mieux que moi cette terrible mission; jamais mes mains n'ont versé
le sang des plus faibles animaux, comment
aurai-je la hardiesse d'ôter la vie à un si
cruel général, dont je ne pourrai peut-être
même pas soutenir les regards? » — « Il vous
suffit, ô fille bien-aimée du ciel, de faire ce
que vous ordonne le Seigneur; il sait donner la force à la faiblesse, et le courage à qui
il lui plaît. C'est ainsi que sa gloire éclate
davantage, et que la puissance de son nom
se répand dans tout l'univers. Ne craignez
rien, il sera avec vous et conduira toutes vos
démarches; vous ne ferez rien sans son inspiration, et sa grâce vous soutiendra intérieurement. Il vous ordonne dans ce moment de parler à Ozias, de lui reprocher
les paroles qu'il vient de dire au peuple sou-
levé contre lui, en demandant encore cinq
jours de patience, et promettant de livrer la
ville si le Dieu du ciel ne vient à son se-

cours. Cette conduite déplaît à Dieu, et c'est ainsi qu'on attirerait sur Israël les châtiments qu'on redoute si la bonté divine n'avait compassion de son peuple. » Après ces paroles la vision disparut, l'Ange remonta vers les cieux, et Judith resta quelque temps prosternée dans son oratoire méditant toutes les paroles qui venaient de lui être dites. La force et la confiance descendirent dans son âme comme une douce rosée, et toute resplendissante encore des grâces célestes, elle sortit de sa cellule et envoya chercher Ozias. Dès qu'il fut en sa présence, elle lui dit d'un ton de reproche : « Que viens-je d'apprendre, ô mon frère ? que vous aviez consenti au désir du peuple en promettant de livrer la ville anx ennemis, si, dans l'espace de cinq jours le Seigneur ne venait à son secours par un prodige de sa puissance ? Comment, mon frère, avez-vous ainsi osé tenter le Très-Haut ? Est-ce à vous à commander, à dicter des lois à votre Dieu ? croyez-vous qu'en agissant ainsi vous pourrez mériter sa protection ? Ah ! certes non ! vous attirerez au contraire sur Israël tous les châtiments de son courroux ; mais néanmoins malgré cette faute ne perdons pas la

confiance parce que le Dieu que nous ser-
vons est infiniment miséricordieux. Lavons
cette faute dans nos larmes et expions-la par
nos regrets et nos prières ; le repentir de
nos cœurs touchera ce Dieu grand, et il
nous pardonnera ; car il n'est pas semblable
aux hommes qui conservent la haine et dont
le châtiment suit aussitôt la menace. Non, c'est
un Dieu de clémence qui pardonne au cœur
contrit et humilié. Abaissons-nous en sa présence, et dans une profonde confusion, reconnaissons notre indignité et notre ingratitude.
Supplions-le de nous secourir ; mais dans le
temps et selon les desseins de sa providence.
« Dieu Éternel et Tout-Puissant, disons-lui
avec larmes, regardez du haut du ciel l'orgueil
des impies et l'abaissement et la douleur de
votre peuple. Relevez notre gloire à propor-
tion des humiliations dont nous sommes
abreuvés. Nous nous avouons pécheurs ;
mais souvenez-vous, ô Dieu grand, que
nous sommes moins coupables que nos pères qui avaient abandonné votre culte pour
adorer des dieux étrangers et qui avaient
mérité par ce crime d'être livrés à la vengeance de leurs ennemis et aux maux les plus
affreux. Souvenez-vous, souvenez-vous, Sei-

gneur que nous vous sommes toujours restés fidèles et que nous n'avons jamais adressé qu'à vous seul nos adorations et nos hommages. » Après cette belle prière, Judith continua ainsi en s'adressant à Ozias et aux anciens qui s'étaient rendus auprès d'elle : « Supportons avec un courage plein de patience, mes frères, les épreuves que Dieu nous envoie, et attendons avec une espérance pleine de soumission les secours qu'il nous prépare. Il châtiera nos ennemis, et leur fera expier les douleurs dont ils nous abreuvent ; il exterminera les nations qui insultent à son peuple, et il n'oubliera jamais que nos ennemis sont les siens et qu'il est le protecteur et le Dieu d'Israël. Allez, mes frères, vous les plus grands et les plus sages de Béthulie, allez parler au peuple et ranimer sa confiance par les discours pleins de force que vous leur adresserez, et gardez-vous de leur inspirer de la défiance en paraissant partager leurs craintes et en cédant à leur faiblesse. Rappelez-leur tout ce qu'ont souffert nos pères qui montrèrent tant de constance dans les épreuves et une soumission si parfaite à la volonté de Dieu, méritant par leur grande fidélité d'être ap-

pelés les bien-aimés du Seigneur. Il y en a
eu malheureusement qui n'ont supporté
qu'en murmurant les épreuves de Dieu et
qui après avoir fait quelques faibles efforts
de patience, se sont laissés aller au découragement et ont offensé le Seigneur par leurs
reproches et leurs blasphèmes. Mais la mort
dont Dieu les a frappés par l'Ange extermi-
nateur et par les morsures des serpents, sont
des exemples faits pour effrayer ceux qui seraient tentés de les imiter. Tremblons à notre tour, et reconnaissons que nos péchés
méritent encore de plus grands châtiments,
et n'arrêtons pas par notre impatience la
clémence de Dieu prête à nous secourir. »
Il y avait dans les paroles de Judith quelque
chose de divin qui pénétrait tous les cœurs.
Ozias et les anciens étaient dans l'admiration de voir tant de courage dans une femme qui ne craignait pas de leur reprocher
leur faiblesse : ils lui répondirent donc avec
respect : « O femme chérie du ciel, et remplie
de la grâce et de la crainte du Seigneur,
nous reconnaissons que toutes vos paroles
viennent de Dieu et nous ne pouvons résister à leur mâle éloquence ! Vertueuse Judith ! vous qui êtes si pure aux yeux du Sei-

gneur, suppliez-le de nous pardonner et de
ne plus se souvenir de nos défiances et de
notre lâcheté. — « Oui, je le prierai de vous
pardonner, répondit Judith ; mais si vous
reconnaissez que Dieu a parlé par ma bouche, allez vous jeter à ses pieds pour le sup-
plier de me soutenir dans le dessein qu'il
m'inspire, et de me donner la force de l'accomplir avec son secours. Je ne puis rien
vous dire de plus, si ce n'est, que vous ayez
le soin cette nuit de vous tenir à la porte de
la ville jusqu'au moment où j'en sortirai avec
ma servante, et pendant mon absence veuillez prier ardemment le Dieu d'Israël afin
qu'il me protége, et qu'il fasse éclater sa miséricorde. Pendant ces cinq jours, je vous
prie de ne pas chercher à savoir ce que j'ai
dessein de faire. Je reviendrai moi-même
vous donner de mes nouvelles. Ne vous oc-
cupez qu'à prier le Seigneur pour son peuple et pour moi. » Ozias, prince de Judée,
lui répondit : « O femme, semblable au lis
des champs par la pureté, et aux plus hauts
cèdres des monts par le courage et la force ;
allez où la main de Dieu vous conduit ; que
le Seigneur soit avec vous, afin qu'il nous
venge de nos ennemis, et qu'il relève votre

gloire au-dessus de toutes les femmes de Béthulie. » Après ces paroles, Ozias et les deux
anciens quittèrent Judith et la laissèrent se
disposer à l'exécution des desseins de Dieu.

XV.

Après le départ des chefs de la ville, Judith entra dans son oratoire ; elle se revêtit
de son cilice, se couvrit la tête de cendre, et
se prosternant devant le Seigneur, elle gémit et cria vers lui en disant : « O vous, le
Dieu de mon père Siméon, qui vous servîtes
de ce saint patriarche pour punir les coupables étrangers qui avaient outragé sa sœur,
et qui réduisîtes leurs femmes et leurs filles
en esclavage, les dépouillant de leurs biens
pour en enrichir ceux qui avaient combattu
pour la justice, daignez jeter un regard aujourd'hui sur une pauvre veuve, fille de Siméon, et soutenez sa faiblesse par la force
de votre bras. C'est vous, ô mon Dieu, qui
êtes le créateur de tout ce que nos yeux ad-
mirent ; rien ne résiste à votre puissance,
et au moindre signe de votre volonté tout

13

ce qui existe dans le ciel et sur la terre est
forcé de vous obéir; votre sagesse s'étend
sur tout l'univers et votre miséricorde environne ceux qui espèrent en vous; vous con-
fondez les orgueilleux qui se confient en
eux-mêmes, et vous regardez avec colère les
projets des impies. Daignez, Seigneur, jeter
un regard d'indignation sur le camp des Assyriens : ils se rendent de plus en plus dignes de votre vengeance; ils ne vous connaissent pas, ou plutôt ils ne veulent pas
vous reconnaître pour le Dieu du ciel et de
la terre, qui n'avez jamais eu de commen-
cement et qui n'aurez jamais de fin. Seigneur, Seigneur, je vous en conjure, frap-
pez en Dieu cette nation impie, et qu'elle soit
forcée de reconnaître que toute sa puissance
devant vous n'est que faiblesse et néant.
Les maudits! ils ont résolu d'anéantir votre
autel, de souiller votre temple, et d'effacer
de la terre votre nom adorable! Ah! Seigneur! arrêtez tant d'impiété, et faites éclater votre colère sur cette nation coupable ;
armez-moi de force pour que je puisse accomplir vos desseins, et que la tête de cet
orgueilleux général tombe sous ma faible
main ; mettez du miel dans ma bouche afin

que mes paroles le charment, et augmentez
ma beauté afin qu'elle le séduise et qu'il me
soit possible d'exécuter votre volonté. Vous
êtes un Dieu grand, qui remplissez l'univers
de votre gloire et qui n'aimez pas à faire
éclater vos prodiges dans les lieux où se
trouvent la force et la puissance , parce
qu'on pourrait oublier que vous êtes l'auteur
de ces merveilles. Jetez les yeux, Seigneur,
sur votre humble servante, qui met toute
son espérance en vous, et qui est prête à exposer sa vie pour accomplir vos desseins.
Faites que sa faible main, aidée de votre
secours, sauve Israël, et préserve votre temple de la profanation et du sacrilége. Guidez
aujourd'hui tous ses pas , inspirez toutes ses
paroles; donnez à son esprit la lumière, et
la force à son cœur! Faites que tous les peuples de l'univers, frappés de votre puissance , exaltent hautement votre gloire en reconnaissant que vous êtes le grand, le véritable et le seul Dieu du ciel et de la terre. »
Après cette fervente prière, Judith se leva
du lieu où elle s'était prosternée et elle appela une de ses esclaves qu'elle considérait
plus que les autres , et qui lui avait inspiré
par les qualités de son âme un attachement

13.

particulier. Elle descendit avec elle dans
l'appartement qu'elle habitait dans ses beaux
jours, et lui annonça qu'elle allait se parer
de tous les ornements qu'elle avait délaissés
depuis si longtemps. Elle quitta son cilice et
les tristes vêtements de son veuvage, et se
revêtit de ses habits les plus somptueux. Sur
ses épaules tombait en plis gracieux un long
voile brodé en or, et sa tête était ornée de
lis d'or et d'une tiare brillante de saphirs :
ses cheveux étaient parfumés de santal et de
rose ; le nard de Palmyre était répandu sur
son corps ; un collier de lapis avec des agrafes en diamants entourait son cou ; de
magnifiques bracelets, de riches boucles
d'oreilles, des bagues de toute espèce, une
belle tunique de bysse, et pour chaussures des cothurnes enrichis de perles précieuses, rien ne fut oublié pour embellir sa
parure ; mais le zèle de la gloire de Dieu et
le salut de son peuple étant les seuls motifs
des soins qu'elle prenait à orner son corps,
Dieu voulut ajouter un nouvel éclat à sa
beauté et donner à son regard une douceur
irrésistible. On l'eût prise pour la reine des
cieux paraissant sur la terre dans toute sa
splendeur. Sa servante était dans un ravis-

sement inexprimable ; elle ne reconnaissait plus sa maîtresse, qu'elle était habituée à voir sous ses vêtements de deuil. Judith lui donna l'ordre de porter un petit vaisseau renfermant du vin, un vase plein d'huile, de la farine, des figues sèches, du pain et du fromage. Dès que ces frugales provisions furent prêtes, Judith sortit de sa demeure avec sa compagne. Elles arrivèrent, à l'entrée de la nuit, à la porte de la ville : Ozias et les anciens s'y trouvaient. Ils furent surpris de sa beauté céleste, et pensèrent qu'il y avait en elle quelque chose de surnaturel. Ils ne lui firent néanmoins à ce sujet aucune question, et se contentèrent de lui dire : « Puisse le Seigneur bénir le dessein qu'il vous inspire ; vous combler de ses grâces et protéger votre faiblesse par la puissance de son bras ! Puisse-t-il permettre que vous paraissiez bientôt parmi nous pour nous annoncer le salut de votre peuple, et pour devenir vous-même la gloire de Béthulie, et alors votre nom sera écrit à jamais parmi ceux des justes et des saints. » Tous les officiers et les gardes de la ville élevèrent la voix pour applaudir à ces paroles, en formant aussi les mêmes vœux. Judith, d'un air noble

et gracieux, salua les anciens et les gardes,
et s'éloigna promptement de la ville en s'a-
cheminant du côté des ennemis. Elle ne
cessait de prier intérieurement le Seigneur
et d'invoquer son secours. Elle descendit la
montagne avec rapidité, et parcourut en
peu d'heures la distance qui la séparait du
camp des Assyriens. — « Arrêtons-nous ici un
instant, dit-elle à l'esclave qui l'avait accompagnée : j'ai besoin de prier un moment
le Seigneur avant de me présenter à ce cruel
Holoferne. » Après ces paroles, elle s'éloigna
de sa servante afin de pouvoir librement répandre son âme devant le Seigneur. S'é-
tant prosternée le visage contre terre, elle
implora de nouveau son assistance ; car elle
était très-émue en voyant approcher le moment de son dévouement. Le Seigneur permettait pour éprouver sa servante qu'au moment d'exécuter son généreux dessein tous
les dangers de sa pénible mission vinssent
alarmer la timidité de son sexe, et se mon-
trassent à elle sous les images les plus effrayantes. Son âme était découragée ; mais
le souvenir des maux affreux de ses frères
et des malheurs encore plus grands qui les
menaçaient, ranimait son courage et forti-

fiait sa résolution. « Mon Dieu, disait-elle
avec une expression de douloureuse résignation ; ce n'est pas de moi-même que j'ai
conçu un projet aussi hardi ; votre volonté
l'a fait naître dans mon cœur en même temps
qu'elle m'a commandé de vous obéir. A présent soyez ma force et soutenez ma faiblesse. Moi!... délivrer mon peuple de ses ennemis, en terrassant le plus superbe et le
plus redoutable des mortels! Ce dessein ne
serait-il pas insensé, si vous n'en étiez l'auteur et si votre puissance n'avait promis de
me protéger? Prêtez, Seigneur, à votre servante le secours de votre bras et rendez à
son cœur l'énergie que vous lui aviez donnée, afin qu'elle puisse exécuter vos impénétrables desseins. » Après cette courte prière, Dieu dissipa les craintes de Judith et
rendit à son âme l'énergie qui lui était nécessaire. Elle alla rejoindre sa servante, et
toutes deux se disposèrent à s'avancer vers
le camp des ennemis ; mais à peine avaient-
elles fait quelques pas qu'elles furent aper-
çues par les gardes qui s'approchèrent d'elles
précipitamment, en leur demandant d'où
elles venaient et où elles allaient. Judith,
sans se troubler, leur répondit : « Je suis

une fille des Hébreux et, si vous me voyez fuir le lieu de ma naissance c'est que je prévois que vous vous rendrez bientôt maîtres de la ville, que les malheurs les plus grands menacent mon peuple, qui vous a outragés en se refusant à vous rendre ses hommages, et qui par son orgueil s'est rendu digne de vos châtiments. La réputation du célèbre Holoferne, votre général, m'a inspiré assez de confiance pour venir lui demander sa protection. » Pendant que Judith proférait ces paroles, les soldats contemplaient son visage ; ils étaient dans l'admiration, n'ayant jamais cru qu'il pût exister une aussi rare beauté. — « Vous avez agi avec beaucoup de prudence, répondirent les gardes, et nous ne doutons pas que notre général ne vous accorde sa protection. Soyez sans crainte ; car aussitôt qu'il vous aura vue, il vous accordera tout ce que vous désirez et vous comblera d'honneurs. Venez, suivez-nous, nous allons vous conduire à la tente d'Holoferne. » Dès que le général fut instruit de cette rencontre, il ordonna qu'on lui amenât Judith. Holoferne, pour la recevoir, se plaça sur son trône au-dessus duquel s'élevait un magnifique dais tout brillant d'or

et de pourpre, et enrichi d'émeraudes et des
plus belles pierreries. Quel ne fut pas son
ravissement lorsqu'il vit s'approcher d'un
pas modeste et majestueux la belle Israélite, brillante comme le soleil, lorsque environnée de ses rayons, il vient saluer la
nature. — « O femme! plus belle qu'une
déesse, s'écria Holoferne, ton regard jette
des feux dans mon cœur, et tes paroles n'obtiendront aucun refus de ma bouche. Parle,
et tous tes désirs seront satisfaits. Quel que
soit le motif qui t'amène en ma présence, je
le jure, rien ne te sera refusé ; car ta beauté
incomparable a conquis mon cœur. » Tous
les courtisans, saisis d'admiration comme
leur général, s'écrièrent presque en même
temps : « Ah certes ! un peuple chez lequel se trouvent de si rares beautés mérite
qu'on le respecte et qu'on se glorifie de le
combattre. » Pendant qu'on exaltait ainsi
la beauté de Judith, elle était triste et tremblante, et l'appareil de ce terrible général
avait glacé son sang dans ses veines ; sa résolution était prête à l'abandonner et un frémissement de terreur lui ôtait toutes ses
forces. Elle leva ses yeux craintifs sur Holoferne, et à l'instant tomba à ses pieds ne

pouvant plus soutenir son regard et se tenant prosternée en sa présence dans une
profonde humiliation. Holoferne commanda
qu'on la relevât, et lui adressa ces paroles :
« Calmez vos craintes , belle Israélite, car
vous n'avez à redouter de moi ni courroux
ni mauvais traitement. Croyez-vous que
j'eusse la cruauté de vous affliger , moi qui
ai épargné tous ceux qui ont consenti à se
soumettre à Nabuchodonosor. Votre peuple
même n'aurait pas excité ma colère s'il n'a-
vait eu l'insolence de me braver ; mais veuillez à présent satisfaire, ô la plus belle des
femmes ! le désir que j'ai d'apprendre le
motif qui vous a fait quitter Béthulie et qui
vous fait rechercher ma protection et un
asile chez vos ennemis ? » Judith chercha à
se rassurer et après avoir invoqué le secours
du ciel , elle répondit ainsi : « O illustre général des armées du plus puissant roi de la
terre ! suis-je digne de parler en votre présence ? et puis-je assez reconnaître l'excès
de votre bonté de vouloir bien écouter mes
paroles, vous, dont le nom retentit dans
toutes les nations, et dont la renommée pu-
blie jusqu'aux extrémités les plus éloignées
de la terre , la valeur, les talents, l'art de

combattre et la prudence consommée. Vous
êtes établi à un rang aussi élevé pour châtier ceux qui s'égarent du sentier de la sagesse; vous domptez même les bêtes des
champs, et votre gloire résonne dans tous
les lieux. Nous savons, Seigneur, toutes les
paroles que vous a dites Achior. Hélas! il
n'est que trop véritable que notre Dieu est
offensé de notre ingratitude, et que nous méritons les plus grands malheurs. Les Israélites ne l'ignorent pas ; les reproches de leur
conscience ajoutent encore à leurs maux et
leur ôtent le courage nécessaire pour combattre. Chaque jour, ils deviennent plus craintifs et plus timides ; ils sont consumés par
la soif qu'ils endurent , et il n'est point de
résolution coupable qu'ils ne prennent. Ils
ont fait égorger les troupeaux pour se désaltérer dans leur sang ; ils ne respectent plus
rien , et ils attirent ainsi les châtiments de
notre Dieu. Je gémissais en secret de leurs
infidélités, et pour éviter d'être frappée de
la foudre qui gronde sur leurs têtes, je me
suis enfuie de Béthulie, et le Seigneur notre Dieu m'a ordonné de venir en votre présence pour vous instruire de tout ce qu'il
est nécessaire que vous sachiez. Si vous le

permettez, seigneur, je vivrai au milieu de
votre camp comme au milieu de mon peuple ; car je me glorifie d'honorer le Dieu
du ciel et je crois que vous ne me défen-
drez pas son culte. Votre bonté me permet-
tra de sortir de temps en temps pour aller
dans le fond de la vallée adorer mon Dieu ,
et je le prierai de me découvrir le jour destiné à ses vengeances dont vous serez averti
le premier. Alors vous entrerez dans Israël,
et à votre aspect tout mon peuple sera glacé
d'effroi ; il frémira de crainte et le Dieu
vengeur fera éclater sa colère contre le peuple qui s'est rendu digne de ses châtiments.
Telle est la volonté de mon Dieu qu'il m'a
manifestée , et telle est la punition terrible
qu'il prépare à ceux qui ont violé sa loi et
abusé de sa bonté. » Holoferne, les yeux attachés sur Judith , admirait son discours
plein de sagesse et de prudence. « Illustre
Israélite , lui dit-il avec une expression d'é-
tonnement et d'admiration , je suis doublement reconnaissant envers votre Dieu , et
de la faveur qu'il nous fait de nous livrer
votre patrie, et de se servir de vous pour
assurer notre triomphe. Si vos paroles sont
véritables, si votre Dieu accomplit ses pro-

messes, je n'en adorerai plus d'autre que
lui, vous serez élevée en dignité parmi tout
ce qu'il y a de plus grand dans la cour de
Nabuchodonosor, et votre gloire sera proclamée par toute la terre. »

XVI.

Holoferne commanda ensuite qu'on la
conduisît dans un lieu digne d'elle, où l'or et
les pierreries éclataient de toutes parts, et
il ordonna qu'on eût soin de lui porter chaque jour les mets les plus exquis de sa table.
Mais Judith entendant ces paroles : « Seigneur, dit-elle, il m'est défendu de manger les
mets que vous avez la bonté d'ordonner qu'on
me donne ; je ne puis m'exposer à encourir
l'indignation du Dieu d'Israël ; permettez
seulement que je me nourrisse des aliments
que j'ai eu soin d'apporter moi-même. » — Je
le veux bien, répondit Holoferne, mais si ce
que vous avez vient à vous manquer, comment ferons-nous pour vous en procurer ?
— « Je jure, seigneur, qu'avant que votre
servante manque des aliments qu'elle a ap-

portés, Dieu accomplira ses desseins et ce que j'ai résolu. » Holoferne alors fit un signe à ses serviteurs qui la firent entrer dans la superbe tente, où il avait donné ordre de la conduire ; mais Judith, avant de le quitter, lui demanda la grâce de pouvoir sortir la nuit avant le lever du soleil pour aller faire sa prière et invoquer le Seigneur suivant l'usage de sa religion. L'ordre fut immédiatement donné par Holoferne aux officiers de sa chambre de la laisser entrer et sortir à quelque heure que ce pût être, selon ses désirs, pour adorer son Dieu. Judith, enchantée d'avoir obtenu cette permission, ne manquait pas une seule nuit de s'enfoncer dans la vallée de Béthulie, de purifier son corps dans les eaux des fontaines de la société des infidèles et de prier le Dieu d'Israël de la protéger et de bénir toutes ses actions. Dieu soutenait son courage ; mais afin d'augmenter son mérite il ne lui laissait pas toujours sentir la force qu'il lui donnait ; il permettait souvent que la crainte assaillît son âme à la vue des périls de tous genres qui l'environnaient. « Seigneur, Seigneur, s'écriait-elle quelquefois dans la solitude de la nuit, comment une créature faible et timide com-

me moi pourra-t-elle exécuter vos ordres ?
J'ai tremblé à la seule vue de l'impie, pourrai-je avoir la force de lever la main sur lui
et de le frapper à mort? Ah! Seigneur, la
pensée seule de cette action fait tressaillir
toute mon âme, et si ma main au moment
de donner le coup venait à 'fléchir?... Les
supplices les plus affreux seraient mon partage!... Mais que dis-je? ô le Dieu puissant
d'Israël! pardonnez ces craintes à ma faiblesse, vos promesses ne suffisent-elles pas
pour me rassurer? Ai-je donc déjà oublié
dans ma frayeur tous les prodiges de votre
puissance ? Ah! Seigneur, me voici prête à
exécuter votre volonté, et quelque pénible
que soit la mission que vous m'avez confiée,
je suis disposée à la remplir avec constance
et fidélité, heureuse de pouvoir, même en
me sacrifiant, sauver mes frères et préserver
votre temple de la profanation et du sacrilége. » C'est ainsi que cette âme généreuse, surmontant ses craintes et ses répugnances, s'immolait à la volonté de son Dieu
avec une entière confiance. Elle retournait
ensuite dans sa tente ainsi purifiée, et
passait les journées dans la solitude, la
prière, la pénitence, ne prenant qu'un

léger repas vers le soir. Holoferne attendait avec impatience que Judith vînt lui dévoiler les secrets de son Dieu ; mais comme elle n'avait pas fixé de jour pour cela, il ne pouvait encore la soupçonner de manquer à sa promesse. Le soir du quatrième jour, il ordonna des préparatifs magnifiques, parce qu'il voulait donner en l'honneur de Judith le repas le plus somptueux et la fête la plus brillante qu'on eût jamais vus. Il y invita tous les chefs de son armée, et commanda à Vagao, un des eunuques, d'aller trouver la belle israélite, et de lui dire qu'elle voulût bien venir honorer sa fête de sa présence, espérant qu'elle serait sensible aux sentiments qu'elle lui avait inspirés. Vagao partit pour exécuter l'ordre de son maître ; il se dirigea vers la tente de Judith, la salua en entrant, et lui parla ainsi : « Heureuse fille des Hébreux ! vous avez trouvé grâce devant mon seigneur ; voilà qu'aujourd'hui il donne une fête en votre honneur, et vous prie de venir l'embellir par votre présence ; vous y recevrez toutes les marques de distinction que vous méritez comme la bien-aimée du plus illustre général, qui, en retour de ses bienfaits, ne

vous demande que de répondre à son
amour. » Judith suivit l'inspiration du Seigneur, et répondit d'une manière indirecte
à une invitation dont elle devinait tout le
mystère affreux. Elle dit donc à l'ennuque :
« Pourrais-je refuser quelque chose à mon
seigneur , moi qui ne suis que son humble servante ? tout ce qui pourra lui être
agréable fera aussi la joie de mon cœur. »
Après le départ de l'eunuque , la chaste
veuve fut agitée des émotions les plus pénibles. Comment peindre ses anxiétés et ses
répugnances ? Il fallait qu'elle parût partager l'amour de l'impudique Holoferne pour
pouvoir accomplir ses desseins, et devenir la
libératrice de son peuple ; mais qu'il lui en
coûtait pour se soumettre à des démarches
qui blessaient sa pudeur et sa délicatesse !
Elle savait que le Seigneur la protégeait et
que , même parmi ces idolâtres, son innocence serait respectée par la toute-puis-
sance de Dieu. Cependant elle gémissait ,
elle pleurait , elle frémissait en voyant approcher le moment suprême de son dévouement. Mais, soumise comme une victime
qui s'immole volontairement , elle se décida
à se revêtir de toutes ses parures, et le Dieu

du ciel répandit sur sa personne quelques rayons de sa beauté divine, qui la rendirent plus brillante que jamais. Elle s'avança modestement vers la tente d'Holoferne, et aussitôt que ce général l'aperçut, il fit éclater sa joie; car il était passionné pour elle, et sa grande beauté le blessait jusqu'au cœur. « O femme incomparable ! s'écria-t-il, idole de mon cœur ! venez partager ma gloire et mes richesses ; venez faire la joie et l'honneur d'une fête que j'ai fait préparer pour vous. Que tous ceux qui me sont soumis, vous soient soumis, que tous ceux qui m'honorent vous honorent, et que tous sachent que vous avez ravi mon cœur pour toujours! » — « Je suis confuse, seigneur, lui répondit Judith, des honneurs dont vous voulez bien combler une fille d'Israël ; je n'aurais jamais cru recevoir une si grande gloire et un si grand bonheur. Mais, seigneur, je prends la liberté de vous dire que tous les mets ne me sont pas permis par ma religion ; je me suis fournie de ceux dont je puis me nourrir et j'aurai, si vous me le permettez, la joie de m'asseoir à votre table et d'y prendre mon repas. • Judith savait ainsi, dans les positions les plus difficiles,

conserver sa liberté et ne manquer à aucun
précepte de la loi de Dieu. Holoferne, dans
l'ivresse de sa joie, s'abandonna à des excès
d'intempérance si grands qu'ayant bu du
vin comme jamais il n'avait fait encore dans
sa vie, il en fut si accablé qu'il ne pût plus
se soutenir et qu'on l'emporta dans son lit
où il fut enseveli à l'instant dans le plus
profond sommeil. Tous ses officiers suivirent son exemple comme ils avaient partagé
ses excès, et Judith fut conduite par Vagao
dans la chambre d'Holoferne. Elle pria seulement l'ennuque de faire venir sa servante
à qui elle donna l'ordre de se tenir près de
l'appartement où elle allait passer la nuit,
et après le départ de Vagao, elle lui recom-
manda de veiller avec soin à tout ce qui ar-
riverait au dehors et de se tenir préparée à
la suivre au premier signal qu'elle lui don-
nerait.

Comment peindre l'impression de terreur
qui saisit Judith lorsqu'elle se trouva seule
avec Holoferne! Elle s'approcha du lit où il
était étendu et plongé dans un profond sommeil, causé par son ivresse. Elle recula
avec horreur et détourna promptement la
vue d'un objet aussi affreux; sentant son

âme défaillir, elle se jeta à genoux et implora encore une fois le secours du Dieu
Tout-Puissant. Elle pleura, elle gémit, un
frisson mortel semblait s'emparer d'elle, son
sang ne circulait plus dans ses veines, sa poitrine était oppressée. Prosternée le visage contre terre, de son cœur s'éleva cette sublime
prière : « O Dieu d'Israël ! jetez un regard
de compassion sur votre servante, voyez
l'effroi qui pénètre son âme ; sauvez-la de
tous les périls auxquels elle s'expose pour
obéir à votre volonté. Vous le savez, Seigneur, si je n'avais à craindre que la mort,
mon cœur tremblant serait ferme et assuré.
Venez à mon secours, venez, ô Dieu protecteur de mon innocence, venez, et soutenez ma main dans l'œuvre qu'elle va accomplir pour votre gloire et le salut du peuple
qui vous est cher. Soyez ma force, et ren-
versez par moi cet orgueilleux impie qui
vous méconnaît et vous blasphème. Que son
exemple instruise les autres nations et que
vous soyez reconnu en tous lieux pour le
Dieu de l'univers. Seigneur, Seigneur, venez à mon aide, raffermissez mon âme,
remplissez mon bras de force et que par lui
l'ennemi de votre gloire et de votre peuple

soit anéanti et effacé de la terre. » A peine
eut-elle achevé de prononcer intérieurement
ces paroles, qu'un courage surnaturel descendit du ciel dans son âme et dissipa toutes ses craintes ; elle se releva, s'approcha
doucement de la colonne du lit, délia le sa-
bre d'Holoferne qui était attaché à son chevet, le tira du fourreau, saisit Holoferne
par les cheveux, et levant les yeux au ciel
pour demander à Dieu son secours et sa
force, elle le frappa deux fois sur le cou, et
vit tomber à ses pieds cette tête, la terreur
et le fléau de tant de nations !... Elle déta-
cha le pavillon des colonnes, étendit le corps
à terre et se prosterna devant le Seigneur
pour l'adorer, lui rendre grâce et pour le
prier d'achever son ouvrage en la protégeant
pour sortir de ces lieux et pour retourner
à Béthulie. Elle quitta ensuite l'appartement, fit signe à sa fidèle esclave d'approcher, lui donna à porter la tête d'Holoferne
qu'elle mit dans un sac, et toutes deux se
dirigèrent du côté de la vallée où elles allaient prier chaque nuit. Lorsqu'elles traversèrent le camp, une vive émotion agita leurs
cœurs ; il leur semblait à chaque pas qu'elles
faisaient, qu'on allait soupçonner leur fuite

et les arrêter : leur frayeur fut extrême
en voyant un soldat suivre leurs pas sans
proférer une parole, et puis la garde qui
en entendant le bruit de leur marche, se
mit à crier : Qui vive ? Judith, d'une voix
calme et paisible, répondit : « La fille des
Hébreux qui va prier dans la vallée. » Le
garde la considéra, et, la reconnaissant, n'arrêta plus sa fuite. Et Judith heureuse d'a-
voir échappé à ce danger, continua paisiblement sa route, et se hâta de sortir du camp
pour prendre le chemin de Béthulie.

XVII.

Pendant que Judith s'exposait à toutes
sortes de dangers pour sauver les Israélites,
les habitants de Béthulie en proie aux maux
les plus cruels, attendaient avec impatience
les secours du Seigneur. Les cinq jours
qu'Ozias leur avait marqués étaient près de
finir, et la soif qui les consumait leur faisait pousser des plaintes continuelles. On
voyait même des mères chercher à désaltérer leurs enfants avec leur propre sang. La

pâleur était peinte sur tous les visages, la
mort visitait toutes les demeures ; l'espérance s'enfuyait de tous les cœurs et n'y
laissait que l'affreux désespoir. Ozias et les
anciens pleins de confiance en la vertu de
Judith, espéraient que Dieu se servirait
d'elle pour la délivrance de son peuple et ils
ne cessaient d'encourager les habitants et
de leur faire espérer incessamment un secours extraordinaire du ciel ; mais lorsqu'ils
virent arriver le cinquième jour sans avoir
encore la moindre nouvelle de Judith, les
plus confiants commencèrent à désespérer.
Ozias lui-même était affligé jusqu'au plus
profond de l'âme : il craignait que la sainte
veuve n'eût pas réussi dans ses desseins et
qu'elle eût été victime de son courage. Il
priait, il suppliait le Seigneur avec des larmes abondantes de sauver Israël et de ne
pas permettre que ses serviteurs devinssent
les esclaves d'une nation infidèle et la risée
de leurs ennemis. Il redoublait ses jeûnes et
ses pénitences, il ordonnait des prières publiques et continuelles qui duraient depuis
le lever du soleil jusqu'à son coucher.

Enfin, c'était le soir du cinquième jour,
aucun secours n'arrivait : Dieu semblait être

insensible aux prières de son peuple. La
patience des habitants de Béthulie était
épuisée et dès le lendemain matin, selon la
promesse d'Ozias, ils étaient résolus à se
rendre aux ennemis. La douleur, la consternation étaient générales; car il fallait des
souffrances et des maux affreux pour se
porter à une extrémité plus cruelle que la
mort. Achior était dans sa demeure entouré
de quelques Israélites et des deux Mèdes. Le
caractère féroce et traître d'Holoferne était
bien connu de ces étrangers qui auraient
préféré mille fois mourir de soif et de faim
que d'être livrés entre ses mains. Achior
surtout frémissait en pensant au sort qui
lui était réservé, et la nuit se passa pour ces
infortunés sans sommeil et sans repos. Ozias
ne pensait pas non plus à chercher sur sa
couche l'oubli de ses peines ; il se promenait à grands pas dans son appartement, et
bientôt les autres chefs de la ville vinrent
partager ses anxiétés. Ils voyaient tous avec
douleur s'écouler les heures de la nuit qui
devaient faire place à un jour mille fois
malheureux par la promesse qu'ils avaient
faite. Tout à coup ils entendent frapper
fortement à la porte, ils courent ouvrir

et ils voient quelques-uns de ceux qui faisaient la garde sur les murailles de la ville
s'écrier avec une expression de joie inexprimable : Seigneur, réjouissez-vous , Judith est arrivée ! Nous avons reconnu sa
voix lorsqu'elle nous a dit : « Ouvrez
les portes , mes frères , le Dieu d'Israël
est avec nous, il vient d'étendre sa main
vengeresse sur nos ennemis. » Et nous ,
sans lui répondre , transportés de bonheur, nous sommes accourus pour vous
avertir de ce qui arrive. Allez , dit Ozias
aux gardes , allez annoncer dans toute la
ville cette heureuse nouvelle, et ouvrez
promptement les portes à Judith. » L'heureuse nouvelle se répandit en peu d'instants
par toute la ville ; vieillards , jeunes gens ,
femmes , enfants , tous se précipitèrent hors
de leurs demeures pour aller à sa rencontre.
Judith entra parmi les acclamations de ce peuple ivre de joie, et montant sur une petite
éminence, elle fait signe qu'on se taise un
instant : un silence solennel succéde à tant de
démonstrations bruyantes, et elle s'exprima
ainsi : « Réjouissez-vous, mes frères , et
exaltez du plus profond de vos cœurs la miséricorde de Dieu qui vient toujours au se-

cours de ceux qui l'invoquent et qui espèrent en lui. Je suis la plus indigne de ses
créatures, et il a voulu que ce fut par ma
main que s'accomplît l'heureuse délivrance
de son peuple. Cette nuit, l'ennemi d'Israël,
le destructeur des nations, le blasphéma-
teur du saint nom de Dieu a péri par ma
main. » Et en disant ces mots, elle montra
à toute l'assemblée la tête d'Holoferne et
ajouta : « Le voilà ce cruel général si affamé
de votre sang et de votre ruine ! voici la dra-
perie sous laquelle il reposait son corps fatigué par ses excès et son ivresse. C'est pendant son coupable sommeil que le Dieu du
ciel l'a maudit, et a permis que la faible main
d'une femme fît tomber cette tête orgueilleuse. Mes frères, que les détails que je vous
donne ici ne vous fassent pas craindre que
mon honneur ait été blessé. Par le secours
du Dieu puissant créateur de l'univers et
protecteur de l'innocence, j'arrive devant
vous pure et sans tache comme je l'étais avant
mon départ, et j'ai toujours été respectée pendant mon séjour au camp et pendant mon
retour ici. Rendez donc à Dieu, ô mes frères,
de grandes et d'éternelles actions de grâces,
et tous ensemble ne cessons de le bénir et de

l'aimer.» Alors tout le peuple se prosterna pour
adorer et remercier le Seigneur, et ensuite on
s'écria de toutes parts : « Vive à jamais celle
qui nous délivre de tous nos maux, qui nous
sauve de l'opprobre, que Dieu a choisie
dans tout son peuple et qu'il a bénie pour
être la gloire d'Israël et l'honneur de sa patrie ! » Les cris et les transports du peuple
étant calmés, Ozias, prince et chef du peuple, adressa la parole à Judith : « O vous,
la bien-aimée du Très-Haut, que le ciel et
la terre contemplent avec ravissement, et
qui avez été destinée de toute éternité pour
être la libératrice d'Israël ; vous, que le Seigneur a conduite dans le camp des Assyriens
pour renverser par votre main le plus redoutable de nos ennemis, votre gloire retentira
par toute la terre, et votre nom sera exalté
de bouche en bouche jusqu'à la dernière
génération. Les hommes vous béniront autant de temps qu'ils se souviendront des
merveilles et des miséricordes du Seigneur.
Oui, vous êtes la plus généreuse de toutes
les femmes ; vous n'avez pas craint pour
sauver votre peuple et le délivrer de ses
maux, d'affronter les plus grands dangers ; de vous exposer à perdre la vie et à

souffrir mille supplices. Vous avez arrêté la colère de Dieu par vos pénitences et l'ardeur de vos prières ; soyez à jamais notre joie , notre triomphe , notre salut, notre bonheur. Que notre Dieu prolonge vos jours jusqu'à la plus heureuse vieillesse afin que les enfants de nos enfants puissent aussi vous combler de bénédictions et vous offrir le juste tribut de leur reconnaissance. » Tout le peuple joignit ses acclamations et ses vœux à ceux d'Ozias, et pendant un moment on n'entendit qu'un bruit confus causé par les transports de sa joie. Judith demanda ensuite à parler à Achior qui s'approcha d'elle respectueusement. « Venez, Achior, lui dit Judith avec bonté, venez vous réjouir et partager l'allégresse générale. Vous avez rendu témoignage au Dieu d'Israël en disant qu'il protégeait son peuple et qu'il le vengeait de ses ennemis , et il vient de vérifier vos paroles. Cette nuit même il a frappé de mort le terrible général qui vous avait menacé , et pour vous prouver que vous n'avez plus rien à craindre de lui, tenez, voyez et contemplez sans frayeur cette tête, l'effroi et la terreur de tant de nations ! Regardez aussi sans frémir cette bouche qui, dans sa

colère, vous avait prédit la mort cruelle qu'il
vous préparait. Il n'est plus, l'ennemi de
Dieu et le nôtre! et vous n'avez ainsi que
nous plus rien à redouter de sa vengeance. »
Achior, à la vue de cette tête épouvantable,
frémit et fut saisi d'une si violente émotion
qu'il tomba évanoui. Les secours les plus
prompts lui furent donnés et il reprit peu à
peu ses sens. Alors il se jeta aux pieds de
Judith, la face contre terre, et puis il s'é-
cria : « Heureuse la servante du Seigneur,
soyez bénie du Dieu du ciel au-dessus de
toutes les femmes de la terre ! L'univers sera
dans l'admiration de la puissance de votre
Dieu, et votre nom sera glorifié en même
temps que les merveilles du Très-Haut. »

Pendant que la présence de Judith réjouissait tous les bons Israélites, et qu'ils ne cessaient d'exprimer leur joie et de témoigner
à Dieu leur reconnaissance, toute l'armée
des Assyriens était encore plongée dans le
plus profond sommeil. Judith adressa de
nouveau la parole à l'assemblée en ces ter-
mes : « Mes frères, nous avons assez expri-
mé notre joie par nos cris et nos transports.
Dieu désire que vous accomplissiez la victoire que ma faible main a commencée.

Allez donc à l'instant suspendre cette tête
au haut de nos murailles, et dès que le soleil éclairera la cime des monts, vous vous
revêtirez de vos armes, vous les agiterez
avec grand bruit, vous vous rangerez en
ordre comme si vous alliez à l'attaque des
ennemis, vous vous placerez sur le penchant
de la montagne ; les sentinelles et les gardes
assyriennes, étonnées de vous voir paraître
en bataille, iront aussitôt prévenir les chefs
de l'armée : on ira à la tente du général, et
lorsqu'on ne trouvera qu'un cadavre sans
tête, couvert de sang, la terreur s'emparera
des Assyriens, et une épouvante générale les
saisira tous. Ils fuiront comme des moutons
poursuivis par des loups : alors ne vous ef-
frayez plus de leur formidable armée, c'est
le moment où le Seigneur vous les livrera ;
vous n'aurez à craindre ni leurs épées ni
leur vengeance ; vous les foulerez aux pieds
comme des vers de terre sans qu'ils puissent
vous faire aucune résistance. » Achior écoutait avec admiration les paroles qui sortaient
de la bouche de cette héroïne ; il était frappé
de son ton d'autorité et de son air céleste
et divin. Il reconnaissait en elle toute la
puissance et la grandeur du Dieu qu'elle

servait, et, touché profondément de la protection et des merveilles du Dieu d'Israël,
il crut en lui, abandonna les superstitions
païennes, se fit circoncire, et fut associé au
peuple de Dieu, lui et toute sa postérité.

XVIII.

Les Israélites se tinrent prêts à exécuter
les ordres de Judith, ils placèrent selon sa
volonté la tête d'Holoferne au lieu qu'elle
avait indiqué ; ils se revêtirent de leurs armes et aussitôt que le jour parut, ils allèrent
en grand nombre sur la montagne, ils mar-
chèrent avec grand bruit, agitèrent leurs
armes, et jetèrent des cris effroyables comme
s'ils avaient été sur le point de livrer un
combat. Les sentinelles, ainsi que l'avait
dit Judith, effrayées en voyant s'avancer
l'armée des Israélites, coururent à la tente
du général. Les chefs attendaient avec impatience son réveil ; ils firent du bruit près
de sa chambre dans l'espoir de l'éveiller,
mais personne n'osait par respect ni entrer
ni frapper à la porte. Les principaux de

l'armée s'étant assemblés, délibérèrent qu'il était temps de prendre le parti d'envoyer Vagao dans sa chambre pour le prévenir de ce qui se passait. L'ennuque n'ouvrit qu'en tremblant la porte de son maître ; mais il n'osait avancer dans la crainte qu'en interrompant son sommeil, il n'encourût sa disgrâce ; il frappa seulement des mains : même silence. Alors l'ennuque ne comprenant rien à un sommeil si extraordinaire, écouta avec attention auprès du rideau et frémit en n'entendant pas même la respiration de son maître ; il souleva le rideau avec émotion, et il vit le cadavre de son général, sans tête, étendu sur le pavé et noyé dans son sang. Il poussa des cris affreux, s'enfuit en déchirant ses vêtements, courut à la tente de Judith, et voyant qu'elle avait disparu, il reconnut qu'elle était l'auteur de ce malheur. Il alla promptement avertir les chefs en leur disant : « Nous sommes perdus ! nous n'avons plus de général !... La fille d'Israël est venue détruire la gloire de Nabuchodonosor : venez, suivez-moi, et vos yeux seront saisis de terreur en voyant le cadavre sans tête d'Holoferne, étendu à terre et nageant dans son sang. » Les chefs de

l'armée, à ces paroles, furent, frappés subitement d'une crainte et d'une frayeur extrê-
mes, le trouble saisit leurs esprits et tout le
camp retentit de cris effroyables qui portaient l'effroi et l'épouvante dans tous les
cœurs des soldats. Aucun des chefs ne conserva assez de sang-froid pour maintenir
l'ordre; ils ne cachaient pas la terreur dont
ils étaient saisis : aussi le courage abandonna
tous les soldats, qui se débandèrent, sans
écouter ni recevoir d'ordres. Le Dieu d'Israël
avait fixé le moment de leur ruine et de
leur punition. Ils paraissaient tous comme
frappés de la foudre; ils se jetaient avec
confusion les uns sur les autres ; ils abandonnaient leurs armes; ils n'osaient ni se
parler, ni se regarder; ils couraient de tous
côtés se pressant en foule pour fuir dans les
défilés des montagnes et dans tous les chemins pratiqués se croyant toujours près
d'être immolés à la fureur des Hébreux. Les
Israélites obéirent à l'ordre de Judith, et
lorsqu'ils virent fuir leurs ennemis, ils descendirent promptement de la montagne et
se précipitèrent à leur poursuite en jetant
de grands cris et en sonnant de toutes les
trompettes. Les Assyriens fuyaient sans or-

14*

dre, et les Israélites les poursuivaient en
armée bien disciplinée ; aussi tombaient-
ils sous les épées de ceux-ci comme les
épis sous la faux du moissonneur. Les
deux Mèdes, revêtus des armes des Hébreux, ne respirant que vengeance contre les Assyriens, leurs mortels ennemis,
étaient semblables à des tigres en fureur
poursuivant la proie qui leur échappe. Déjà
un grand nombre de guerriers illustres
avaient été immolés à leur vengeance et à
leur valeur ; mais affamés du sang de leurs
ennemis, ils en rougissaient leurs épées et
en arrosaient la terre. Parmi ceux qui
fuyaient, un seul guerrier semblait ne pas
partager la terreur générale et osa s'avancer
hardiment vers nos deux héros pour leur disputer la victoire. Les Mèdes se précipitèrent
sur lui avec fureur, cherchant à le percer de
leurs épées ; mais le guerrier assyrien évita
adroitement les coups qu'on lui portait et
s'élança sur Tharxad en lui enfonçant sa
dague dans le cœur. Au même instant Néotchir renversa l'assyrien et le perça de son
épée. Un cri douloureux s'échappa presque
en même temps du sein des deux malheureux mourants. Néotchir courut au secours

de son ami, et le voyant blessé à mort, il fit
retentir l'air de ses cris. « Tharxad, cher
Tharxad ! s'écria-t-il, tu n'as donc échappé
avec moi à tant de dangers que pour périr
sous mes yeux lorsque le bonheur et la
gloire semblaient nous environner !... Cruel
assyrien ! j'ai vengé par ta mort celle de mon
ami ; mais je veux que ton cadavre sans sépulture devienne la proie des animaux et
soit en horreur à tous les hommes. » Il s'a-
vance alors vers son ennemi, le dépouille de
son armure, et reconnaît en lui son généreux
libérateur, cet ami incomparable qui l'avait
délivré de la mort et de la prison. A cette
vue son sang se glace dans ses veines, un
frisson douloureux saisit tous ses membres,
et les accents du désespoir le plus violent
font retentir les montagnes et les échos. Les
Israélites effrayés accourent autour de lui et
versent des larmes en apprenant les circons-
tances fatales qui lui avaient ravi dans un
instant un tendre ami et un généreux libérateur. L'infortuné Néotchir inconsolable
d'avoir percé lui-même le cœur de celui pour
qui il aurait voulu sacrifier mille vies, et
d'avoir vu mourir par les mains d'un objet
si cher, le jeune Tharxad, le compagnon

de ses jours qu'il regardait et aimait comme
son fils, ne pouvait plus se détacher de ces
corps inanimés qu'il pressait tour à tour
dans ses bras avec des gémissements déchirants. La nuit le retrouva dans cette déplorable affliction, et il est à présumer que son
désespoir ne l'eût fait bientôt rejoindre les
amis qu'il pleurait, si Eliézer n'avait appris
dans sa retraite l'infortune du Mède, et n'é-
tait accouru pour le consoler. Il l'aida à rendre les derniers devoirs aux deux illustres
morts, et l'emmena dans sa grotte où il
chercha à adoucir ses maux et à guérir la
plaie de son cœur par les doux soins de l'a-
mitié et les consolations de la religion.

XIX.

Ozias s'empressa de faire partir des cour-
riers dans tous les bourgs, villes, montagnes et provinces d'Israël, afin que tous les
jeunes guerriers fussent envoyés de toutes
parts à la poursuite de leurs ennemis. On
obéit avec joie à cet ordre, et les Assyriens
disparaissaient de tous côtés sous les coups

des Israélites. Il n'en échappa qu'un petit
nombre qui furent repoussés jusqu'à leurs
frontières. Les peuples des monts et des
campagnes assommaient ceux que l'épée du
soldat n'avait pu atteindre. Pendant que l'armée victorieuse et triomphante achevait ses
conquêtes, les habitants de Béthulie étaient
occupés dans le camp des ennemis à enlever
les immenses richesses qu'ils y avaient lais-
sées. Ils en transportèrent autant qu'ils purent à leurs demeures ; mais la plus grande
partie resta dans le camp et fut destinée à
l'armée lorsqu'elle aurait achevé sa victoire. Les soldats furent occupés pendant
trente jours à dévaster le camp des Assyriens et à emporter les trésors qui s'y trouvaient encore ; il y avait un nombre infini de
beaux chevaux, toutes sortes de bestiaux, des
provisions de toute espèce, de l'or, des pierreries et de l'argent. Tous s'en chargèrent à
volonté, et tous furent enrichis des dépouilles de ces fiers ennemis dont l'orgueil les
menaçait quelques jours auparavant de l'esclavage et de la mort. Tout ce qui avait ap-
partenu à Holoferne fut réservé pour Judith. On vint déposer à ses pieds les riches-

ses de ce puissant général , au milieu des
applaudissements et des cris de joie. Nachor
qui avait gémi si longtemps dans les prisons
d'Holoferne, revit avec bonheur la lumière
du jour , et la montagne de Béthulie. Chargé d'un précieux butin , il se réjouissait
d'aller l'offrir à sa chère Rachel, lorsqu'il
apprit avec désespoir sa mort par l'inconsolable Sérami.

Cependant la gloire de Judith était proclamée dans tout le royaume de Juda. Le grand
prêtre Eliacim se mit à la tête d'une solennelle députation et partit avec empressement
pour se rendre à Béthulie, suivi de tout ce
qu'il y avait de plus distingué dans Jérusalem.
Aussitôt qu'on eût prévenu Judith de son
arrivée, elle se rendit au-devant du souverain
sacrificateur pour se prosterner en sa présence et lui exprimer à la vue de tout le peuple son respect et sa vénération. Mais le
pontife , et ceux qui l'accomagnaient ne lui
laissèrent pas le temps de s'approcher, ils
s'écrièrent tous en la voyant venir : « O
femme chérie de Dieu! la gloire de Jérusalem! vous êtes la joie d'Israël , vous êtes
l'honneur et l'ornement de votre peuple !
vous avez fait des prodiges au-dessus de vo-

tre sexe ; votre courage a surpassé celui des
hommes les plus vaillants parce que vous
avez aimé la chasteté et qu'ayant perdu votre époux, vous avez préféré le beau nom
de veuve aux plus illustres alliances. Le Seigneur qui chérit les âmes pures vous a com-
muniqué la force de son bras et vous a assuré d'éternelles bénédictions. » Après ces
paroles du grand prêtre, l'air retentit de
nouveau des acclamations publiques. La joie
et le bonheur éclatèrent de toutes parts ; les
vieillards, les femmes, les jeunes filles et tous
jusqu'aux enfants entonnèrent des hymnes
en l'honneur du Dieu d'Israël, accompagnées
par les accords des instruments de musique.
Tout à coup on vit Judith environnée de
rayons lumineux et transportée par l'Esprit-
Saint, composer et chanter en présence de
cette noble assemblée, un cantique sur sa
victoire, qui fut l'ouvrage et l'inspiration
de Dieu. Sa voix mélodieuse et céleste s'é-
leva jusqu'aux cieux comme un doux parfum, et ravit d'admiration tous les assistants.
« O vous, enfants de Jacob, dit-elle, célébrez
avec moi la gloire du Seigneur au son des
tambours et au bruit des cymbales. Que tout,
autour de nous, exalte la puissance du Sei-

gneur ; car le Dieu que nous adorons est le
Dieu qui met les armées en poudre. Le fier
Assyrien est venu des montagnes de l'Aquilon, il s'est avancé avec des forces redoutables ; le nombre infini de ses troupes a séché
les torrents, et les vallées ont disparu sous la
multitude de ses chevaux. Il a juré dans son
orgueil qu'il porterait l'incendie sur mes terres, qu'il ferait passer au fil de l'épée mes
guerriers ; qu'il abandonnerait mes enfants en
proie à ses soldats et qu'il conduirait les vierges en esclavage. Il l'a dit, et il s'est trompé :
le Dieu Tout-Puissant l'a frappé ; il a livré
l'orgueilleux entre les mains d'une femme ; il
l'a fait périr sous ses coups. Ce ne sont point
des géants qu'il a opposés à ce vainqueur,
c'est la fille de Mérari, c'est la faible Judith
qui a triomphé d'un conquérant par la beauté
de son visage. Elle a quitté les lugubres vêtements de son veuvage, elle s'est parée des
riches ornements qu'elle avait abandonnés
depuis les jours de sa joie. Elle les a repris
en faveur d'Israël et pour le salut de son
peuple. Les Perses ont été effrayés du courage de cette femme, les Mèdes ont admiré
sa valeur, le camp des Assyriens a retenti
de hurlements et de cris, lorsque mon peu-

ple dans la désolation et réduit à mourir de
soif, a paru en bataille pour les combattre.
Les fils de nos jeunes femmes suffisaient
pour les percer; ils se laissaient mettre à
mort comme de petits enfants qui fuient
devant leurs ennemis. Ils ont péri dans le
combat parce qu'ils étaient attaqués et vaincus par notre Dieu. Chantons un hymne
au Seigneur, chantons un cantique nouveau
à la louange du Dieu d'Israël. Seigneur, mon
Dieu, vous êtes grand, vous êtes magnifique
dans les miracles de votre puissance, vous
combattez, et quel est le monarque qui
puisse se flatter de la victoire? Toutes vos
créatures vous obéissent; vous avez parlé,
et tout a été fait. Vous avez envoyé votre
esprit, et tout a été créé... Il n'est rien sur
la terre qui résiste à votre voix. Les montagnes seront ébranlées jusqu'aux fondements,
les eaux seront élevées, les pierres se fen-
dront comme de la terre en votre présence;
mais ceux qui vous craignent, ô mon Dieu,
seront grands devant vous, et rien ne pourra leur nuire. Malheur à la nation téméraire
qui osera s'élever contre mon peuple! le
Seigneur Tout-Puissant se vengera d'elle
dans son temps, et il la réservera à de nou-

veaux supplices pour le jour de son jugement. Il livrera leur chair criminelle aux
feux dévorants et aux vers rongeurs ; ils
brûleront, ils se sentiront déchirer pendant
une éternité. »

Tel est le cantique de l'héroïque Judith, qui
fut chanté religieusement parmi les Juifs chaque année lorsqu'on célébrait la fête de l'anni-
versaire du bienfait qu'on venait de recevoir
du Seigneur par le courage de sa servante ;
mais Judith ne se contenta pas d'avoir expri-
mé sa reconnaissance à l'Éternel, dans la ville
de Béthulie, elle voulut qu'on allât l'adorer à
Jérusalem et lui rendre grâces dans son saint
Temple. Judith se mit à la tête de son peuple
et arriva triomphante à la ville sainte au milieu des plus enthousiastes acclamations et de
la joie la plus vive. Des sacrifices et des holocaustes furent offerts au Dieu sauveur d'Israël, et Judith lui consacra dans son temple,
comme un gage éternel de ses miséricordes,
toutes les richesses d'Holoferne que le peuple lui avait offertes. Elle resta quelque temps
encore à Jérusalem pour satisfaire la piété de
son cœur. Elle y passa trois mois avec tout
le peuple qui l'avait accompagnée, bénis-
sant et adorant sans cesse l'Éternel. Il fallut

enfin s'arracher de ces saints lieux pour retourner à Béthulie, où les habitants l'attendaient et la désiraient pour lui exprimer de
nouveau leur amour, leur bonheur, leur
reconnaissance. On ne cessa de l'entourer
pendant sa vie des plus grands honneurs ;
elle fut estimée et chérie au-dessus des plus
illustres héros, et fut forcée par l'affection
du peuple d'accepter le gouvernement de la
ville ; elle s'acquitta parfaitement de cette
charge jusqu'à la fin de sa vie. Mais tous ces
honneurs ne lui firent rien perdre de sa modestie : aussi humble au milieu de ses triomphes qu'elle l'avait été dans sa vie commune, elle retourna dans sa chère solitude,
ne cherchant qu'à se cacher à tous les regards et continuant à mériter les faveurs du
ciel par sa charité, ses pénitences, l'ardeur
de ses prières et l'innocence de sa vie. Les
alliances les plus illustres lui furent offertes.
Mais elle leur préféra mille fois son titre si cher
de veuve qui la faisait participer à l'heureux
privilége des vierges. Elle ne consentit qu'avec
peine à paraître en public les jours de fête ;
le peuple alors, en la voyant, faisait éclater sa
joie et sa reconnaissance ; elle était forcée,
dans ces solennités, de paraître avec toutes les

marques de sa grandeur pour condescendre au désir général de toute la ville. Elle affranchit la servante qui l'avait accompagnée dans son dévouement ; mais la fidèle esclave refusa la liberté pour ne pas se séparer de sa maîtresse, dont elle admirait et cherchait à imiter les vertus. Les jours de Judith s'écoulèrent ainsi dans la paix, la sainteté et le bonheur. Le Seigneur voulut donner à sa servante une longue vie sans infirmités et sans chagrin ; car depuis l'instant de la délivrance de son peuple, aucune affliction ne vint plus contrister ce cœur si pur et si sensible. Lorsqu'elle s'endormit dans le Seigneur, on lui rendit les honneurs qui n'étaient décernés qu'aux princes et aux rois ; tout le peuple se revêtit d'habits de deuil et solennisa pendant sept jours la cérémonie de ses obsèques. On exalta dans un pieux enthousiasme, par des chants et la mélodie des instruments, la mémoire de ses bienfaits qui restèrent gravés dans tous les cœurs et publiés dans toutes les bouches de génération en génération.

FIN.